인생기출문제집2

인생기출문제집2

인생기출문제집2

곽세라 · 김여진 · 김인국 · 노홍철 · 달빛요정역전만루홈런
마쓰모토 하지메 · 박웅현 · 사비 사와르카르 · 신유진
양익준 · 이윤정 · 이진숙 · 전순옥 · 최규석 · 최충언 · 허아람 | 지음

북하우스

인생에 정답은 없다.

하지만 젊은 날
치열하게 고민해야 할 문제들은 있다.

　『인생기출문제집2』를 펴낸다. 1편이 출간되고 나서 독자들의 호응과 지지는 예상을 뛰어넘는 것이었다. 정작 이십대에게 필요한 것은 성공한 롤모델의 명쾌한 충고나 세세한 노하우 전수가 아니라, 사는 모습을 그대로 보여주며 말을 걸어주는 선배의 존재 자체일 것이라는 우리의 가설은 뿌듯하게 증명된 셈이다. 그렇다면 이제 그 결과를 적극적으로 활용하고 실천해보자는 차원에서 기획해 선보이는 것이 이 두번째 책이다.

　다시 한 번 대한민국 이십대를 위해 열여섯 명의 새로운 선배들이 힘을 합쳤다. '질문만 있고, 정답은 없는 책'이라는『인생기출문제집』만의 성격은 2편에서도 계속된다. 그러므로 이번에도 선배들은 정답을 내놓지 않는다. (이번 선배들 역시 정답을 모를 것이다, 아니 확실히 모른다.) 그들은 몇 발짝 앞선 고민과 경험이 담긴 질문들을 건네는 역할을 맡았을 뿐이다. 그 해답을 채워나가는 빈칸은 막 길을 나선, 혹은 막 길을 잃은 이십대 후배들에게 남겨둔 채로 말이다.

　'대안적인 삶'. 이것이 우리가 이번 책에서 선택한 테마였다. 지금 대한민국 이십대 앞에 놓인 객관식 보기들이 정말 전부일까? 그것들 말고 다른 선택은 없을까? 하지만 굳이 선배들에게 그 '대안'을 요구하지는 않았다. 그들이 살아온 이십대의 이야기에서, 그들이 만난 이십대의 이야기에서 수많은 모습들이 자연스럽게 드러나고 또 생겨나길 바라기 때문이다. 그런데 이번 책의 취지를 설명하는 자리에서 허아람 선생이 웃으며 한 말이 있다. "저는 대안적인 삶이 아니라 본질적인 삶을 살고 있는데요." 그랬다. 사실 그랬다. 이 책의 선배들은 대안으로 준비된 삶이라기보다는 늘 각자의 본질을 고민하고 본질을 추구하는, 한마디로 본질에 충실한 삶을 살아가고 있었다. 서로 다른 별에서 온 것처럼 다양한 삶의 모습이지만, 눈앞의 문제들을 피하지 않고, 누가 뭐래도 자기만의 길을 당당하게 만들어가고 있다는 점에서 그들은 이 책 한 권에 모일 만큼 '한통속'이었다.

이 책에는 열여섯 선배들의 다르지만 틀리지 않은 '본질적인 삶'을 담았다. 선배들의 본질에서 우러난 질문들이 이십대 독자들의 삶에 대안으로 씨 뿌려져서 다시 각자의 본질로 꽃 피기를, 이 책에 참여한 출제자들을 대신하여 진심으로 희망한다.

끝으로, 문제를 풀기 전 준비자세: 머리를 비우고 마음을 열 것.

기획편집자 일동

| 목차 |

나의 이십대

사랑하고 또 사랑했던, 아니 사랑받고 더 사랑받으려 했던 나의 이십대. 사랑, 연극, 학생운동. 이 세 가지가 전부였던 때. 그것들을 위해 나는 늘 모든 것을 걸었다. 그렇게 하고 싶은 모든 것을 하고 살아보니 이제서야 조금씩 내가 보인다. 그 무엇보다 소중한 나, 김여진이라는 한 사람이.

김여진

배우, 국제구호기구 JTS 자원활동가

〈박하사탕〉〈대장금〉〈이산〉 등 출연

나쁜 남자에게 끌리는 이유는?

왜 그랬을까? 정말 좋은 사람이었는데 헤어지게 됐어요. 아마 원하던 것을 다 이루면 또 다른 걸 갈망하게 되고, 갖지 못한 것이 더 근사해 보이는 게 사람의 마음인 것 같아요. 내 첫사랑은 정말 나를 듬뿍 사랑해준 사람이었죠. 연애하면서 왜 먼저 전화하지 않느냐고 토라지거나, 다투고 나서 힘겨루기 같은 감정 소모가 없어 편했어요. 원하기 전에 먼저 해주었으니까. 기다릴 틈 없이 전화로 안부를 묻고, 딱 적당할 정도의 거리에서 응원해주던 사람이었어요. 눈치나 작전이 필요 없는 사랑만 가득한 연애를 했던 거예요.

그런데 시간이 갈수록 무언가 허전했어요. 정말 착하고 고운 사람이었는데 그의 행동에 더 이상 감동받지 않게 됐죠. 어느새 넘치는 사랑이 지겨워져서 전화도 보살핌도 귀찮아졌어요. 그러니 행복하지 않더군요. 결국 조금 사랑에 인색한 사람을 찾게 됐죠. 요즘 말로 나쁜 남자. 사실 나쁘다고 말할 수는 없죠. 내가 원하는 대로 해주지 않았을 뿐. 그런 사람을 만나자 어떻게든 그 사람이 날 더 많이 사랑하게 하고 싶어졌어요. 주는 사람은 뿌리치고 덜 주는 사람에겐 더 내놓으라고 하고. 젊었고, 아니 어렸고, 어리석었죠. 내가 원하는 게 뭔지 사실은 잘 모르고 있었던 것 같아요. 사서 괴로워하고…… 괴로움에서 벗어나고 싶지 않았나봐요.

일에서도 마찬가지였어요. 우연히 지나다 보게 된 연극이 좋아 무작정 극단에 들어가 연극을 시작하고, 700회라는 장기

공연을 하면서 영화에 캐스팅됐죠. 첫 영화 〈처녀들의 저녁식사〉로 영화제에서 신인상도 받았어요. 하지만 그 순간 마음속 '더 많이 사랑받기'가 고개를 쳐들었죠. '이게 끝은 아니겠지? 더 좋은 영화에 캐스팅될 거야.' 가장 행복했던 순간에 행복의 시대가 막을 내렸어요. 그 순간부터 일에서도 더 많이 사랑받고, 하는 것 이상으로 인정받아야 한다는 생각에 사로잡힌 거죠. 사람들이 알아보고, 배우라는 이름으로 자리를 잡아갔지만 행복하지 않았어요. 연기를 한다는 사실 빼고 모든 것이 괴로웠어요. '쿨'한 척, 티 내지 않았지만 속은 새카맣게 타고 있었죠.

그러다 돌이켜봤어요. 일을 할 때 행복의 시간이 언제였더라. 돈 안 받고 포스터를 붙이면서 배역을 기다릴 때, 다른 사람의 한 달 월급밖에 안 되는 연봉을 받았지만 그냥 연기할 수 있었을 때 참 행복했어요. 괜히 더 좋은 배역을 맡아보겠다고 오디션 보러 다닐 생각도 없었어요. 정말 즐겁게, 언제까지일지 모르지만 지금이 참 좋다고 생각하며 매일 무대에 설 때 행복했어요. 내가 연기에 헌신하고 연기를 사랑했던 때였죠. 아무것도 보이지 않고 오직 하고 싶은 연기를 하고 있는 내가 보였던 시절. 그 순간 내가 하고 있는 일에 흠뻑 몰입했을 때가 가장 행복했어요. 세월이 한참 지나고 나니 알겠어요. 사랑을 받는 것보다 하는 것이 행복하다는 말의 의미를 말이죠. 무조건 행복할 수 있는 단 하나의 방법은 사랑하는 것이에요.

'사랑받는 사람'이 되려고 할 때면 늘 힘들고, 고민도 많고, 머리가 터질 것 같았는데, 지금 '사랑하는 사람'으로 방향을 바꾸고 나니 편하고 행복해요.

개인적으로 이십대 때 꼭 해봐야 하는 일 중의 하나가 연애라고 생각해요. 사랑을 해보면 나를 알 수 있어요. 진짜 내가 누군지, 얼마나 치사한 인간인지, 겉으로는 질투하지 않는다지만 얼마나 작은 것에 집착하고 집요하게 질투하는 사람이었는지, 누군가를 좋아한다면서 어떻게 변해가는지 관찰할 수 있죠. 기록을 해보는 것도 좋을 것 같아요. 솔직한 나에 대해 쓰는 것이죠. 기쁠 때, 화날 때, 설렐 때, 서운할 때 저 깊숙한 곳에 있는 진짜 나의 모습은 어떤지 돌이켜보고 연구할 필요가 있어요. 자기 자신을 좀더 알기 위해서 말이죠. 그러다보면 언젠가 깨달을 날이 오지 않을까요? 나는 왜 '나쁜' 남자에게 끌렸는지, 왜 사랑받으려고만 했는지, 그것에서 진짜 행복을 느끼는 사람인지, 어렴풋하지만 알게 될 거라고 믿어요.

그리고 마지막으로 잊지 말아야 할 한 가지. 사랑할 때는 전부를 걸어야 한다는 사실.

지금 별똥별이 떨어진다면, 삼 초 안에 어떤 소원을 빌겠습니까?

칠흑 같은 밤하늘에 슝 하고 별똥별이 떨어진다면 무슨 소원을 빌 건가요? 나는 정해두었어요. 망설이지 않고 빌 수 있게 "굶어죽는 사람이 없었으면 좋겠다"라고 말하려고요. 통계적으로도 한국에는 1998년 이후 굶어죽는 사람은 없다고 해요. 하지만 이 지구상에는 지금도 끼니를 잇지 못해 죽어가는 소중한 생명들이 참 많아요. 천재지변이야 어쩔 수 없다고 해도, 굶어죽는 사람이 있다는 건 같은 인간으로서 정말 어처구니없는 일인 것 같아요. 나누고 함께하면, 적어도 인간의 힘으로 해결할 수 있는 고통이니까요.

2010년에도 국제구호단체인 JTS의 일원으로 인도에 다녀왔어요. 찾아간 곳은 인도에서 불가촉천민들이 모여 사는 오지마을이었어요. 그곳에서 길도 닦고, 수로도 내고, 아이들과 말동무도 하며 시간을 보냈죠. 인도에 다녀왔다고 하면 사람들은 '봉사활동' 했냐고 하는데, 한 달이 채 안 되는 짧은 시간 동안 무슨 봉사를 할 수 있겠어요. 그저 어떻게 하나 남들 하는 것 보고 시키는 일 하는 것뿐이죠. 그래도 젊은 사람들이 여러 명 갔으니 몇 달 걸릴 일을 이십 일 만에 마무리하고 오긴 했어요.

그곳에서 그들에게 살아가는 방법과 삶의 지혜를 배우고 나 자신을 바라보고 왔으니, 봉사라고 말하기는 정말 쑥스러운 일이에요. 가시 박힌 발을 눈이 먼저 발견하고, 손이 가시를 빼주는 건 너무나 당연한 일이지요. 만약 눈앞에 일주일 굶은 아이가 있다면 어느 누구라도 덥석 먹을 것을 쥐어줄 거예요. 나는 그렇게 믿어요. 누구라도 그럴 거라고. 다만 당장 눈에 보이지 않아 느껴지지 않으니까, 도움을 주는 데도 나라와 인종, 이념을 따지고는, 나와는 먼 이야기, 나와는 다른 세상 이야기라고 무관심해지는 것이겠죠.

나도 다르지 않았어요. 그런데 평생 무엇을 하고 살까 하고 스스로에게 물으니 가장 즐겁고 재미있고 통쾌한 일을 하고 싶다는 답이 나왔어요. 그래서 찾아봤죠. 고민을 하다보니 배고픈 사람들에게 밥 주는 일, 아픈 사람 치료하는 일을 했을 때 기쁨과 보람이 그 어느 것보다 크다는 걸 깨달았어요. 어차피 배우라는 직업이 평생 가져가야 할 업이라면, 그밖의 시간에는 다른 사람을 위해 사는 것도 괜찮겠더라고요. 아니, 괜찮은 정도가 아니라 최고의 시간이 되어줄 거라는 믿음이 갔어요. 사람들이 일생 동안 가장 많이 하는 게, 먹고살기 위한 노동과 잠, 텔레비전 보기 정도라는데 그저 그렇게 흘려보내는 건 정말 아깝잖아요. 뒹굴뒹굴 놀며 지내느니 사람들과 만나서 얘기하고, 뭔가 일을 꾸미고, 계획하고, 성과를 내고, 그 성과가 다른 사람들에게 행복을 주고, 그런 과정이 삶 속에 존재한다면 이보다 더한 취미가 어디 있겠어요.

그렇게 작은 생각으로 시작했지만 JTS에서 이런저런 활동을 하면서 참 행복해요. 우선 늘 멋진 분들을 만날 수 있어 좋아요. 남과 나누는 일에 관심이 있는 사람들은 대부분 좀더 착하고, 좀더 깊은 마음을 지녔어요. 매력 넘치는 그들과 대화를 나누면 즐거워요. 그리고 또 한 가지 행복한 이유는 내가 쓸모있다는 사실이에요. 살면서 가장 슬픈 일 중의 하나가, 쓸모없는 사람이라고 느끼는 거잖아요. 그런데 이곳에서 홍보물을 만들고, 예산을 아끼기 위해 발품을 팔면 난 참 쓸모있는 사람이 돼요. 최근에 인도에 수련을 갔을 때 나는 오직 밥 짓는 일만 했어요. 인도까지 가서 숙소에서 한 발자국도 나가지 않고, 다른 친구와 함께 오직 하루 세끼 60인분을 만들다 왔어요. 새벽 네 시부터 밤 열두 시까지, 내가 지은 밥을 맛있게 먹어주고 또 하루를 건강히 사는 사람들을 보며 지낸 그 시간들. 쓸모있게 된 내가 참 대견했고 행복했죠. 어디서 이런 감정을 느껴보겠어요. 누가 나에게 이런 행복을 줄 수 있겠어요.

평생을 바쳐 이루고픈, 아주 커다란 꿈을 가진 것만으로 사는 게 한결 쉬워졌어요. 내가 하는 모든 일에 이유와 의미가 생겼으니까요. 사는 데 꼭 의미가 필요한 건 아니겠지요. 그때그때 순간 순간 몰입해서 살 수 있음 그게 다, 그럴 수 있죠. 하지만 이왕 몰입해서 뭔가 할 거라면, 의미가 있는 편이 몰입하기도 더 쉬운 것 같아요. 굶어죽는 사람이 없게 해주세요, 그리고 그들과 나누며 살 수 있는 쓸모있는 사람이 되게 해주세요. 평생 몰입할 수 있는 큰 꿈이죠.

진짜로 원하는 게 행복한 삶인가요, 행복해 보이는 삶인가요?

가끔 우리들이 진짜 원하는 건 행복이 아닌 것 같다는 생각을 해요. 나는 이게 고민이야, 넌 요즘 어때, 난 요즘 이래. 이런 고민 얘기하면서 친구 만들고 술 한잔 하고 그래야 얘기를 한 것 같잖아요. 그리고 상대가 나보다 그다지 행복하지 않다는 걸 확인하며 가슴을 쓸어내리죠. 서로 괴로워하는 모습을 보면서 위안받는 인간관계에 행복이 존재할까 싶어요.

'행복해 보이는 것'이 '행복한 것'이라 착각을 하며 살아서 진짜 행복은 없어져버린 건 아닌지 모르겠어요. 우리는 대부분 좋은 차를 갖고, 좋은 직장을 갖고, 돈을 많이 벌어 행복해 보이면 행복할 거라고 착각을 해요. 정작 무엇이 진짜 행복인지에는 관심이 없어요. 정말 어떤 것을 할 때 가장 행복하고 충만하고 기뻐서 가슴이 터질 것 같은지 알려고 하지 않죠. 분명 그럴 순간이 있을 텐데 말이죠. 심지어 이 기쁨이 내일이면 없어질지도 모른다는 걱정 때문에 그 순간을 놓치기도 해요.

자주 만나는 젊은 친구들이 진로 문제로 내게 고민을 털어놓곤 해요. 그럴 때는 고민하지 말고 돈 안 되고 힘든 일 하라고 얘기해줘요. 아주 단순하죠. 그런 일들 찾지 않아서 그렇지 참 많아요. 내가 처음 연기자가 될 수 있었던 이유가, 첫 마음이 그랬어요. 연극 한 편에 감동받고는 극단에 찾아가 아무것도 바라지 않고 포스터를 붙이겠다고 했죠. 그렇게 포스터 붙이고 전단지 나눠주면서 몇 달을 보냈어요. 그러면서 매일매일 공연을 보고 대사를 외웠어요. 그러다보니 기회가 왔어요. 무대에 설 수 있게 됐지만 연봉 이백만 원 정도의 돈을 겨우 받았죠. 차비가 없어 걷고, 라면만 먹고 그래도 하나도 힘들지 않았어요. 무대에 서면 정말 행복했거든요. 그때 공연을 하면서 다른 뭔가가 되려고 끊임없이 오디션 보러 다녔다면 정말 괴로웠을 거예요. 하지만 그러지 않았어요. 그럴 필요도 없었고요. 일 년 넘게 똑같은 공연, 똑같은 역할, 똑같은 대사지만 무대에 올라서 연기하는 것 자체가 재미있었어요. 매일 조금씩 달랐죠. 어느 날은 잘되고 어느 날은 잘 안 되고, 캐릭터에 살이 붙고, 다시 담백해지기도 하고.

그때 그 무대가 늘 재미있고 즐거웠던 건 아무것도 바라는 것 없이 매일매일 몰입할 수 있었기 때문일 거예요. 우리는 정말 좋아하는 일이라 시작했는데, 막상 하면서 실망을 경험하기도 하잖아요. 그 이유는 기대고 바라는 마음이 크기 때문이 아닐까 싶어요. 자신이 정말 원하는 게 무엇인지 모르겠다면, 차라리 잘됐다고 생각하고 아무거나 해보는 거예요. 무엇이든 열심히 하다보면 그 속에서 나름의 재미도 발견하게 되고, 내 관심과 재능은 어떤 방향인지 감을 잡을 수도 있으니까요. 그렇게 되면 행복해 보이는 일이 아니라, 행복한 일을 하고 있는 나를 보게 되는 것이고요.

무엇이 됐건 1번은 다른 누구도 아닌 나의 행복이 되어야 해요. 답을 찾지 못하겠으면 자신에게 물어보세요. "취직이 안 돼서 불행하니? 왜 꼭 취직을 해야 하는데? 남들이 원해서? 경쟁에서 살아남아서 입사하면, 그것으로 끝날까? 입사하면 진급하고, 진급하면 잘리지 않아야 하고, 결혼해야지, 집 사야지, 아이도 경쟁에서 이길 수 있도록 키워야지, 평생. 평생 그렇게. 이 쳇바퀴 속에서 사는 게 정말 행복할까?" 그럼 어느 정도 답이 나오겠죠. 만약 그게 좋다면 그렇게 경쟁의 소용돌이 속으로 들어가는 거예요. 누구보다 그 경쟁을 즐기면 되는 거죠. 하지만 아니라면 행복한 일이 뭘까, 열심히 할 수 있는 일이 뭘까 한 번 더 고민하는 것이고요. 그렇게 각자에게 맞는 답이 나올 수 있다는 거죠.

그런 식으로 개인이 변하면 사회도 변할 거예요. 모든 사람들이 정말 원하고 행복한 길을 간다면 소수를 위해 다수가 희생되는 경쟁구조 자체가 바뀔 수도 있어요. 그렇게 되면 행복해 보이는 사회가 아닌 진짜 행복한 세상에서 살 수 있지 않을까요?

내 마음을
내게 준다면?

정말 홀연히 찾아왔어요. 만나지 않을 줄 알았는데, 갑자기 이유도 없이 그렇게요. 혹시 여러분에게도 찾아왔나요? 이미 지났을 수도, 만나고 있을 수도 혹은 앞으로 올 수도 있겠네요. 절망의 시간 말입니다. 이 녀석은 희망이나 기쁨의 뒤를 몰래 좇고 있다가 잠시 방심한 틈을 타 얼굴을 내밀곤 해요.

내가 만났을 때도 그랬어요. 드라마 〈대장금〉이 사람들에게 좋은 평가를 받을 즈음이었어요. 누구에게나 인정받은, 한류의 중심에 있던 〈대장금〉. 그렇게 대단한 드라마를 찍으면서 개인적으로 결혼이라는 좋은 일도 있었죠. 정말 기쁜 날들이었어요. 좋은 짝을 만나고, 드라마가 뜨고. 그런데 반전이 숨어 있었어요. 영화 일이 하나도 들어오지 않게 된 거예요. 드라마 감독과 결혼하고, 드라마에서의 강한 이미지가 생겨서였을까요? 김여진은 텔레비전 배우라고 못박은 것인지, 저예산영화나 독립영화조차 한 편도 섭외가 들어오지 않더군요. 충격이었죠. 물론 드라마 쪽 일이 들어오긴 했지만 역할들이 엇비슷해서 재미가 없었어요. 결단을 내렸죠. 드라마를 끊고, 영화를 기다려야겠다. 충전도 할 겸 일 년을 쉴 생각으로 뉴욕으로 날아갔어요.

거기서 공부도 하고 여행도 하며 시간을 보냈죠. 그렇게 오래 기다린 끝에 뉴욕에서 영화 두 편을 계약하고 한국으로 돌아왔어요. 새롭게 일을 할 생각에 들떠 있었죠. 그런데 두 편 모두 제작이 무산됐어요. 설상가상으로 하려던 연극마저 없어졌죠. 갑자기 맥이 탁 풀리면서, 마치 이 세상 모든 불행이 내 것만 같았어요. 할 일이 아무것도 없다는 게 우울하고, 무기력한 나를 보면서 그냥 죽어버릴까, 못난 생각도 했어요. 그렇게 되더군요. 내가 쓸모없다는 생각이 드니까 감정이 극을 향해 달렸어요. 다른 사람들은 그저 슬럼프일 뿐이라고 다독여주었지만 말할 수 없을 만큼 힘든 시기였어요.

그때 마침 드라마 대본을 받게 됐어요. 작은 역할이었지만 뭐든 해야 할 것 같아 출연제의를 받아들였죠. 〈푸른 물고기〉라는 드라마에서 주인공 고소영 씨의 고모 역할. 다른 때 같으면 안 했을 역이었어요. 더군다나 동갑내기 고소영 씨가 조카라니. 하지만 일단 일을 한다는 데 초점을 맞추었죠. '그래, 나이 들어 보이게 분장하면 되지 뭐. 난 연기자잖아.' 그렇게 간단명료하게 결론을 내렸어요. 주인공의 안부만 묻는 역할이 마음에 들지 않았지만 더 욕심내지 않고 우선 일 자체를 즐기자고 생각했어요.

그런데 거기에 또 하나의 반전이 숨어 있었어요. 갑자기 하루하루가 기쁘고 촬영장에 가는 자체가 재미있는 거예요. 감독님을 비롯한 스태프, 배우들과 웃고 장난치면서 편안하게 일할 수 있었어요. 내가 먼저 마음을 여니까 함께 일하는 사람들도 즐거워하고요. 드라마는 워낙 기다리는 시간이 많은 작업이지만, 그것조차 별로 괴롭지 않았어요. 신기했어요. 그런 경우가 살면서 별로 없었거든요. 예전에는 하고 싶은 역할 못

하면 속상하고, 그 마음 그대로 촬영장에 가면 다른 배우들이 신경 쓰이고, 스태프가 나를 어떻게 대하는지 예민해졌죠. 그런데 날카로운 칼날을 밖이 아닌 안으로 숨기고 있어서 더 문제였어요. 발산을 하면 나았을 텐데, 겉으로는 괜찮은 척, 관심 없는 척하고 속으로 끙끙 앓았던 거죠.

그러다 알게 됐죠. 내 마음의 주도권은 내가 쥐고 있는 거구나. 알아서 해봐라, 내 마음을 내게 줘버렸어요. 그랬더니 참 좋았어요. 그 어떤 걸 받았을 때보다 행복했어요. 내가 내 마음을 본다는 건 정말 중요한 일이라는 걸 깨달았어요. 마음속에서 소용돌이치는 감정, 감각, 느낌 등을 자세히 살피고 어루만지면 마음의 온전한 주인이 된다는 사실이 놀라웠죠. 차고 뜨겁다는 감각, 좋다 싫다는 느낌, 슬프다 기쁘다는 감정, 이런 것들을 면밀하게 관찰하고 세심하게 들여다보면, 그야말로 내가 내 '마음'에 대해 잘 알게 되지요. 내가 날 이해해주고, 들어주고, 관심을 가져주면 내게 여유가 생겨요. 다른 사람의 관심이나 위로에 목말라하지 않아도 되지요. 애가 타고, 조급해지고, 신경질이 나고, 그런 내 마음을 있는 그대로 보고 "그러지 마"라고 말하는 대신 "아, 네가 지금 그렇구나" 하고 따뜻이, 가만히 느껴주는 것만으로 그런 마음이 사라져버려요. 바람처럼 지나가죠.

모든 일에는 두 가지 측면이 있어요. 영화제에서 상을 받았다고 해도 좋기만 한 게 아닌 것처럼, 집에 불이 나고 가진 걸 다 잃어도 나쁘기만 한 것도 아니라는 것. 그다음에 어떤 게 올지 모른다는 것. 그냥 충분히 느껴주고 받아들여주면 거의 대부분 좋은 '경험'일 뿐이라는 것. 물론 하루아침에 깨달음이 오는 것도 아니고, 한결같이 살 수 있는 것은 더더욱 어렵지만 노력해보는 거예요. 무엇보다도 내 마음을 행복하게 만드는 데 가장 많이 집중해보는 거죠. 해볼 만하잖아요?

사랑을 해보면 나를 알 수 있어요.
진짜 내가 누군지, 얼마나 치사한 인간인지,
겉으로는 질투하지 않는다지만
얼마나 작은 것에 집착하고
집요하게 질투하는 사람이었는지.

나의 이십대

신문방송학과에 들어가 대학 신문사에서 편집장을 지냈으나 지극히 평범하고 늘 수줍었다. 그러다 군대에 다녀와 들은 김충렬 선생의 동양철학 강의로 앎에 대한 신세계를 만났다. 80년대 초반 학생 신분을 유지하고 있다는 것만으로 마음의 빚을 지고 있던 그 시절, 철학과 인문학 그리고 독서는 답답한 마음을 뚫어주며 세상에 발을 딛게 해주었다.

박웅현

광고회사 TBWA KOREA의 ECD

『인문학으로 광고하다』의 저자

창의성은 어디 산다고 생각하니?

사람들이 묻는다. "창의성을 기르려면 어떻게 해야 하나요?" 나는 대답한다. "잘 살면 됩니다." 창의력은 보이지 않는 것을 보는 힘이니까 창의성을 기르려면 뭘 하든 잘하면 된다. 공부할 때, 클럽 가서 춤출 때, 영화 볼 때, 음악 들을 때, 맛있는 음식 먹을 때, 친구들과 수다 떨 때, 길을 걸을 때도 잘하면 되는 것이다. 하루를 살 때 안테나를 세워 귀 기울인다면 그 안에서 새로운 것을 발견하고 창조할 수 있다. 모든 사물과 현상에서 의미를 찾다보면 본질을 찾게 되고, 본질을 알게 되면 시대의 흐름이 보이고, 그렇게 되면 시대정신과 맞물린 새로운 창작품을 만들어낼 수 있기 때문이다.

창의성의 산물이라는 광고를 만드는 사람들에게 가장 중요한 것은 무엇일까? 트렌드에 민감한 감각? 감성적 직관? 아니다. 바로 시대를 읽을 줄 아는 통찰력이다. 현상이 아닌 본질을 꿰뚫을 수 있는 바로 그 통찰력. 그게 있어야 새로운 시선을 찾을 수 있고 그 시선으로 더 새로운 것을 만들어낼 수 있다. 당장 뜨는 가십이나 트렌디한 드라마, 오늘의 뉴스는 중요치 않다. 그것들이 주목받는 이유와 사건 사고가 일어나게 된 사회적 배경에 대해 관심을 기울여야 한다.

내가 일하고 있는 광고회사 TBWA KOREA에서 프로젝트로 『가로수길이 뭔데 난리야?』라는 책을 낸 적이 있다. 제목만 보면 가로수길을 소개하는 가이드북 같지만 전혀 아니었다. 그때 우리는 궁금했다. 가로수길이 뜬다는데 그 이유가 무엇인지 시대적 현상에 대한 본질이 알고 싶었다. 직접 체험해 보니 가로수길은 아기자기한 가게들이 이국적이고, 주차할 공간은 마땅치 않지만 걷기는 편한 길이고, 모든 것이 한 박자 느리게 가는 곳이었다. 그래서 나 자신에게 시선을 돌릴 여유를 즐길 수 있고, 주인과 손님이 모두 사람 대접을 받는 따뜻한 공간이었다. 그리고 그곳에 사람들이 모여들기 시작한 것은 당시 우리 사회가 효율이 아닌 '느림'을 예찬하게 됐고 행복을 성공의 덕목으로 여기기 시작했기 때문이다. 결국 가로수길에 열광하고 인기를 끄는 것 또한 시대정신이 내재되어 있는 현상이었다. 이렇게 본질을 알아내는 것이 새로운 것을 만드는 시작이다.

그렇다면 시대정신과 사회 흐름을 꿰뚫는 통찰의 힘, 창의성은 과연 어디에 있는 것일까? 경험에 의하면 그건 일상 속에 살고 있다. 볼 생각이 없어 보지 못하는 것일 뿐, 관심이 없고 궁금해하지 않기 때문에 사라지는 것뿐이다. 나한테는 '비닐봉지 콤플렉스'라는 게 있다. 영화 〈아메리칸 뷰티〉에서 리키가 제인에게 '세상에서 가장 아름다운 장면'이라며 보여주었던 것은 다름 아닌 바람에 춤을 추듯 날리는 까만 비닐봉지였다. 아무것도 아닌 비닐봉지 하나로 저렇게 마음을 울리다니, 그 장면을 보며 나는 망치로 맞은 듯 멍해졌다. 그 후로 비닐봉지를 볼 때마다 그것으로 아무것도 만들어내지 못한 나 자신에게 화가 났다. 그리고 일상에 좀더 예민하게 안테나를 세운다.

창의력은 이런 것이다. 세상 속에 있는 것, 세상을 궁금해하면 나타나는 것, 세상에 무심하지 않고 유심有心해야 만날 수 있는 것. '시이불견 청이불문視而不見 聽而不聞'. 보지 않으면 볼 수 없고, 듣지 않으면 들을 수 없다. 창의성과 만나고 싶다면 우선 새로운 시선으로 일상과 조우해야 한다. 마치 생활이 여행인 듯 아침 햇살에 환호하고, 지금 걷고 있는 그 길에서 무언가를 발견하는 것이다. 모든 것은 우리가 살고 있는 이곳에 존재하고 있다는 사실을 잊어서는 안 된다.

그럼에도 불구하고,
너는 뭐니?

특히 일을 할 때, 나는 성질도 못됐고 다른 사람을 배려하는 것도 서툴다. 프로젝트가 시작되면 나는 앞만 보는 완전한 육식동물이다. 초식동물은 눈이 옆을 향해 있어서 주위를 다 둘러본다는데, 나는 눈이 앞으로만 쏠려서 좀처럼 주변을 챙기지 못하는 것이다. 그러다보니 나의 무심함에 상처받는 사람들이 생기기도 한다. 그런데도 그런 나의 단점을 염두에 두면서 천천히 가지를 못한다. 지위가 높아지고 책임져야 할 사람들이 많아지면서 이제는 달라져야 하지 않겠느냐고 조언을 받아서 노력도 해봤다. 그런데 솔직히 못 하겠더라. 그래서 생각했다. 그럼에도 불구하고, 박웅현을 해야겠다. 나, 단점 많고, 상처도 잘 주고 잘 받고, 사람 이름도 못 외우고, 길도 자주 헤매고 아무것도 모르는 바보 맞다. 그런데 "그럼에도 불구하고, 박웅현이 필요해"라는 말을 들을 수 있는 일을 하면 되는 거 아니냐 싶었다. 단점을 감추려 하지 말고 장점을 극대화하자는 쪽으로 결론을 내린 것이다.

누구에게나 단점이 있고, 더불어 장점도 있다. 세상에 존재하는 수많은 천재들은 모두 장점만 가지고 있을까? 요요마가 첼로 천재라지만 순간의 천재일 뿐이다. 첼로를 연주할 때 천재인 것이지 생활하는 내내 모든 것에서 천재는 아니다. 나는 바보다. 하지만 어느 순간에 천재까지는 아니라도 뛰어난 것 같기는 하다. 나만 그럴까? 아니, 누구나 다 똑같다. 사람마다 가지고 있는 뇌관은 다 다르다. 전부 다른 폭탄이라는 이야기이다. 다만 아무도 그것을 찾게 해주지 않기 때문에 모르는 것뿐이다. 한국 사람들은 "모든 사람들의 뇌관은 327번째 셀에 있어야 해" 하고 헌법에 규정해놓은 듯 산다. 그래서 모든 사람이 같아야 마음을 놓는다. 각각의 뇌관을 찾아내주면 되는데 그걸 안 하는 것이다.

나도 이십대 때 늘 자신감이 없었다. 다른 사람 앞에 나가는 게 무서웠다. 그런데 살면서 돌아보니, 내 잘못은 아닌 것 같다. 너무 기를 죽이는 우리나라 교육 자체가 문제다. 조금만 달라도 같아지길 강요당하니까 사회 전체가 기죽어 있다. 인생에서 가장 중요한 단어는 자존自尊이라고 생각한다. 자존은 자신을 존중하는 마음이다. 자기를 믿어줘라. 남들에게 옳은 답인가 먼저 고민하지 말고, 나에게 옳은 답인가 먼저 생각해라. 최근에 제작한 '나답게'라는 광고에 다르다고 틀린 건 아니라는 카피가 나온다. 그런 것이다. 빡빡머리이건 눈이 작다고 틀린 건 아니다. 단지 다를 뿐. 나답게 살고 남의 눈치 보지 않고 살아야 한다. 자기중심을 잡는 게 중요한 것이다.

물론 요즘 세상이 자존감과 자신감만으로 살아갈 수 있게 내버려두지 않는다는 것도 사실이다. 그래서 어쩔 수 없이 깊이나 본질보다는 '스펙' 같은 얇고 눈에 보이는 것만 추구하게 되는 것도 이해한다. 그렇게밖에 생각할 수 없도록 만든 사회가 안타깝고, 이런 사회에 살고 있는 게 안쓰럽지만 이십대 당신들, 여러분은 그럼에도 불구하고 흔들리지 말아주었으면 좋겠다. 이십대만큼은 '그럼에도 불구하고, 나'라는 생각으로 자신감을 갖고 제대로 살아주었으면 한다. 그리고 '스펙'은 보이는 한 부분일 뿐 본질은 아니라는 것, 잊지 말았으면 한다.

그나마 다행인 것은 이십대들이, 젊은이들이 먼저 자각하고 세상을 바꾸려 노력하고 있다는 것이다. 얼마 전 한 대학교의 동아리에서 강연 요청이 들어왔다. 취업준비학원이 된 대학에서 돌아봤더니 어느새 우리는 취업의 노예가 되어 있었다며 인문학은 어디로 가는가에 대해 고민을 한 친구들이었다. 자발적으로 학교에 인문학 동아리를 신청해 보조금도 받고 활동을 시작해 워크숍을 가는데 나에게 강연을 해달라는 내용이었다. 메일을 읽으며 참 기뻤다. 이십대가, 젊은이들이 먼저 자각하고 세상을 바꾸려 노력하고 있는 게 고마웠고, 스스로 자생력을 회복하고 있어 다행스러웠다.

사회를 이렇게 만든 데는 기성세대의 책임이 크다. 그러니 이제 여러분은 우리 어른들에게 휘둘리지 말고 새로운 길을 열어라. 단점을 고쳐서 남과 똑같아지려고 애쓰지 말고, 나의 단점을 인정하고 다른 사람이 갖지 않은 나만의 뇌관을 터뜨릴 준비를 해라.

자신있게, Be yourself!

클래식이
궁금하지 않니?

　　지금 좋아하는 가수들을, 그 노래들을 십 년이 지나도 좋아할까? 아니 이십 년이 지나고, 삼십 년이 지나 나이가 쉰이 되어도 좋아할까? 글쎄, 나는 잘 모르겠다. 그런데 지루하다고 생각하며 외면하는 비발디와 베토벤은 이삼백 년이 지난 지금까지 좋아하는 사람들이 있다. 백오십 년이 된 도스토예프스키를 여전히 찾아 읽는 사람들도 있다. 참 신기하지 않은가? 가장 혹독한 시련이라는 시간을 견뎌온 '클래식'이라는 이름의 문화가 궁금하지 않은가? 없으면 당장 죽을 것 같은 사랑도 오 년이면 식고, 목숨 걸며 덤비는 사랑도 십 년을 못 간다. 그런데 클래식은 몇 백 년을 살아가고 있다.

　　해마다 전세계에서 어마어마한 양의 예술작품이 쏟아져 나온다. 하지만 그중 선택받는 것은 소수이고, 그마저도 언젠가는 잊히게 하는 것이 시간이다. 거기서 살아남아 아직까지 우리의 삶 속에 존재하는 것들이 바로 클래식이다. 음악, 미술, 문학의 클래식이라 불리는 그것들이야말로 인류문화의 정수精髓이다. 이렇게 인류 대대로 검증받아 존재하는 클래식은 궁금해하고 알아볼 가치가 충분하지 않을까?

　　무엇보다 클래식을 알게 되면 인생의 풍요를 만끽할 수 있다. 풍요, 우리는 이것을 오해하곤 한다. 물질적으로 풍족하다면 자연스럽게 따라오는 것이라고 생각한다. 그러나 풍요는 호화유람선을 타거나, 돈을 펑펑 쓰면서 무시로 해외여행을 다닌다고 얻을 수 있는 게 아니다. 설혹 그것을 통해 풍요를 느꼈다 하더라도, 죽는 순간 그것들이 떠오를까? 나라면 책을 읽으며 가만히 햇살을 받고 있던 주말 오후나 들으면 소름이 돋는 아름다운 음악과 그림들이 그리울 것 같다. 일상을 풍요롭게 해주었던 클래식들이 참 아쉬울 것 같다. 그래서 만약에 죽기 전에 의식이 있다면 마지막으로 한 곡의 음악을 듣고 싶다. 이렇게 마지막까지 기억에 남을 문화들을 경험하고 싶고, 또 그 경험을 통해 풍요롭게 살아야 한다고 생각한다.

처음 앙리 루소와 모네의 작품을 봤을 때를 기억한다. 그 감동의 폭풍이 충격으로 다가올 정도였다. 나는 그 자리에 완전히 얼어붙었다. 뭐라 할 말도 잊은 채 옴짝달싹 움직일 수 없었다. 그런 경험이 있기 전에는 미술이란 그저 이해하려고 노력하지만 닿지 않는 무엇이라고 했는데 지금은 죽을 때 모네를 봤던 그 경험이 떠오를 수도 있다고 생각한다. 모네를 알기 전과 후, 나는 완전히 다른 부류의 세상을 살고 있는 것이다. 그 그림을 마주한 순간 나는 미술에 대한 풍요를 얻었다. 인생을 풍요롭게 살고 싶다면 어떤 성격의 직업을 택하더라도, 어떤 형태의 삶을 살더라도 클래식을 만나야 한다고 생각한다. 몇 백 년 동안 인류에게 선택받아온 음악을 듣고 그림을 보고 책을 읽으며 느낀 감동으로 소름이 돋거나 무릎에 힘이 빠지거나 눈물이 왈칵 쏟아지는 경험이 인생을 충만하게 할 테니까.

그런데 클래식을 만나고 그 안에서 풍요를 얻으려면 약간의 훈련이 필요하다. 『나의 문화유산 답사기』의 저자 유홍준은 "문화미와 예술미라는 것은 인간이 만든 것들이기 때문에, 훈련을 하지 않고는 감상을 할 수 없다"라고 말했다. 그의 말에 공감한다. 언젠가 미국 해리먼 파크를 거닐던 때였다. 부서지는 햇빛과 그 빛을 받고 서 있는 모든 자연이 어찌나 아름다운지 숨이 멎는 것 같았다. 그런데 순간 장 그르니에가 스페인의 어느 섬에서 썼다는 『섬』의 한 구절이 떠올랐다. "너무 젊은 나이에 자신들의 내부로 쏟아져 들어오는 그 엄청난 빛을 보고 그만 질려버린 사람들이 자살을 한다"라는 구절이었다. 그 글귀를 생각하며 아마도 청춘의 삶을 마감하게 한 그 빛이 이런 것이었겠구나 어렴풋하게 느낄 수 있었다. 그러면서 또 한 번 온몸에 차오르는 풍요로움을 만끽했다. 이런 경험은 장 그르니에를 알았기에 가능한 것이었다. 만약 내가 『섬』을 읽지 않았다면, 그저 넋을 놓게 만든 아름다운 풍경 정도로 기억할 수도 혹은 잊어버릴 수도 있었다. 하지만 아직도 나는 내 몸 위로 부서져내리던 그 햇살이 또렷하다. 이처럼 알고 느끼는 것과, 모르고 그저 보는 것과는 큰 차이가 있다.

그래서 풍요를 위해 클래식을 보고 듣고 느낄 줄 아는 훈련을 해야 하는 것이다. 어렵지 않다. 모든 것을 당장 알 필요도 없다. 지금부터 조금씩 궁금증을 풀어나가면 된다. 내가 그림을 알게 된 건 삼십대 초반이었다. 미술이 궁금한데 가르쳐주는 사람은 없고, 학창시절 선생님들은 그들이 위대하다고 권위를 강요했지 느끼게 해주지 않았다. 그런데 모르니까 궁금하고 답답했다. 그래서 스스로 찾았다. 이 책 저 책 궁금증을 풀기 위해 읽다보니 유홍준도 만나고 이철수도 만나고 곰브리치도 만났다. 삼십대 후반까지 그렇게 음악과 미술, 문화의 클래식들을 공부하며 성장했고, 지금은 어느 정도 그것에 대해 사람들과 대화를 나누고 보고 느낄 줄 알게 됐다. 누구든 지금이라도 늦지 않았다. 클래식을 궁금해하고, 그 궁금증을 스스로 풀어보자. 삶이 당장 풍요로워질 것이다.

사람마다 가지고 있는 뇌관은 다 다르다.
전부 다른 폭탄이라는 이야기이다.
다만 아무도 그것을 찾게 해주지 않기 때문에
모르는 것뿐이다.

나의 이십대

정말 '미치도록' 재미있었던, 재미있어 마치 '죽을 것만
같던' 생각만 해도 신나는 나의 이십대. 좋아하는 일, 재
미있는 일만을 좇아 살았던, 한 치의 후회도 없이 보냈던
시간들이 기억난다. 그때는 가장 재미있는 게 뭔지 몰라
헤매기도 했지만 그래도 지치지 않고 가장 재미있는 것
을 찾으며 살았다.

노홍철

방송인, 인터넷쇼핑몰 노홍철닷컴 대표

서울종합예술학교 패션예술학부 겸임교수

A~Yo 재밌어? 재밌어? 재밌어?

간혹 재미없는데도 재미있다고 하는 사람들이 있어서 세 번 강하게 묻겠습니다. 재미있나요? 재미있어요? 진짜 재미있어요? 세상은 재미있게 살아야 해요. 심각해서 좋을 게 뭐가 있습니까. 재미있게 살다보면 안 될 일도 되고, 될 일은 더 잘 되고 그러더라구요. 제 경험이 백 퍼센트 증명해주니까 의심하실 필요 없어요. 진짜예요, 진짜라니까.

사실 저라고 늘 재미있었겠어요. 재미없게 산 시간들이 있었죠. 그게 막 대학 들어갔을 때인데요. 제가 기계공학과를 나왔어요. 기계공학, 왠지 노홍철과 참 안 어울리죠? 원래 악기 연주나 그림 그리기 같은 예능 쪽이 맞았는데 어느 날 아버지께서 말씀하셨어요. 공대를 가는 게 아무래도 사회생활할 때 더 좋겠다구요. 억지로 강요하시진 않았지만 넌지시 제안하셨어요. 그동안 효도도 못했고 뭐 대학이 다 같겠지 하는 생각에 이과에 진학해 기계공학과에 가게 된 거죠.

그렇게 시작한 대학생활. 아, 상상만으로도 즐거운 거잖아요, 대학생활이라는 게. 인생에서 가장 재미있는 시간 중 하나일 거예요. 저도 물론 재미있었어요. 전국 팔도에서 모인 새로운 친구들과 만나고 새로운 문화를 접하고 정말 즐거웠는데 딱 하나, 수업시간이 너무 재미없더라구요. 일단 아무것도 모르겠어요. 다른 애들을 살펴보니 참 재미있어하던데, 스스로 선택해 들어온 학과가 아니라 그런지 수업시간이 늘 지루했어요. 재미가 없으니까 자꾸 딴 생각하고, 딴짓하고, 수다 떨고,

그러다 교수님께 혼나기도 했죠. 지금 생각하면 참 죄송해요. 그래도 학과 일은 열심히 했어요. 과대표도 계속하면서 수업 이외의 학교생활은 참 충실히 했죠.

그렇게 생활하다가 어느 날 적성검사를 받아봤어요. 누가 시킨 게 아니라 제가 그냥 궁금해서 해봤죠. 며칠 후 결과를 보러 갔더니 거기 계신 선생님이 조심스러워하시는 거예요. 솔직하게 얘기해주는 게 좋은데 자꾸 뜸들이시고 어쩔 줄 몰라하시더니 말씀해주셨어요. 적성에 맞는 학과별로 막대그래프가 죽 나오는데, 제가 다니고 있는 기계공학에는 막대가 아예 없대요. 아무리 적성에 안 맞아도 막대가 짧게라도 있는데 정말 제로, 아무것도 없었던 거죠. 선생님께서 안타까워하시면서 그래도 졸업할 수 있으니 너무 염려 말라고 위로까지 해주셨어요. 그런데 저는 오히려 그 상황이 참 기뻤어요. 이유가 있었던 거잖아요. 제가 그렇게 수업에 집중하지 못하고 재미 없어했던 확실한 이유. 적성에 전혀 맞지 않는 공부였기 때문이니까. 명분이 생기니까 마음이 편해졌어요. 그리고 검사결과를 찬찬히 살펴보니 저에게 맞는 분야가 광고나 사업, 방송, 교육, 미술 이런 쪽이더라구요. 선생님께 감사하다고 인사드리고 나와서는 저에게 맞는 분야를 전공하는 아이들이랑 놀기 시작했어요. 그 후에 광고홍보학과나 경영학과 친구들, 미술 전공하는 친구들이 많아졌죠. 그 친구들하고 주거니 받거니 이야기를 나누는데 견딜 수 없을 정도로 재미있었어요. 경제

가 어떻고, 경영이 어떻고, 디자인이 뭐야, 마케팅은 뭐지, 이런 이야기를 주고받는 내내 즐거웠어요.

그 친구들과 우정이 쌓이고 주워들은 이런저런 이야기들로 저와 맞는 분야의 지식이 쌓여갈 즈음 장사에 도전했죠. 적성검사 때 '사업' 쪽 막대그래프가 아주 높게 나왔으니까요. 그때 한참 축제 시즌이었는데 뭘 할까 고민했어요. 축제 때는 다들 이것저것 많은 이벤트를 벌이니까 좀 색다르고 재미있는 걸 해봐야겠다 싶었어요. 그러다 수염을 그려주고 돈을 받아볼까 하는 생각이 퍼뜩 들었어요. 그래서 바로 판을 벌였죠. '이국적인 라이프스타일, 당신도 가능합니다. 멋진 수염 하나로 스타일의 변화를 경험하세요.' 이런 문구를 내걸고 집에 있는 포스터컬러 물감을 좍 펼쳐놓은 다음 수염을 그려주기 시작했어요. 간단한 건 이천 원, 붓질이 조금 더 가면 삼천 원. 과연 누가 오긴 할까, 반신반의하고 있는데, 사람들이 물밀듯 밀려오는 거예요. 다들 처음 해보는 거니까 재미있는지 너도 나도 수염을 그려달라며 왔어요. 나중에는 제대로 페이스페인팅용 물감을 사다가 그려주었고, 열렬한 호응도 얻었죠. 그걸 경험하면서 장사의 재미를 알았어요. 그리고 내가 그 일을 할 때 정말 재미있어한다는 것도 알게 됐구요.

그래서 본격적으로 장사에 뛰어들어보자 마음먹고 인터넷서핑을 해봤죠. 뭘 어떻게 해야 하나, 어디서부터 할까 기본적인 자료를 얻기 위해서요. 찾다보니 동대문이라는 곳이 있는데 장사하는 사람들이면 다 알아야 하는 곳이더군요. 일단 갔죠. 그동안 옷은 집 근처에 있는 쇼핑센터에서 사곤 했던 게 전부였으니 동대문은 별천지였어요. 유명 브랜드는 아니지만 쇼핑센터에서 샀던 옷이랑 디자인이 거의 차이가 나지 않는 옷이 삼 분의 일 가격도 안 되더라구요. 일단 몇 벌 사다 친구들한테 팔아봤어요. 친구들이 깜짝 놀라면서, 심지어 고마워하면서 사줬어요. 그런 식으로 동대문에서 옷을 사다가 아는 사람들에게 팔기 시작했죠. 처음엔 잘 몰라서 소매시장을 다 넸는데 나중에는 도매시장이 있다는 것도 알게 됐어요. 그러다 정신 차리고 보니 제가 동대문상인연합회 모임에도 참석하고 있는 거예요. 그때 정식으로 사업하는 것도 아니고 매장도 없었지만 제 친화력 하나로 좋은 형님들과 어울리면서 장사나 사업에 대한 이야기를 많이 들었어요.

그렇게 시작한 장사에 여기저기서 반응을 보이니 엄청 바빴어요. 학교생활도 해야 했으니까요. 그런데 진짜 재미있으니까 멈출 수가 없었어요. 매일 동대문시장을 두 발로 돌아다니고 물건을 고르고 집에 와서 포장하고 그걸 팔고 하는 걸 혼자 다 하려니 몸이 지치는데 그런 줄도 몰랐어요. 어느 날은 급기야 친구들이랑 떠들고 있는데 쌍코피가 터졌어요. 친구들은 놀라서 난리를 치는데 저는 웃음이 났어요. 재밌으니까. 그때 느꼈죠. 아, 사람은 재미있는 걸 하면서 살아야 하는구나. 코피가 터져도 웃을 수 있는 정도의 재미, 잠을 못 자도 졸리

지 않을 정도의 재미, 먹지 않아도 배고프지 않을 정도의 재미, 그런 재미있는 일을 하면 무엇이든 할 수 있겠다는 생각이 들었어요.

　여러분은 지금 재미있는 일을 하고 있나요? 여러분에게 가장 재미있는 일은 무엇인가요? 아직도 재미없는 일, 재미없는 생활에 시들해져 있다면 당장 재미를 찾아나서보세요. 인생이 백팔십도 변할 거예요. 첫째도 재미, 둘째도 재미, 마지막까지 재미, 인생은 무조건 재미있게 살아야 해요! 만약 지금 생활이 고통스럽다면 재미없기 때문이에요. 특강을 간 어느 학교에서 한 친구가 물었어요. 원래 전공이 재미없어서 재미있겠다 싶은 걸로 바꿨는데 그게 또 재미없다고 어떻게 해야 하냐더라구요. 그래서 말했죠. "그렇다면 그게 재미있는 게 아니다. 재미있는 줄 알았는데 아닌 거다. 재미있는 걸 아직 못 찾은 거다. 그러니 지금이라도 빨리 재미있는 걸 다시 찾아라." 저도 마찬가지였으니까요. 이것저것 실패도 많이 했지만 끊임없이 가장 재미있는 걸 찾아다녔죠. 그걸 찾으면 지금 하고 있는 일은 미련 없이 돌아섰어요. 더 재미있는 게 나타났는데 지금까지 했던 게 아까워서 못 하는 건 바보 같은 일이니까요. 정말 재미있는 걸 하면 고통스러울 일이 없어요. 여러분 모두 많이 힘든 시기겠지만 한 가지만 좇으세요. 재미! 아마 그것이 인생의 많은 부분을 해결해주지 않을까 싶어요.

명함을 만든다면
직함을
뭐라고 쓰고 싶어?

학창시절 장사의 재미를 알고 모든 게 적극적으로 변했어요. 계속해서 새로운 것을 찾아다니고 발견하는 것에 더 큰 재미를 느끼게 됐죠. 제대를 하고도 여전했어요. 군대 가기 전에 동대문, 청계천 일대를 돌며 해볼 수 있는 건 다 해봤는데 이젠 뭘 할까, 또 걸었죠. 뭐 새로운 아이템이 없을까 눈을 크게 뜨고 걷고 있는데 처음 보는 골목이 있었어요. 왠지 심상치 않은 기운이 도는 것이, 뭔가 또 재미있는 게 나를 기다리고 있을 것만 같았어요. 들어가봤죠. 거기는 문구나 장난감들을 취급하는 도매상들이 모인 골목이었어요. 세상에, 일단 보는 순간 신이 났어요. 제가 놀이동산 참 좋아하거든요. 놀이동산에 가면 일단 캐릭터 모자 쓰고, 헬륨풍선 들고, 팔찌 차고 다녀줘야만 하는 스타일이에요. 그런데 그런 것들이 다 모여 있다니. 바닷가에 가면 빼놓지 않고 하는 폭죽들도 있더라구요. 아저씨한테 가격을 물어보니까 제가 샀던 가격의 십 분의 일도 안 되는 것 같았어요. 얼른 몇 묶음을 샀죠. 그걸 놀이동산에서 놀면서 팔기도 하고, 바닷가에 가서 '홍철 팡팡 세트'라고 이름 붙여 팔기도 했어요. 반응은 역시 대단했죠.

한번은 연말 크리스마스 시즌이었어요. 골목을 죽 도는데 박수 치면 팝송이 흘러나오면서 춤을 추는 산타인형이 있었어요. 예쁜 케이크 모양 장난감도 있고. 아저씨한테 물어보니 통 안 팔린다고 하시며 골칫거리라고 한숨을 쉬셨어요. 그래서 제가 다 사겠다고 하고 도매보다 싼 가격으로 산타와 케이크를 가지고 왔죠. 그때 우리나라에 파티 문화가 막 시작될 때였는데 잘 아는 형이 작은 갤러리에서 전시도 하고 파티도 할 테니 오라고 초대를 했어요. 그 형에게 거기서 장사 좀 해도 되냐고 물었어요. 어차피 파티에 온 사람들에게 즐거움을 주는 아이템이니까 형도 흔쾌히 허락하더라구요. 그것들을 쌓아놓고 파는데 때가 때이고, 남녀가 함께 온 파티장이라 그런지 순식간에 다 동이 난 거예요.

그러다보니 슬슬 가게를 열어서 본격적으로 해보고 싶은 욕심이 생겼어요. 알아보니 보증금이며 월세며 뜻밖의 돈이 나가야 하니까 덜컥 겁이 났어요. 부모님께 받은 용돈이 아니라, 스스로 발로 뛰어서 번 돈이라 그런지 함부로 쓰고 싶지 않았거든요. 그렇다고 아무것도 안하고 있자니 군대 가기 전에 해놓은 것들이 참 아깝고 말이죠. 제가 장사하며 보낸 시간 동안 친구들은 공부를 했고 졸업 전에 뭔가를 다져놨잖아요. 저도 그 시간들을 그냥 버리고 싶지 않았어요. 마냥 노는 것처럼 보였지만 재미있게 즐기면서 나만의 방식으로 무언가를 생산해낸 시간이었으니까요.

다시 곰곰이 생각하니 인터넷 쇼핑몰이 떠올랐어요. 그 시절만 해도 인터넷 초창기라서 쇼핑몰을 연다고 하면 솔루션 업체들이 제공하는 혜택이 많았어요. 그런 곳들을 찾아서 쇼핑몰을 오픈했죠. 그리고 명함을 하나 만들려는데, 노홍철이라는 이름 석 자 앞에 뭐라고 쓸까, 어떤 직함을 넣을까 고민했죠. 생각 끝에 이렇게 적었어요. '플레이 매니저 노홍철'.

그런데 기다린다고 고객이 오는 게 아니었어요. 역시나 이번에도 직접 나섰죠. 마침 형이 카이스트에 다니고 있어서 부탁을 해두었어요. 이런 일을 하려고 하는데 필요하면 연락을 달라고 말이죠. 형이 그렇지 않아도 랩실에서 엠티를 가는데 뭘 하고 놀아야 할지 고민이라고 하더라구요. 옳다꾸나, 바로 그런 사람들을 위해 나, 플레이 매니저가 존재하는 거라며 주변 사람들한테 꼭 알려달라고 했죠. 그리고 며칠 뒤 전화가 한 통 걸려왔어요. "플레이 매니저 노홍철 씨, 바쁘시겠지만 저희 랩실 엠티 프로그램을 좀 부탁드려요. 사례하겠습니다." 그래 됐다, 하고 완구 골목으로 갔어요.

어른들이 모여 놀아도 재미있을 만한 것들을 찾았어요. 어릴 때 가지고 놀던 낚시 도구, 무선조종 자동차 등등 네다섯 가지 장난감을 샀어요. 그리고 놀이 방법에 대한 설명을 문서로 작성했죠. "토요일이면 모든 아이들을 모여 앉게 했던 AFKN의 WWF를 아십니까? 정말 어마어마하게 큰 공간에 어른 아이 할 것 없는 수만 명의 관중이 작은 링에 환호했던 그 순간. 그곳에서는 모두가 주인공이었습니다. 만약 여러분들이 학생과 학생, 학생과 교수님 할 것 없이 모든 관계를 뛰어넘어 함께 즐기고 싶다면 이 낚시 게임을 이용해보세요." "엠티 하면 술, 술 하면 엠티라는 생각이 들 정도로 엠티에 술을 빼놓을 수 없습니다. 하지만 다음날 아침 빈 병을 보며 우리는 또 얼마나 가슴 아팠나요. 이제 그 빈 병들을 보며 속상해하지 마시고 레일을 만드세요. 그리고 무선 자동차로 경주를 하는 겁니다." 이런 식으로 설명서를 써서 보냈는데 반응이 폭발적인 거예요. 정말 재미있었다며 플레이 매니저 노홍철에게 감사의 인사와 사례를 해줬어요. 그게 입소문이 나서 여기저기 학교들에서 연락이 왔고 사이트가 알려지게 됐어요. 플레이 매니저라는, 한 번도 들어보지 못한 직함이었지만 어느새 노홍철을 플레이 매니저로 부르는 게 자연스러워졌어요. 제가 플레이 매니저 1호가 된 거죠.

자신의 명함을 만든다면 어떤 직함을 넣고 싶으신가요? 다른 사람이 만들어준 명함이 아닌 나만의 명함을 만들어보세요. 남들과 똑같은 사원, 대리, 과장 재미없잖아요. 어느 누구도 갖고 있지 않은, 세상에 하나뿐인 명함을 만들어보세요. 그러면 세상이 좀더 넓게 열릴 겁니다.

직진과 커브,
어떤 길이
더 좋아?

유럽으로 배낭여행 가는 게 한창 유행이던 시절이었어요. 군대 가기 전 아버지의 지원으로 한 번 다녀오긴 했는데 제대 후 또 한 번 가고 싶었어요. 그렇다고 놀 거 다 놀면서 부모님께 손 내미는 건 이기적인 것 같아서 또 궁리를 했죠. 그런데 공부 열심히 하는 친구가 어느 대기업에서 학생기자를 뽑아 글로벌 체험을 시킨다는 정보를 줬어요. 와우, 기회잖아요. 바로 달려갔죠.

가봤더니 학벌이 다들 뛰어난 학생들이 모여 있었어요. 그래도 한번 해보지 뭐, 싶었어요. 1차가 면접이라 퍽 다행이었죠. 낯선 환경, 낯선 사람들을 참 좋아하는 저는 가장 자신 있는 게 면접이었거든요. 면접장에 들어갔더니 이것저것 물으세요. 죽 듣다가 말했죠. "제가 질문해도 되겠습니까? 면접관 분들이 기자라면 어떤 사람을 뽑아 취재하고 싶으신가요?" 그랬더니 대학생들에게 귀감이 되는 '퍼니'하고 '스마트'한 사람을 원한다고 하셨어요. 그래서 바로 말씀드렸어요. "아니, 여쭤보지 않았으면 어쩔 뻔했을까요? 딱 저네요. 여기서 면접접을게요. 그냥 저를 취재하세요" 하면서 저에 대해 이야기했어요. 대학에 다니면서 플레이 매니저로 일하고 있다, 매출은 어느 정도, 규모는 어느 정도 되는 CEO다, 소개했더니 놀라셨어요. 결국 최종심사에서 떨어지긴 했지만 "노홍철 씨가 떨어진 이유가 이런 것들인데, 그렇게 자기소개를 한 사람은 노홍철 씨가 최초였습니다. 기자단에는 아쉽게 탈락했지만 다른 방향으로 우리와 함께 일할 생각이 있다면 언제든 문을 열어놓겠습니다"라는 답이 왔어요. 실제로 그 대기업 매체에서 인터뷰를 하러 찾아오기도 했어요.

길은 여러 가지 갈래가 있다는 걸 그때 느꼈어요. 예를 들어 목표지점까지 가는 가장 빠른 길이 있어요. 그 길은 누구나 아는 길이에요. 얼마나 막히겠어요. 교통체증이 생기는 거죠. 그런데 조금 돌아가지만 나만 아는 길이 있어요. 그러면 오히려 커브를 돌고 돌아도 막힘없이 더 빨리 도착할 수 있다는 거죠. 그때의 경험은 나중에 여행사업과도 연결이 됐어요.

여행사업을 하게 된 계기가 참 재미있는데, 처음에 장사를 하면서 조금 더 싸게 물건을 가져올 수 있는 방법이 뭘까 고민하다가 중국에 가보자 결심을 했어요. 학생 시절이니까 싼 여행상품을 신청해서 갔는데 그게 제 운명을 바꿨죠. 여행사에서 세부일정표를 보내줬는데 '인천항'이라고 씌어 있는 거예요. 저는 의심도 하지 않고 '인천공항'의 오타구나 생각했어요. 그런데 아니었어요. 인천항에서 배를 타고 중국에 다녀오는 여행상품이었고, 그래서 값이 쌌던 거죠. 배 위에서 처음 경험한 낯선 세계. 충격적이기도 하고 신기하기도 하고 재미있기도 했어요. 깔끔하고 호화로운 크루즈는 아니었지만 그 배 안에는 각양각색의 사연을 가진 사람들이 있었어요. 조금 거칠긴 해도 삶의 최전방에서 애쓰는 사람들이었는데 그들과 부대끼는 것조차 저에겐 큰 경험이 됐죠.

그러고 나서 우여곡절 끝에 중국에 도착했는데 세상에, 정말 재미있고 신비한 나라인 거예요. 없는 게 없고, 안 되는 게 없는 곳이 중국이었어요. 여행을 마치고 집에 돌아왔는데 생각과는 달랐던 여행코스며 중국의 다양한 모습들이 떠오르면서 그냥 웃음이 나더라구요. 그러다가 문득 이걸로 여행사업을 해보면 재미있겠다는 생각이 들었어요. 과대표를 하면서 학생들이 여행에 목말라 있지만 상대적으로 여행경비를 부담스러워한다는 걸 알고 있었거든요. 비싸지 않지만 많은 걸 경험하고 볼 수 있는 여행상품을 만들어보자 마음먹고 사람들을 모집했어요. 우선 반응을 보기 위해 회사원 두 명, 대학생 두 명, 실업자 두 명, 모델 두 명 이런 식으로 다양한 직업군으로 구성해서 첫번째 여행을 떠났는데 반응이 정말 폭발적이었어요. 각 학교에 소문이 나서 너도나도 가겠다고 연락이 왔어요.

그런데 여행사업을 본격적으로 하려면 자본금이 필요했어요. 법적으로 어느 정도의 자본금이 있어야 여행사업을 등록할 수 있는 시스템이더라구요. 자본금이라는 게 당시 학생인 제가 상상할 수 없는 금액이라 고민했어요. 돈이 없다고 접을 수는 없고 방법이 없을까, 다시 한 번 직진이 아닌 나만의 길을 찾아보기로 했죠. 그래서 우리나라에서 배로 하는 중국 여행상품을 가장 많이 갖고 있는 제일 큰 여행사의 사장님을 찾아갔어요. 무턱대고 간 거죠. 찾아뵙고 "나는 이런 사람인데, 여행사업을 하고 싶습니다. 하지만 학생 신분에 너무 많은 돈이 필요합니다. 형님, 뜨거웠던 형님의 이십대처럼 저도 지금 끓어오릅니다. 정말 재미있어서 잘할 수 있을 것 같습니다. 여행사 안에 홍철투어라는 부서가 있다고 생각해주세요. 여행사의 루트와 시스템을 이용할 수 있게 해주시면 이윤을 나누겠습니다”라고 제안을 했죠. 처음엔 안 되겠다고 하셨는데, 여러 번 설득 끝에 결국 허락해주셨어요. 지금 생각하면 정말 재미있어서 가능했던 것 같아요. 재미를 느끼는 뭔가를 이루기 위해 동분서주하는 건 신나는 오락 그 이상이었어요. 친구랑 노는 것보다 훨씬 재미있었으니까요. 결국 그렇게 여행사업을 시작했고, 그걸 계기로 케이블TV의 〈닥터 노의 즐길거리〉라는 프로그램도 시작하게 되어 지금까지 온 거죠. 방송도 사람들과 다른 길을 통해 들어선 셈이네요.

세상에 길은 많아요. 그리고 누구든 스스로 길을 만들 수 있어요. 꼭 잘 닦인 길로 가야 목적지에 도착하는 건 아니라고 생각해요. 어떤 길이든 조금 돌아가더라도 조급해하지 않고, 그 길 위에서 재미를 찾으면서 열심히 달려보세요. 결국 여러분이 원하는 목적지에 도착할 수 있을 거예요. 어쩌면 이미 만들어진 길을 찾아나선 친구보다 더 빠를지도 몰라요.

너는 무슨 색?

언젠가 인터넷에 제 군대 시절 사진이 올라와서 많은 분들이 보시고 역시 노홍철이라는 이야기를 해주셨어요. 군대에서도 그렇게 활짝 웃을 수 있다는 게 신기했나봐요. 믿지 못하시겠지만 저는 군대가 정말 즐거웠어요. 사실 처음 군대에 갈 수 있을 거라고 생각도 못 했거든요. 대학에 갔는데 팔도에서 모인 아이들이 아무리 봐도 제가 제일 특이하다면서 군대에서 안 받아줄 것 같다는 이야기를 종종 하곤 했어요.

이래봬도 어려서부터 보이스카웃, RCY, 누리단까지 제복 입고 하는 단체활동을 모조리 했어요. 참 좋아했거든요. 그래서 ROTC에도 지원했어요. 반신반의했는데 운 좋게 1차 서류전형을 통과하고 체력테스트도 겨우 턱걸이로 붙고, 면접은 워낙 좋아하니까 잘했는데 마지막에서 또 탈락했죠. 사실 그동안 '러키 가이'답게 하고 싶은 일들이 술술 풀렸는데 뭔가 거부당하니까 기분이 썩 좋진 않더라구요. 그러고 나서 신체검사를 받았는데 1급이 나왔어요. 군대갈 수 있다는 사실에 정말 기뻤어요. 군대에 갈 수 있다는 얘기는 곧 나도 남들과 다르지 않다는 얘기니까 그것도 뿌듯했고, 낯선 곳도 좋아하니까 조금 설레기도 했죠.

그렇게 군대에 갔는데 훈련소 들어가는 문 앞부터 재미있고 신기한 일투성이인 거예요. 남자친구 군대 간다고 우는 여자들이 있고, 우울하게 인사를 나누는 친구들이 있고. 막상 입대를 하니 학교와는 비교도 안 되게 다양한 또래 친구들이 모여 있었죠. 시간 맞춰 밥 먹고, 시간 맞춰 씻고, 못하면 호되게 혼도 나고 하는 생활이 견딜 수 없는 게 아니라 그저 신기했어요. 그렇게 생각하니까 군생활도 재미있었어요. 모든 게 생각하기 나름인 건데 싫다 싫어 하는 것보다 재미있다 즐겁다 하는 게 삶이 더 윤택해지는 것 같아요.

그렇게 제 방식대로, 제 색깔대로 군생활을 시작했죠. 고참들에게 형님이라고 부르며 친근하게 다가갔는데, 처음에는 다들 어이없어했죠. 꾸중도 많이 들었지만 결국 다 친해졌어요. 나중에는 후임들한테, 나는 이런 성격이라서 다른 고참들과 좀 다를지도 모르겠다, 형이라고 여기고 우리 잘 지내보자, 이렇게 다가갔죠. 그랬더니 제대할 때 선물을 주더라구요. 군대생활하면서 활짝 웃는 사진들을 다 찍어서 앨범을 만들어줬어요. 지금도 정말 소중히 간직하고 있는 선물인데 앨범에 한마디씩 적어놓은 걸 보면 '방송에서 만날 것 같아'라는 이야기도 있으니 신기하죠.

군대라는 곳이 찌푸리고 눈치만 보면 못 견딜 곳인데, 나름대로 재미를 찾으면 또 즐거운 곳이에요. 어디든 분명히 재미가 있거든요. 중요한 건 자기 색깔을 잘 지키고 있으면 된다는 거예요. 우리는 누구나 자신만의 색이 있거든요. 만약 군대생활을 하면서 제가 제 색을 버리고 흐지부지 남들과 섞였다면 재미를 찾을 생각도 못 하고 우울한 시간들을 보내지 않았을까요. 하지만 그 안에서도 제 색을 잃지 않고 끊임없이 재미를 찾았기 때문에 즐거울 수 있었던 것 같아요.

어릴 때 크레파스를 사잖아요. 언젠가 아버지가 48가지 색 크레파스를 사다주셨어요. 다른 친구들은 색이 많은 크레파스를 좋아했는데 저는 아니었어요. 그냥 24색 사주고 나머지는 돈으로 주지, 그러면 다른 필요한 걸 더 살 텐데, 뭐 그런 생각을 했던 것 같아요. 왜냐하면 좋아하는 색, 많이 쓰는 색만 쓰게 되니까 좀 아깝잖아요. 그런데 졸업할 때 보니까 많이 쓰고 적게 쓰고의 차이는 있지만 48가지 색을 골고루 썼더라구요. 친구들 크레파스를 봐도 제가 쓴 색과는 다르지만 역시 골고루 닳아 있었어요. 누구는 잘 쓰는 색인데 누구는 잘 안 쓰는 색이 있고 그런 것뿐이죠.

일도 사람도 마찬가지인 것 같아요. 어디서는 잘 안 쓰이는 색깔인데 어디서는 유용한 색깔일 수도 있어요. 저처럼 늘 '업' 되어 있는 사람이 필요한 부분이 있고 차분한 사람들이 필요한 부분이 있는 거죠. 흐지부지 알아볼 수 없을 정도로 섞여버린 색만 아니라면 어디든 필요한 곳이 있다고 생각해요. 자기 색깔을 잘 유지하면 나중에는 굳이 내 입으로 내 색깔에 대해 얘기하지 않더라도 사람들이 알아서 봐주니, 반드시 필요한 분야에서 나 자신을 위해, 누군가를 위해 일하게 되더라구요.

이십대는 자신감과 확신만으로 뭐든 할 수 있는 시기인 것 같아요. 그럴 때 자신만의 색깔이 있다면 이러쿵저러쿵 하

는 다른 사람들의 이야기쯤은 흘려들을 수 있죠. 아주 지저분
하고 알아볼 수 없는 색깔이면 안 되겠지만 그밖의 어떤 색이
라도 그 색에 대한 자신감과 확신만 있다면 못 이룰 것이 없다
고 봐요. '러키'한 인생을 살고 싶다면 지금이라도 자기 색깔
을 확인해보세요.

졸업할 때 보니까
많이 쓰고 적게 쓰고의 차이는 있지만
48가지 색을 골고루 썼더라구요.
어디서는 잘 안 쓰이는 색깔인데
어디서는 유용한 색깔일 수도 있어요.

나의 이십대

나의 이십대는 나에게 온통 질문만 있었을 뿐이다. 나 전순옥에 대해서 지금도 사실은 잘 모르지만 그때는 더 몰랐다. 전순옥이 하고 싶은 것은 무엇인가? 전순옥을 무척이나 사랑했던 것 같다. 그래서 전순옥의 삶이 즐겁고 행복해야 한다고 생각했다. 일은 하면서 신나야 하는데 그런 일은 세상에 존재하지 않았다. 그래서 자신이 하고 싶은 일을 찾고 만들어야겠다고 고민하고 끊임없이 갈등하며 자유를 찾아 헤맸다.

전순옥
(주)참신나는웃 대표
참여성노동복지터 대표

당신의 질문은 무엇입니까?

"이 돈을 받으면 어떻게 되고, 안 받으면 어떻게 됩니까?"

나의 오빠 전태일이 죽고, 그 죽음을 지워버리려는 돈 가방을 앞에 두고 우리 형제가 묻자 어머니가 대답하셨습니다.

"저 가방 안에 돈이 굉장히 많은 것 같다. 받는다면 너희들이 대학도 가고 돈 걱정 없이 살 수 있을 것이다. 받지 않는다면 공부는 포기하고 먹고살기 위해 돈을 벌어야겠지. 그렇지만 오빠가 원하는 뜻은 이룰 수 있다. 너희는 어떻게 할래?"

"엄마는 어쩌실 생각인가요?"

"사실 나는 이미 결정했다. 이 돈을 받지 않을 거라고. 하지만 나 혼자만의 결정으로 될 일이 아니라고 생각했다. 그렇게 되면 받아도, 받지 않아도 너희들이 원망할 수 있어. 우리가 함께 결정해야 옳은 선택이라고 본다. 자, 어떻게 하면 좋겠니?"

오빠가 죽고 우리 가족은 그렇게 서로에게 묻고 또 물었습니다. 오빠의 죽음이 헛되지 않도록, 조금이라도 옳은 선택을 위해서였습니다. 평화시장 사람들을 위해 얼마 안 되는 월급을 써버리고 등록금 못 줘서 미안하다던 오빠가 떠올랐습니다. 유머감각도 뛰어나고 마음도 따뜻했던 오빠는 우리를 앞혀놓고 재미있는 얘기를 많이 해주었습니다. 그때마다 평화시장 사람들 얘기가 빠지지 않았습니다. 거기서 고생하는 어린 친구들이 너희와 비슷한 나이란다. 어려운 환경에서 열심히 살고 있단다. 우리는 가난하지만 이렇게 가족이 함께 살 수 있어 참 행복한 거란다. 결국 우리는 그 돈 가방을 받지 않기로 결정했습니다. 오빠의 죽음을 가리려는 돈으로 편안히 사는 것보다 오빠의 뜻을 이루는 게 맞는 거라고 명료하게 생각한 것입니다. 열여섯 어린 나이였지만 오빠를 통해 오빠가 하는 일이 무엇인지는 알고 있었습니다. 그때 우리 가족은 물질의 풍요가 아닌 정신의 풍요를 선택했습니다. 서로 묻고 또 물으며 옳은 결정을 한 거라고 생각합니다. 오빠의 죽음도 '왜?'에서 시작되었을 겁니다. 인간으로서 최소한의 대우도 못 받고 착취당하는 노동자들을 보면서 오빠는 물었을 것입니다. 그리고 옳은 답을 만들기 위한 삶을 살아냈습니다.

우리는 살면서 여간해서 질문을 하지 않습니다. '왜?'라는 의문도 갖지 않습니다. 하지만 아이러니인 것이, 질문은 없는데 답은 존재합니다. 다른 사람에게는 물론이거니와 스스로에게도 끊임없이 질문해야 한다고 생각합니다. 지금의 나도 여러분과 마찬가지로 질문에 서툽니다. 그래도 언젠가는 질문과 친해지겠거니 하고 다가서려고 노력을 합니다. 예를 들어 어떤 일을 결정할 때 우선 나에게 질문을 던집니다. 정말 원하는지, 꼭 해야 하는지. 그리고 어머니와 남편에게 묻습니다. 결정은 내가 하는 것이지만 그래도 많은 사람들의 의견을 듣고 하는 것과 혼자만의 생각으로 하는 것과는 큰 차이가 있다는 걸 알기 때문입니다. 주변 사람들과 이야기를 나누면서 결정의 이유가 좀더 구체화됩니다. 그렇게 확실한 이유를 가지고 결정 내린 일은 후회가 적습니다.

영국에서 공부하고 막 돌아왔을 때였는데 나랏일을 해보면 어떻겠냐는 제의가 들어왔습니다. 마음속으로 거절해야겠다는 결정을 내렸지만 그래도 어머니께 여쭤봤습니다. 어머니는 대뜸, 네 생각은 어떠냐고 물으시더니 말씀하셨습니다. "어딜 가든 네가 그곳에서 할 수 있는 일이 뭔지 생각해라. 이미 새 정부가 들어선 지 이 년이 지나 초기 정책들이 굳어져 있을 상황인데, 네가 들어가 새로운 패러다임을 만들 수 있는 여지가 있는지 살펴라. 그게 아니고 만들어진 정책을 그저 실행하는 것뿐이라면 굳이 할 필요가 있을까 싶구나." 남편도 거들었습니다. "당신은 자유롭게 사는 게 더 어울려요. 그 일을 하게 되면 하고 싶은 일을 할 수 있을까? 하고 싶은 일을 하더라도 재미있게 할 수 있을까 걱정이 돼요. 그냥 자유를 누리는 게 어때요?" 이미 결정은 내렸지만 어머니, 남편과 문답을 나누면서 거절해야 할 이유가 좀더 구체적이 되고 확실해졌습니다. 제의를 정중히 거절하고 나서 참 홀가분했습니다. 선택에 대한 미련도 후회도 걱정도 없었습니다.

나를 가장 잘 아는 주변인들에게 묻고 답하며 질문과 친해지도록 노력해보십시오. 물론 스스로 주체가 되는 것이 우선입니다. 질문하는 삶은 후회가 적습니다. 지금이라도 당장 자신에게 질문해보길 바랍니다. 분명 세상에서 가장 현명한 답을 얻을 수 있을 것입니다.

'나'가 아닌 '우리'여야 하는 이유는 무엇일까요?

내 일터인 ㈜참신나는옷에 어느 공기업의 유니폼 제작 의뢰가 들어왔습니다. 일을 받고 직원들과 점심식사를 하면서 이런저런 얘기를 나누었는데, 유니폼 하나에 많은 것이 연결되어 있었습니다. 우선 우리가 공기업의 유니폼을 제대로 만들면 일차적으로 우리의 세금이 어떻게 쓰이는지 알 수 있고, 유니폼을 입는 주체, 즉 소비자들에게도 영향을 줄 것입니다. 형식이 내용을 규정한다는 말처럼 어떤 옷을 입느냐에 따라 자세와 일하는 능률도 달라질 수 있으니, 멋진 유니폼을 입으면 자신감이 생겨 직업을 자랑스럽게 생각할 수도 있습니다. 그렇게 되면 일을 잘해서 계속 돈을 벌 수 있고 또 그들이 적절하게 돈을 쓰면 사회적으로 내수시장도 활발해지고, 경제가 활발히 돌아가면 일자리도 늘어날 수 있는 문제였습니다. 그냥 유니폼 하나 만드는 게 전부가 아니었습니다. 어떻게 어떤 마음으로 하느냐에 따라 그 파급효과는 어마어마했습니다.

이렇게 모든 것들에는 연관성이 있습니다. 이 글을 읽는 여러분이 직업을 찾을 때도 하나만 보지 말고 이렇게 연결되어 있는 모든 것들을 헤아렸으면 합니다. 나 혼자 좋은 직장에 들어가 연봉 많이 받고, 좋은 차 사고, 집 사서 결혼하면 좋겠다는 생각만으로 선택한 직업은 한계가 있을 수 있습니다. 물론 일은 내가 먹고살기 위해 해야 합니다. 먹고살기 위해 노력하는 건 좋은 것입니다. 그런데 일은 정말 좋아야 합니다. 먹고살려고 어쩔 수 없이 한다면 지속하기 힘들어지기 때문입니다. 먹고살 수 있으면서도 좋은 일, 나 혼자가 아닌 연결된 모든 것들이 좋아지는 일, 연결고리들을 단단하게 살려놓을 수 있는 일이 무언가 고민해야 하지 않을까 싶습니다. 너무 먹고살려고만 하다보면 월급 좀더 받는 것에 초점을 맞추게 됩니다. 그것 말고 다른 생각을 하지 못하게 되면 사는 게 참 재미없지 않겠습니까.

일을 하면서 사회 속에서 어떤 연계성을 가질까 생각하면 창조적으로 일을 할 수 있습니다. 스스로 존재감을 느낄 수 있습니다. 직업은 존재감을 느낄 수 있는 것이라야 합니다. 작은 일을 해도 내 존재를 확실히 알릴 수 있어야 합니다. 어찌어찌 취직은 했는데 직장이 지옥이고 어딘가 신천지가 있을 거라 꿈꾸며 지금 자리를 임시로 치부해버리면, 그곳에서 자신의 존재감은 사라지고 맙니다. 존재감을 가지고 내 일과 연결된 것들을 아우르면서 살면 그것이 개인의 발전도 되고, 회사의 발전도 되고, 사회의 발전도 될 수 있습니다.

㈜참신나는옷은 얼마 전 장충동에서 창신동으로 자리를 옮겼습니다. 영세한 의류공장만 이천 개가 넘는 이곳에서 직원 스물여덟 명인 우리 회사는 제법 큰 회사에 속합니다. 워낙 다들 붙어 지내는 곳이라 앞뒤가 훤히 보여서 정겨운 곳이지만, 정작 이 동네에 들어올 때는 환영받지 못했습니다. 노동환경이 다르다는 게 이유였습니다. 우리는 일곱 시 퇴근과 주 5

일 근무를 지키고 있습니다. 공장 환경도 가능하면 예쁘고 밝게 하려고 깨끗하게 꾸몄습니다. 그런데 주변에서 이해해주지 않았습니다. 다른 곳과 비교될 수 있고 그것이 창신동 사람들에게 좋지 않은 영향을 미칠 것이라고 생각한 것입니다.

하지만 창신동에 터를 잡기로 한 데는 이유가 있습니다. 이곳을 바꾸기 위해서는 어떤 모델이 있어야 된다고 생각했습니다. 최소한 창신동의 다른 의류공장들에 영향을 미쳐야 하고, 우리가 함께 변해야 하고, 이런 움직임을 보고 국가에서 정책적으로 힘써서 우리들이 일감을 더 받을 수 있도록 함께 노력해야 한다고 생각합니다. 그래서 우리 공장과 나의 일과 연결된 사람들에게 샘플을 만들어 보이고 싶었습니다. 지금은 환영받지 못하지만, 언젠가는 다 함께 즐거울 수 있는 창신동이 될 거라고 믿습니다. 그리고 더 나아가 이 분야에서 일하는 모든 사람들이 좋은 환경에서 하루에 최소 여덟 시간 일하고 적정한 임금 받으면서 깨끗한 환경에서 일하는 공장들이 많이 생겼으면 좋겠습니다. 그런 제조업에서 근무하는 사람들이 일을 잘할 수 있는 세상이면, 정말 즐거울 것입니다.

세상이, 환경이 도와주지 않는다고 주저앉지 않길 바랍니다. 여러분은 스스로 중심이 돼서 연결된 모든 것들을 바꾸고 변화시킬 수 있는 힘이 있습니다. 유니폼과 비교도 할 수 없을 만큼 훨씬 대단한 존재들 아닙니까.

어른들에게 바라는 게 무언가요?

이십대 독자들을 위한 책에 참여하면서 제일 처음 생각한 것은 젊은이들에게 질문을 받고 싶다는 것이었습니다. 일을 하면서 혹은 학생들을 가르치면서 이십대를 만나면 배울 게 많다는 생각을 쭉 해왔습니다. 어른들에게 바라는 게 무엇인지, 기성세대가 어떻게 바뀌어야 하는지 그들에게 묻고 싶었습니다. 나 역시 기성세대이기 때문입니다. 사고가 고정되어 있는 기성세대들이 자꾸 자신들의 틀 안에 젊은이들을 끼워맞추려고 합니다. 하지만 그보다 앞서 젊은이들과 묻고 답하며 우리들도 바뀔 점을 찾아야 하지 않을까 싶습니다. 함께 섞여 사는 것이 좋은 세상이라고 생각합니다. 갈래가 많은 사회가 아니라 자기가 가지고 있는 모든 것들을 내왔을 때 서로 인정하고 성취되는 사회였으면 합니다. 젊은이들의 '엣지 있는' 아이디어, 순발력, 창조적 아이디어와 어른들의 지혜와 경륜이 합쳐지면 정말 큰 시너지 효과가 날 것입니다.

그런 의미에서 젊은이들이 세상살이에 눈치 보지 않았으면 합니다. 학창시절부터 선생님 눈치, 부모 눈치, 취직하면 상사 눈치 보느라 제 뜻을 제대로 펼치지 못합니다. 그들은 모두 여러분을 위해 존재하는 사람들입니다. 내가 늦은 나이로 남의 나라에서 학위를 딸 수 있었던 데는 교수들의 몫이 컸습니다. 좋은 선생님들이었습니다. 그들은 학생을 섬기면서 가르칩니다. 자신들은 '학생들의 종'이라고 말할 정도입니다. 뭐든 시켜라, 나는 너를 위해 존재하는 거다, 밤낮 없이 언제든 궁금한 게 있으면 전화하라고 합니다. 그리고 열심히 칭찬해줍니다. 그때 칭찬을 참 많이 받았습니다. 그래서 더 신나게 공부했습니다. 에세이를 써가면, 어떻게 이런 생각을 했냐며 칭찬해주고, 시험을 잘 보면 대단하다고 칭찬하며 용기를 북돋아주었습니다. 그러니 우물쭈물 눈치 볼 틈이 있었겠습니까. 나는 뭐든 할 수 있다는 자신감으로 십여 년을 공부할 수 있었던 것입니다.

눈치 보지 말고 세상으로 나가십시오. 무조건 대학을 가는 것만이, 좋은 곳에 취직하는 것만이 답이 아니라는 걸 알게 될 것입니다. 당장 짐을 꾸려 여행을 떠나는 것도 좋은 방법입니다. 단, '스펙'을 쌓기 위한 여행이 아니라 나를 찾기 위한 여행이어야 합니다. 전세계 어디든 두루 다니며 하고 싶은 일이 뭔지 생각하고 찾아보는 것입니다. 그 길 위에 답이 있을 수도 혹은 없을 수도 있겠지만 돌아오면 내가 좋아하는 게 뭔지는 알 수 있지 않을까 싶습니다.

저는 '전태일의 동생'이라는 굴레가 있었지만 자유분방한 삶을 살았습니다. 물론 어려서 오빠의 뜻을 따라야 한다고 생각했습니다. 하지만 그것은 인생의 큰 틀에서 오빠의 삶을 거역하지 않겠다는 다짐이었지, 내 인생을 송두리째 오빠에게 끼워맞춰 살겠다는 건 아니었습니다. 그 삶을 살아야 한다고만 했다면 참 괴로웠을 것 같습니다. 하지만 궁극적으로 현재, 『전태일 평전』에 나와 있는 '모범업체'와 비슷한 형태의 사회적 기업 ㈜참신나는웃을 운영하고 있습니다. 오빠가 쓴 일기에 모범봉제공장을 구상해놓은 대목이 있는데 생계가 가능한 적정 수준의 임금, 건강을 지킬 수 있는 노동환경 등에 대한 내용이 아주 구체적으로 적혀 있습니다. 이것을 사십 년이 지난 지금 ㈜참신나는웃을 통해 제가 구현해내고 있는 것입니다. 그러나 이 일은 엄마와 오빠의 삶 때문이 아닌 내가 원하고 좋아해서 하는 것입니다. 이 시대의 이십대도 자신의 인생을 살기 바랍니다.

단 하나, 어쩔 수 없는 기성세대로서 부탁을 하나 하자면 그 인생 속에 사람을 생각하는 마음을 담았으면 합니다. 무슨 일을 하든 사람에 대한 소중함이 먼저입니다. 그 따뜻한 마음을 바탕에 깔고 여러분의 멋진 모습을 마음껏 자랑하십시오. 뭐든지 할 수 있고 겁날 것 없는 청춘 아닙니까.

그리고 마지막으로, 어른들한테 묻고 싶은 건 정말로 무엇입니까? 이제 우리 기성세대에게 답을 구하려 하지 말고 질문을 쏟아내었으면 합니다. 우리 함께 서로 묻고 답하면서 좋은 세상을 만들어갈 수 있을 것입니다.

당신의 영어선생님은 누구인가요?

영어공부를 위해 서른다섯이라는 적지 않은 나이에 영국행 비행기에 올랐습니다. 당시 국제노동운동에 관심이 많아서, 외국에서 초청을 받아 노동자들을 직접 만날 기회가 있었는데 통역이 없으면 대화가 되지 않아 불편했습니다. 풀뿌리 노동운동과 노동자들의 국제적 네트워크에 대한 고민이 많았던 터라 국제적 시각을 키우는 데에도 영어가 필요했습니다. 그런데 한국에서 공부하기란 만만치 않았습니다. 그래서 말문을 좀 트고 오자 하는 생각에 육 개월 영국 어학연수를 떠나기로 했습니다. 달랑 편도 티켓만 들고 도착한 영국의 첫인상은 참 불친절했습니다. 불법체류자로 간주해서 수용소에 가두더니, 한국으로 돌아가라는 게 아닙니까. 그때 가진 돈으로 한국행 티켓을 살 수 없어 일단 친구들이 있는 독일로 갔습니다. 마음을 좀 추스른 후 다시 한국으로 돌아올 생각이었습니다. 그런데 독일 유학생들이 모여서 일주일 동안 매일 회의를 하더니, 다시 영국으로 가자며 나를 데려다줬습니다.

그렇게 우여곡절 끝에 영국에 도착해 학원에 다니는데 하루 네 시간 수업이 전부였습니다. 다른 사람들보다 늦게 시작했기 때문에 그걸로는 부족했지요. 고민 끝에 영국 사회 자체를 영어 클래스라고 생각하기로 했습니다. 그곳에선 어딜 가든 영어로 이야기할 수 있으니까요. 우선 한국 사람들과의 만남을 자제하려고 한인 마을이나 한국 교회에는 발걸음을 안했습니다. 그리고 매일 수업이 끝나면 문장을 적었습니다. 예를 들어, 오늘은 역에 가서 쓸 수 있는 회화를 해야겠다 마음 먹고 "맨체스터에 가고 싶습니다. 어떻게 갈 수 있을까요? 몇 시에 있습니까? 티켓은 얼마입니까?" 등등 역에서 물을 수 있는 말을 적어 빅토리아 역으로 갔습니다. 그래서 역무원에게 준비해 간 그대로 물었습니다. 물론 처음 물어보면 전혀 귀에 들어오지 않았습니다. 그래도 포기하지 않았습니다. 못 알아들으면 다른 줄에 가 서서 기다렸다 똑같은 질문을 또 했습니다. 이 창구 저 창구에 가서 물어보고, 못 알아들어도 일단 "OK" 하고 또 뒤로 가서 섰습니다. 그렇게 다섯 번 정도만 물어보면 영국 사람들이 하는 말이 귀에 들어왔습니다. 그렇게 하루하루 그날의 문장을 마스터해나갔습니다. 그런 방법으로 묻고 싶은 것을 적어 우체국에 가고 은행에 가고 관공서에 다니면서 회화연습을 했습니다. 생활이 회화공부였습니다.

그리고 독해연습은 신문과 뉴스를 이용했습니다. 마침 누군가 『이브닝 스탠더드』라는 진보적인 신문을 소개해줘서 매일 그 신문을 사서 봤습니다. 그때 싱글맘에 대한 문제가 사회적 이슈여서 일주일 내내 사회면에 관련 기사가 나왔습니다. 싱글맘에게서 자라는 아이들의 범죄가 문제였는데, 보수당에서 범죄 많은 지역에 싱글맘들이 주로 살고 그 지역 사람들은 노동당을 찍는다, 싱글맘에 대한 사회복지제도를 없애야 한다며 노동당을 비판하곤 했습니다. 노동당은 그에 반발하며 계속 지원해야 한다는 의견을 냈습니다. 그런 이슈는 하루 이틀로 끝나는 게 아니니까 긴 시간 사회면에 등장하고, 매번 반복해 그 기사를 읽다보면 관련된 단어는 거의 파악이 가능하게 됩니다. 그렇게 한 주제씩 단어를 마스터하면서 집에 돌아가 저녁 뉴스를 보면 또 그와 관련된 기사가 나오고 앵커 멘트가 흐릅니다. 그걸 듣고 아침에 일어나서 또 뉴스를 보면서 복습을 했습니다. 그렇게 영어를 공부한 지 이 년 정도 되니 어느 정도 영어가 귀에 익었습니다. 이미 계획했던 육 개월은 훨씬 지난 시점이었습니다.

처음 영국에 간다고 했을 때 메리놀 수녀원 소속이셨던 한국 수녀님이 소개해주신 캐슬린이라는 친구가 있었습니다. 어느 날 그 친구가 점심을 사주겠다며 불렀습니다. 인도 식당에 마주 앉은 친구는 대뜸 오늘이 무슨 날인 줄 아냐며 물었습니다. 모르겠다고 했더니, 그날이 바로 내가 영국에 온 지 육 개월 된 날이라며 처음 만났을 땐 불가능할 것 같았는데 가능성이 보이니 영어를 좀더 배우는 게 어떻겠냐고 제의를 했습니다. 이미 계획한 시간이 지난 터라, 방법이 있는지 물었습니다. 캐슬린은 일자리를 알아봐줄 테니 사우스뱅크대학의 이 년 코스 노동운동 수업을 들어보라고 했습니다. 망설였더니 함께 다녀주겠다면서 나와 같은 클래스를 등록해주기까지 했습니다. 그렇게 사우스뱅크대학의 코스를 마치고 저는 옥스퍼드로 갔습니다. 노동학계에서 국제적으로 명망이 높은 러스킨 칼리지에서 공부하며 결국 박사학위를 땄습니다. 말문이나 트

자고 계획한 육 개월이 십이 년이 됐고, 서른다섯 늦깎이 학생
은 불혹의 나이를 훌쩍 넘겨 박사가 됐습니다.

영어를 못해 영국 공항에서 쫓겨났던 내가 영어로 학위를
따기까지 그곳에서 숨 쉬는 모든 것들이 나의 선생님이었습니
다. 꼭 해야겠다는 목표와 해야 할 이유가 분명했기에 가능한
일이었습니다. 여러분의 영어선생님은 누구, 혹은 무엇입니
까? 이력서에 한 줄 내세울 점수가 아닌 진짜 영어를 가르쳐줄
좋은 선생님을 찾아보시길 바랍니다.

일을 하면서 사회 속에서
어떤 연계성을 가질까 생각하면
창조적으로 일을 할 수 있습니다.
스스로 존재감을 느낄 수 있습니다.

나의 이십대

칙칙한 교복을 벗고 대학생이 되면 인생이 온통 벚꽃 흐드러진 봄날일 줄 알았다. 그런데 달짝지근한 연애의 기운도 없고, 존재론적 고민도 없고, 모든 게 자유라는데 학교, 집, 독서실로 짜였던 생활도 별반 달라지지 않았다. 그렇게 늘어진 해삼 같은 이십대가 찾아왔다. 지금 돌아봐도 '빛나는 청춘'이라거나 '내 인생의 황금기'라는 말과는 도무지 어울리지 않는 나의 이십대는 모든 게 불안하고 자신 없고 소심했다.

신유진
CJ미디어 스타일사업 1담당
OnStyle, O'live, StoryOn 총괄

배고픈가요?

"Stay hungry, stay foolish."

스티브 잡스가 스탠퍼드대학 졸업식에서 한 명연설 중의 한마디입니다. 거스 히딩크가 한 말과 똑같군요. "난 아직도 배가 고프다." 걸출한 성과를 이룬 사람들을 보면 한결같이 만족이라곤 모르는 욕심쟁이들입니다. 저 역시 '결핍감'이 안주하지 않고 끊임없이 움직이게 하는 큰 요인 중 하나라는 데 동의합니다. 과학 시간에 배운 걸 떠올려보자면 물은 높은 곳에서 낮은 곳으로, 공기는 밀도가 높은 곳에서 낮은 곳으로 흐른다고 합니다. 자연은 본디 빈 곳을 채우려는 성질이 있는 것이겠지요. 사람 역시 마찬가지 아닐까요. 자신이 부족하다고 느끼는 것을 채우려고 하는 게 본성일 것입니다.

그런데 '결핍'과 '결핍감'은 전혀 다릅니다. 타인이 부족하다고 느끼는 객관적인 요소를 '결핍'이라고 한다면 스스로 느끼는 부족함이 '결핍감'일 것입니다. 그런데 결핍된 요소와 결핍감을 느끼는 지점이 대부분은 일치하지 않아 인생이 공평무사하다는 게 아닌가 합니다. 모든 걸 다 갖고 있는 듯했던 재벌가의 딸이 자살이라는 극단적인 선택을 하는 것은 채워지지 않은 욕망, 결핍된 것이 있었기 때문일 테고, 폐지를 수집해서 근근이 살아가는 할머니가 숨은 독지가로 활동할 수 있는 건 사람들이 짐작할 수 없는 여유로움 때문일 것입니다. 결핍감이 심리적인 트라우마가 되어 나타난 것을 콤플렉스라 할 수 있을 테고, 부족한 것을 채우려는 본성은 욕망의 형태로 나타날 것입니다.

축구 국가 대항전마다 등장하는 단골메뉴 '헝그리 정신' 역시 결핍감을 얘기하는 것이라고 생각합니다. 헝그리 정신으로 무장한 선수들은 공을 좇는 데 훨씬 치열해지고, 그들의 열정이 관객에게도 전달되어 함께 아드레날린을 분비하며 흥분하는 것이겠지요. 헝그리 정신은 종종 부족한 실력을 채워주거나 발현되지 못했던 숨은 실력을 드러내주기도 합니다.

수없이 많은 이름으로 결핍감이 등장하더라도 변치 않는 핵심이 있습니다. 그 방향성입니다. 욕망을 해소하려는 노력이 자신을 발전시키는 긍정적인 에너지로 작용할 때에야 스티브 잡스와 히딩크가 얘기하는 배고픔일 것입니다. 능력 대신 욕망만 키우면 과대망상이 되고 타인을 배려하지 않은 채 목표 달성에만 열을 올리면 주변 사람들에게 상처를 주게 됩니다. 극단적인 형태로는 범죄로 나타나기도 하지요.

한창 사람들을 소개받을 때 내건 조건 중 하나가 "개천에서 난 용은 싫다"였습니다. 어려운 환경을 이겨낸 의지는 함께할 때 든든한 힘이 될 테지만 가끔 스스로를 현재까지 끌어올린 그 힘이 타인을 불편하게 만드는 경우가 있었거든요. 특히 표면적인 대인관계에는 문제가 없는데 가까운 애인이나 가족에게는 스스로를 무장시켰던 독기가 뿜어져 나오는 듯한 느낌을 받은 적이 있었습니다. 아마 저도 제 가족들에게 그럴지도 모르겠습니다. 저 역시 콤플렉스 덩어리거든요. 지방 소도시의 평범한 가정에서 자란 제가 어쩌다 일을 하게 된 패션계는 절 〈꽃보다 남자〉 속 금잔디처럼 만들었습니다. 결핍감은 상대적인 것이라서 그간 나름대로 멋 좀 낸다고 냈는데 순식간에 촌뜨기가 된 거죠. DNA에 이미 스타일 유전자를 타고난 듯한 사람들의 감각은 절 기죽게 만들었습니다. 어릴 때부터 이런저런 옷을 골라 입으며 자랄 만큼 여유롭지도 않았고, 의상디자인을 전공으로 고려조차 해보지 않았습니다. 그런데 풍속사에 관심이 많아 의상 관련 책을 읽어두고, 예쁜 그림을 보는 게 좋아 도서관의 잡지와 미술서적, 사진집이 있는 곳에 주로 '짱박혀' 있었던 게 패션잡지로의 길을 열어주었습니다.

그리고 끈기. 아무것도 몰라서 더 용감했던 것 같기도 합니다. 처음 패션잡지에서 일을 시작했을 때 눈을 틔우기 위해 해외 패션잡지를 많이 봤습니다. 그때마다 제 눈을 사로잡던 사진가들이 있었지요. 피터 린드버그, 브루스 웨버, 마리오 테스티노 등등. 인터넷도 없던 시절에 어떻게 연락처를 알아냈는지 이젠 기억조차 나지 않지만 수십 장의 팩스를 보낸 끝에 몇 달 만에 인터뷰 허락을 받고 팩스로 인터뷰가 오가고 우편으로 자료사진을 받았습니다. 그들이 친필로 적어 보내준 답변을 잘 간직해두었으면 좋았을걸 지금은 참 아쉽습니다. 그 중에서 피터 린드버그는 여름 화보를 찍으러 중남미로 출장 중이었는데 마감에 맞춰 꼼꼼하게 답변을 보내주기도 했습니다. 지금처럼 해외 컬렉션에 패션 에디터들이 취재를 가지 않던 시절이었습니다. 퇴근 후에 밤마다 유럽 시차에 맞춰 초대장을 요청하는 팩스를 백 장쯤 넣고, 받았는지 확인하고, 받았다면 '소비력이 급상승하고 있는 한국의 영향력 있는 매체'에 티켓을 줄 수 있는지 협박하다 구걸하다를 반복하다보면 동이 터오기도 했습니다. 모두 한국이 럭셔리 마켓을 주도하는 다섯 마리 용 안에 들기 전 얘기죠.

1995년 톰 포드가 그간의 한계를 넘어서는 도발적 섹시함으로 구찌의 구세주로 막 떠오르던 때였습니다. 그의 옷을 한 번만이라도 보고 싶었습니다. 또 팩스 공격을 했습니다. 몇 달을 공략한 끝에 쇼 티켓과 함께 비록 팩스 인터뷰이긴 하지만 허락을 받아냈습니다. 구찌의 전성기를 알리는 첫번째 쇼로 기억되는 블루 모헤어 더블버튼 재킷에 벨벳 팬츠를 매치한 룩을 그래서 전 볼 수 있었습니다. 전세계에서 모인 백 명 중에 끼어서 말이죠. 패션 에디터의 명성을 좌우하는 화보 촬영을 하는 방식도 비슷했습니다. 철저하게 계획하고 모든 변수를 시뮬레이션해보고, 설사 내가 실수를 하더라도 그 실수를 최소화해줄 수 있는 최고의 스태프를 끌어모으는 것으로 말이죠. 힘들었냐구요? 절대 아닙니다. 오히려 너무나 재밌고 즐거웠습니다. 하루 온종일 디자이너와 옷과 모델과 사진가와 써야 할 원고 생각뿐이었습니다. 좋아하는 것이라서 잘하고 싶은데 부족한 게 너무 많으니 정작 가장 부족한 것은 시간이었습니다.

결핍감은 콩쥐의 독입니다. 채워도 채워도 끝이 나지 않습니다. 부족한 게 느껴진다면 자기가 좋아하는 때문일 테고, 정말 좋아한다면 그 부족함은 자신을 움직이게 하고 끌어주는 원동력이 될 것입니다. 그러면 언젠가는 두꺼비가 나타나거나 그 독이 메워지는 기적이 나타납니다.

촌수로 연결되지 않은 사람을 위해 사람을 위해 어떤 일을 하고 있나요?

이십 년 가까이 잡지사에 몸을 담고 있으면서도 패션지 편집장이 이렇게 대접받는 자리가 될 줄은 꿈에도 생각하지 못했습니다. "『엘르』편집장 신유진입니다"라고 소개를 하면 뒤에 나오는 이름 대신 앞에 붙는『엘르』만 듣는 게 분명합니다. 내가『엘르』는 아닌데 황송할 정도로 극진한 대접을 해주거든요. 가끔은 정말 새끼 악마쯤으로 생각했는지 손톱을 들고 할퀴지 않으면 신기해하니 오히려 당혹스럽기도 합니다. 막무가내의 호의와, 근거 없는 악의 모두 많은 부분 태평양 건너에서 칼단발과 검은 선글라스를 고수하면서 패션계의 제왕으로 군림하고 있는 안나 윈투어『보그』미국판 편집장 여사 덕분이지요.

역사상 가장 '두꺼운'(이 말은 '광고수익이 가장 높았던'으로 바꾸어도 무방합니다) 호로 기록된『보그』미국판 2007년 9월호를 만드는 과정을 안나 윈투어를 중심으로 담은 다큐멘터리 영화 〈셉템버 이슈〉를 보았습니다. 영화 속에서 칭한 대로 그녀는 '교황'과 같은 절대 권위를 가지고 있었습니다. 적어도 전세계 럭셔리 패션계에서는 말이죠. 잡지를 멋지게 만들기 위한 절대적 기준을 흐뜨리지 않기 위해 철권통치를 펼치고 있었지만 동시에 자신이 가진 힘을 이용해 신인 디자이너를 발굴해서 기회를 주고 키워내는 일에도 힘을 쏟고 있던 점이 인상적이었습니다.

정확히 언제인지는 기억나지 않지만 졸업 후 직장에 다니게 되고 월급이라는 걸 받게 되면서 기부를 시작했습니다. 대학교 때 기억 때문이지요. 봉사활동 동아리에서 고아원으로 자원봉사를 나갔는데 눈치가 100단인 빤질빤질한 아이들에게 쉽게 정을 붙일 수가 없었습니다. 진심에서 우러나는 것이 아니라면 아이들에게도 못할 짓이라는 생각이 들어 그만두었습니다. 제가 가진 이기적인 본성을 확인했던 그 기억이 없어지지 않아 몸으로 하는 게 어렵다면 소극적이긴 하지만 기부라도 하자라고 생각해왔던 터라 월급을 받고 시작했습니다. 처음엔 월급이 오르면 그만큼씩 꼬박꼬박 액수를 늘리자는 생각이었는데 늘리기는커녕 그 돈으로 적금이나 넣어볼까 하는 알량한 생각으로 중단하기도 했습니다.

그런데 안나 원투어처럼 세계적인 권위는 없지만 그래도 편집장이 되고 보니 저 역시 『엘르』가 가진 힘을 이용해 뭔가 남에게 도움이 되는 일을 본격적으로 해볼 수 있을 것 같은 생각이 들었습니다. 미디어에서 일하는 가장 큰 보람이 이런 것 아닐까요. 혼자의 힘으로는 생각할 수 없는 일은 여러 사람이 가진 재능을 끌어모아 커다란 결과를 만드는 것 말이죠. 2008년 '셰어 해피니스Share Happiness'라는 프로젝트를 시작했습니다. 광고대행사 웰컴 시절의 열정을 지금은 자선단체에 모두 쏟아붓고 계신 문애란 대표가 자선은 '기브give'가 아니라 '셰어share'라고 하시더군요. 주는 것으로 그치는 게 아니라 얻는 게 훨씬 많다고 말이죠. 그래서 만들어진 이름입니다. 패션잡지를 통해 주로 인연을 맺은 사람들이 각자가 가진 것을 조금씩 나눠보자는 생각이었습니다. 스타는 시간을, 브랜드는 금액을, 『엘르』는 지면을 나눠 12월호를 꾸몄습니다. 매년 어떻게 하면 파티에서 섹시하고 폼나게 입을 수 있는지를 다뤘던 지금까지의 12월호가 훨씬 생산적이고 따뜻한 모습으로 바뀐 것이지요.

평소 부탁하는 걸 정말 못하는 제가 이때만큼은 정말 뻔뻔하게 변신합니다. 처음 본 스타들에게 다가가 제 소개를 하면서 참여를 부탁하고(이거 많이 '뻘쭘'하거든요), 브랜드 측에는 돈 달라는 협박(?)을 합니다. 가끔 부두교 인형이라도 만들어 저주를 하고 싶을 만큼 말 안 되게 구는 사람들도 있지만 대부분은 부탁을 하는 저도 떳떳하고, 받아들이는 사람들도 기꺼이 참여합니다. 백 명의 스타 스케줄과 그들과 관련된 스태프 오백 명의 스케줄을 맞추고, 자선보다 스타를 통한 홍보에 더 사심이 있는 브랜드를 연결시키는 이 작업을 하는 동안 편집부 기자들은 하루에도 수십 번씩 쓸개즙을 삼키고, 얼굴이 노랗게 되어 시체처럼 걸어다닙니다. 전 애기하죠. "올해 지은 죄 이걸로 탕감한다 생각해." 그런데 남을 돕는 일을 하면 죽도록 힘들다가도 어느 순간 튼실한 산삼 한 뿌리 먹은 것처럼 번쩍 힘이 나게 되고, 도저히 이루어질 수 없을 것 같은 일들이 기적처럼 현실이 됩니다. 품절남의 대열에 합류한 장동건 씨는 2009년 12월호 촬영 전날 고소영 양과 의도하지 않은 열애설이 터졌음에도 불구하고 집을 겹겹이 둘러싼 기자들을 따돌리고 자선화보 촬영을 했습니다. 게다가 직접 친한 배우들의 섭외까지 도맡았지요. 첫해부터 이억 원이 넘는 돈이 모였습니다.

모델 시절부터 친하게 지내는 변정수 씨는 잠시도 쉬지 않고 뭔가를 궁리하고 일을 벌이는, 제가 아는 가장 부지런한 사람입니다. 드라마를 찍고 사업을 하는 것만으로도 이미 스케줄이 빽빽할 텐데 팔 년 동안 친목계 계주도 하고 있습니다. 계원 중 아무도 이렇게 귀찮은 일을 하려는 사람이 없거든요. 레스토랑을 섭외하고 일일이 몇 번씩 약속 확인 전화를 돌리고 심지어 이벤트 기획까지 도맡아 합니다. 그런 그녀가 2005년부터 가족과 함께 오지로 봉사활동을 다니고 있습니다. 세 살배기 어린 딸을 위생상태가 좋지 않은 그곳에 데려가기로 결정하는 게 쉽지는 않았을 것입니다. 그런데 일곱 살 때부터 이 봉사활동을 함께 다녔던 첫째딸은 이제 어엿하게 아이들을 돌보는 역할을 맡는다고 합니다. 이보다 좋은 교육이 있을까요. 친구 중 한 명은 밥투정이 많은 아이를 데리고 주말에 노숙자들에게 배식을 해주는 봉사활동에 나간답니다. 밥상머리에서 이마에 내 천 자를 그리고 깨작깨작하던 버릇이 없어진 것은 물론이고 그간 당연하게 여겼던 부모님의 사랑에 대해서 감사하면서 공부마저 열심히 하게 되었다는 것입니다.

신은 타인과 함께 사는 법을 배우라고 일부러 불공평한

세상을 만든 것인지도 모르겠습니다. 타인을 위해 봉사하는 것만이 지상에서 스스로를 구원하는 일이니까요. 이렇게 거창한 목적이 아니라도 이유는 충분합니다. 타인을 위한 일은 본인을 훨씬 더 즐겁고 행복하게 만들거든요. 개인적인 차원도 물론이지만 사회인이라면 자신의 자리에서 더 크게 나눌 수 있는 방법을 찾을 수도 있을 것입니다. '이런 사람이 되면' 혹은 '형편이 좀 나아지면'이라는 때는 오지 않을 수도 있고 정작 왔을 때는 마음속 다짐이 잊혀질 수도 있습니다. 지금 시작하세요. 재능을 나누거나, 기부금을 나누거나, 자신이 어떤 자리에 있든지 남에게 줄 수 있는 부분은 이미 가지고 있습니다.

자신의 캐리커처를 그릴 수 있습니까?

근대 이전에는 쥐스킨트의 소설 『향수』의 주인공 그르누이처럼 천재적이지는 않더라도 후각을 통해 정보를 얻는 게 훨씬 익숙했을 것입니다. 그런데 근대 산업사회에 들어서는 인간의 오감 중에서 시각이 가장 중요해졌습니다. 그리고 산업사회가 고도화되면서 시각을 자극하는 산업들―패션, 텔레비전, 영화, 광고 등― 역시 빠르게 확대되었습니다.

과거에도 외모는 중요했지만 지금처럼 절대적이지는 않았습니다. 외모와 수입의 상관관계를 조사한 자료는 많이 있습니다. 영국의 신문 『인디펜던드』에서는 캘리포니아대학의 연구 결과를 바탕으로 '같은 직장에서 잘생긴 사람이 외모가 별로인 사람들에 비해 평균 12퍼센트를 더 번다'는 기사를 실었습니다. 한 경제잡지에서는 '육체적 매력이 수입을 결정한다'라는 주제로 키가 185센티미터와 175센티미터인 사람들을 비교 조사했는데 키가 큰 사람이 지속적으로 더 많은 월급을 받았다는 결과가 나오기도 했습니다. 미국 연방준비은행의 보고서는 훨씬 더 구체적입니다. 2.5센티미터의 키가 1.8퍼센트의 수입 격차를 가져온다고 합니다.

이렇게 중요한 것을 결정짓는 변수인 외모에 관한 판단을 내리는 시간은 너무도 짧습니다. 처음 사람을 만날 때 첫인상이 결정되는 시간은 단 사 초. 그리고 삼십 초 내에 상대에 대한 이런저런 판단을 내립니다. 이렇게 섣부르게 결정되었음에도 상대방에게 엄청나게 뜻밖의 일이나 놀랄 만한 사건이 일어나지 않으면 맨 처음 판단이 쉽게 바뀌지 않습니다. 스스로의 결정을 합리화하려는 경향이 있거든요. 단편적인 시각정보만으로 사람들의 실력, 심성, 성향을 모두 판단해버리니 외모 때문에 억울한 일이 자꾸 늘어납니다. 『뉴욕타임스』에서는 외모가 인종, 성별, 연령에 이어 새로운 불평등과 차별의 요소로 등장했다며 그걸 '루키즘lookism'이라고 정의하기도 했습니다.

패션계에서는 이런 경향이 한층 두드러집니다. 한 후배 스타일리스트는 촬영이 늦어져서 촬영장에서의 차림(청바지에 운동화, 노 메이크업) 그대로 다음 미팅에 갔더니 어떤 의견을 내도 다 믿지 못하겠다는 듯 비용을 가차 없이 깎더랍니다. 시간이 흐른 후 같은 회사 미팅에 최신 트렌드로 빼입고 갔더니 그때는 기획안도 단번에 통과되고 비용도 전혀 깎지 않더라는 겁니다. 12퍼센트 정도가 아니라 거의 100퍼센트 가까이 처우가 달라지는 경험을 한 다음에는 설사 약간 늦더라도 꼭 차려입고 미팅에 간다는군요. 하긴 자신의 옷도 제대로 입지 못하는 사람에게 중요한 광고 촬영의 스타일링을 맡기기란 어려운 일이니까요.

성경 이사야서에서는 예수님을 이렇게 묘사하고 있습니다. "고운 모양도 없고 풍채도 없은즉 우리의 보기에 흠모할 만한 아름다운 것이 없도다." 그러나 우리가 알고 있는 예수님의 모습은 부드럽게 굽이치는 갈색머리에 호리호리하고 큰 키, 희고 고운 얼굴입니다. 지금 어떤 모습으로 기억되든 당시 예수의 제자들과 추종자들이 그의 외모를 흠모했던 것은 아니었던 게 분명합니다. 그가 행한 기적이나 믿음 때문이었겠지요. 살다보니 외모보다 강력한 것은 '애티튜드attitude'입니다. 앞에서 언급한 캘리포니아대학의 연구에 따르면 외모가 출중한 사람들과 그렇지 않은 사람들은 '긍정적인 이미지를 주는 정도'에서 차이가 있다고 합니다. 말하자면 미인보다는 인상 좋은 호감형이 더 유리하다는 것이지요.

타고난 외모야 바꾸기 힘들지만 인상은 바꿀 수 있습니다. 인상은 심상心像이, 그대로는 아니지만 어느 정도는 드러나는 것이고, 나이가 들수록 그 '싱크로율'이 높아집니다. 패션계에 있다보니 장안에 내로라하는 미인들을 많이 만나봤지만 가장 기억에 남는 얼굴은 대학 졸업 후 바로 심리상담 컨설팅 사무실을 차린 이십대의 젊은 여성입니다. 어떤 경우에도 입꼬리가 상향 5도 아래로 내려오지 않는 사람이었습니다. 심지어 거절을 할 때도 입꼬리는 내려오지 않은 채 웃는 낯으로, 부드럽지만 단호하게 얘기하더군요. 사람들은 누구나 '거절'에 대한 두려움이 있습니다. 조그만 바를 경영했던 친구가 말하길, 자세히 살펴보니 남자들이 말을 거는 여자는 가장 예쁜 사람이 아니라 다가가도 거부하지 않을 사람이라더군요. 타고난 미모보다 더 중요한 것은 미소와 긍정입니다.

『폰더 씨의 위대한 하루』에는 이런 말이 나옵니다.

"오늘 나는 행복한 사람이 될 것을 선택하겠다. 나는 만

나는 사람마다 웃으며 맞이하겠다. 내 미소는 나의 명함이다. 나의 미소는 강력한 유대관계를 맺고, 서먹한 얼음을 깨뜨리고, 폭풍우를 잠재우는 힘을 가지고 있다. 나는 늘 제일 먼저 미소 짓는 사람이 되겠다."

제가 가장 최근에 뽑은 통실통실한 몸매의 신입사원 A는 실력이 가장 뛰어나서가 아니라 긍정적인 에너지가 뿜어져 나오는, 웃는 낯을 가진 사람이라서 선택했습니다. 그런데 그녀에게는 '스타일'이라는 또 다른 장점이 있습니다. 다이어트에 십 년째 실패하고 있으니 옷을 잘 입기가 쉽지는 않겠지만 본인의 몸매를 섹시하게 잘 어필하거든요. 후배 B는 차림새만 봐서는 변두리 '다방 레지'처럼 보입니다. 미니멀리즘의 시대에도 꿋꿋하게 알록달록한 80년대 스타일을 고수한 덕에 B 하면 바로 빨간 입술과 호피무늬 레깅스를 떠올립니다. 반면 C는 엄마와 할머니의 옷장을 뒤져 빈티지 펑크룩을 고수합니다. 샤넬 하면 트위드 수트, 이브 생 로랑 하면 여성용 턱시도 팬츠 수트가 떠오르는 것처럼 각자의 '시그너처 룩signature look'이 필요합니다. 멋쟁이가 될 필요는 없습니다. 이미지를 만들 일관된 스타일이 있다는 게 더 중요합니다. 그게 아름답고 멋진 스타일이라면 좋지만 설사 그렇지 않더라도 스타일이 없는 것보다는 훨씬 더 유리합니다. 스티브 잡스 하면 애플이 떠오르면서 동시에 머릿속에 청바지와 검은 티셔츠, 뉴발란스 운동화를 신은 모습이 자동적으로 연상되는 것처럼 말이죠.

　머릿속으로 자신의 캐리커처를 그려보십시오. 쉽게 그려진다면 성공적인 이미지 메이킹을 하고 있는 것입니다. 만약 그렇지 않다면 유행에 흔들리지 않을 자신의 스타일을 만들어야 할 것입니다. 스타일은 당신을 대변하는 것입니다. 꾸미는 과정을 절대 과소평가하지 마십시오.

어떤 기준으로
직장을 찾고 있나요?

이 원고를 청탁받았을 때와 이 글을 쓰고 있는 지금 나의 '스테이터스status'가 바뀌었습니다. 패션잡지 『엘르』의 편집 장이었다가 지금은 백수이고 이 책이 나올 때에는 CJ미디어에 서 일을 하고 있을 것입니다. 대학을 졸업하던 1991년 3월 1 일자로 발령을 받아 사회생활을 시작했으니 이십 년이 되는 해네요. 무엇을 좋아하는지, 무슨 일을 하고 싶은지 구체적인 그림이 전혀 없던 무모하고 대책 없는 제가 이십 년째 일을 하 고 있다니 세상에 감사할 뿐입니다. 지금이라면 상상도 할 수 없는 일이겠죠. 신입사원 면접 때 지원자들의 화려한 '스펙'들 을 보면 '일찍 태어나 어수룩한 시절에 직장에 들어온 것'에 대해 가슴 쓸어내리게 됩니다. 지금에서야 고백하자면 겉으론 무서운 얼굴을 하고 있지만 내심 주눅 들어 있는 경우가 많았 습니다.

전 직장을 다니면서 적성을 찾아온 케이스입니다. 졸업할 즈음엔 광고대행사의 AE를 하고 싶었습니다. 일류로 꼽히는 서너 군데 광고대행사에 원서를 넣었는데 서류심사에서조차 떨어지고 막막하게 있을 때 의류회사 마케팅홍보실에 들어가 게 되었습니다. 막연하게 동경하던 AE라는 직업을 확실히 파 악할 수 있는 부서였죠. AE는 제가 그리던 모습과는 상당히 달랐습니다. 그래서 인턴십이 꼭 필요한 게 아닌가 합니다. 일 을 배우는 것보다는 정확하게 업무를 파악하고 객관적으로 본 인을 대입해보는 목적으로 말이죠.

제 직장 선택의 첫번째 원칙은 본인이 재미있게 할 수 있는 일을 정확하게 아는 것입니다. 저의 경우는 맡고 있던 VIP용 사외보 제작일이 뜻밖에도 재미있고 잘 맞았습니다. 대학 졸업반, 막막한 앞날을 알아보려 처음으로 점집을 찾았더니 글을 쓰게 된다길래 "돌팔이" 하면서 나온 적이 있는데 댕기머리를 하고 있던 그 계룡산 도사가 빈말을 한 건 아니었나봅니다. 기왕이면 그 일을 좀더 본격적으로 할 수 있는 직업을 찾기 시작했습니다. 의류회사에서 책을 만드는 일을 하는 것에 대해 다시 생각해보게 된 거죠.

회사를 돌아보니 가장 파워가 있는 부서는 디자인팀과 영업팀이었습니다. 사외보는 마케팅에서도 작고 사소한 분야였고, 경험이 쌓여도 사외보의 규모를 키우거나 다양한 시도를 해보기엔 어린 제 눈에도 한계가 분명해 보였습니다. 승진을 한다 해도 기껏 과장이었겠지요. 광고를 집행하는 부서이다보니 매달 수십 권의 잡지가 쏟아져 들어오는데 그중에서『행복이 가득한 집』이 가장 눈에 띄었습니다. 연예인 가십 위주의 주부잡지와는 확연히 다른 이런 멋진 잡지를 만드는 회사에서 일을 해보고 싶었습니다. 목표는 정했는데 어찌 가야 할지 방향조차 잡을 수가 없었습니다. 실오라기 같은 인맥조차 없는 제가 할 수 있는 것이라곤 그저 잡지와 신문을 샅샅이 뒤지는 것뿐이었지요. 그렇게 그 회사에서 경력사원을 뽑는다는 작은 공고를 보게 되었고, 결국 입사하게 되었습니다.

제 직장 선택의 두번째 원칙, 자신이 좋아하는 일이 주력 사업 분야인 곳을 고르는 것입니다. 그래야 오랫동안 그 직장을 다닐 수 있고, 같은 분야의 다른 회사로 움직일 수 있는 기회도 많이 얻게 됩니다. 제 경우도 세번째 직장부터는 직접 찾아다닐 필요가 없어졌습니다. 일을 하며 만난 사람들이 새로운 기회가 되어주었으니까요. 본격적으로 패션 에디터를 해보고 싶어 패션잡지로 옮겼을 때에도, 그 이후 패션 에디터라는 직업만큼 간절히 꿈꾸었던 『엘르』로 옮길 때에도, 이번에 CJ 미디어로 옮길 때에도 모두 아는 사람들의 추천에 의해서였습니다. 사람이 전부죠. 직장을 다니면서 가장 커다란 기쁨이 되는 것도, 또 가장 큰 절망과 상처가 되는 것도 제겐 모두 사람들이었습니다. 일이나 직장을 떠나도 사람은 남아야 성공한 직장 인생으로 믿습니다.

제 직장 선택의 세번째 원칙은 큰 흐름에 올라타는 것입니다. 『엘르』를 떠난다고 밝혔을 때 첫 반응은 대부분 "왜?"였습니다. 패션잡지 편집장은 '인생 프리패스권'쯤으로 해석되고, 사실 많은 부분 그렇기 때문입니다. 하지만 독자들이 콘텐츠를 접하는 방식이 급격하게 달라지고 있습니다. 발행일을 기다려 서점으로 달려가던 독자들이 인터넷이나 휴대폰으로 잡지를 보고 있습니다. 그리고 인터넷이나 휴대폰에선 긴 글보다 짧은 글이, 사진보다 영상이 훨씬 매력적으로 보입니다. 패션잡지가 누리던 패션 혹은 스타일에 관한 독점적인 영향력 역시 많이 축소되고 있습니다. 과거에 패션잡지들이 하던 일을 인터넷과 케이블이 대신하고 있기 때문입니다. 잡지의 판매부수가 줄어들고 세계적으로 많은 잡지들이 폐간되는 것도 같은 맥락입니다. 잡지라는 파이가 줄어들면 수익도 따라서 줄어들 테고 비즈니스적인 맥락에서 보자면 잡지에서 기획할 수 있는 프로젝트의 규모를 키우기 힘들어질 것입니다.『엘르』를 떠나기 직전에는 몸은 불쑥 커버렸는데 여전히 작은 옷을 입고 불편해하는 아이 혹은 작은 연못에서 답답해하는 물고기가 된 그런 기분이었으니까요. 그럼에도 불구하고 편집장이란 자리가 너무 안락하고, 새로 모든 것을 시작해야 한다는 부담이 너무 커 오랫동안 망설였던 것이 사실입니다. 하지만 바꿀 수 없는 큰 흐름은 타는 것이 옳다고 믿기 때문에 용기를 낼 수 있었습니다. 사회에는 사람들이 만드는 변화의 큰 흐름, 트렌드가 있습니다. 그것을 읽는 눈을 키우고 그 흐름에 올라타는 것도 좋지 않을까요?

첫번째 선택이 완벽하지 않다면 그 선택을 수정할 수 있는 기회는 언제든지 있습니다. 생각과 현실은 많이 다를 수 있으니까요. 모든 게 흐릿하다면 부딪히며 배우는 것이 가장 빠른 방법일 수 있습니다.

부족한 게 느껴진다면 자기가 좋아하는 때문일 테고,
정말 좋아한다면 그 부족함은
자신을 움직이게 하고 끌어주는 원동력이 될 것입니다.

나의 이십대

대학에 입학한 후 대학이 지성의 장이 아닌 상업의 장이 되어가는 걸 보고 놀랐다. 나는 가난뱅이였는데 어떤 권리도 얻을 수 없는 현실에 화가 났다. 당시 노숙동호회의 회장이었던 나는 즉시 '호세대학의 궁상스러움을 지키는 모임'을 결성했다. 그리고 다 함께 어울리며 즐겁게 상대를 제압하는 난로투쟁, 찌개투쟁, 술투쟁, 카레투쟁, 갈고등어테러 등의 반란을 일으켰다. 대학 졸업 후에도 가난뱅이 정신을 잊지 않고 신주쿠, 롯폰기, 시부야 등에서 가난뱅이라면 누구나 참가할 수 있는 다양한 집회를 벌였다. 부자가 되기 위해서가 아니라 행복한 가난뱅이가 되기 위해서.

마쓰모토 하지메 松本哉

빈민운동가, 『가난뱅이의 역습』의 저자

재활용품 가게 '아마추어의 반란' 5호점 지점장

해외에서 젊은이들이
경찰차를 전복시키는 등
큰 폭동이 일어났습니다.
그 뉴스를 보며
흥분해도 괜찮을까요?

그럼, 흥분해야지. 흥분해야 하고말고. 유럽은 굉장한 곳이니까. 저녁 뉴스 같은 데서 대소동에 관한 영상이 흘러나오면 어김없이 '와, 뭐지? 뭐야?' 싶어서 텔레비전 앞에 찰싹 달라붙게 된다. '와, 부자들의 차가 불타고 있다!'라든가 '꼴 좋다. 은행이 페인트 범벅이 되었구나'라고 말하면서. 어쨌든 '뭔가 신나는 일이 일어났다고!' 하면서 친구에게 전화를 걸기도 하고……. 흠, 내 이야기는 됐고.

맞다. 이건 정답도 뭣도 아니지만 왠지 기분이 좋아지는 건 어쩔 수 없다! 왜냐하면 이 세상은 우선 말을 잘 들으라거나, 무난하게 살아가라고 하면서 어쨌든 떠들썩한 일은 싫어하니까. 금지라든가 자율적 규제라든가 예정조화설에 충실한 것들투성이라고! 아, 이 얼마나 바보 같은가! 그런 무사안일주의가 만연한 세상이니까 '뭔가 신나는 소동이라도 일어나지 않을까' 싶은 기분이 부글거리며 끓어오르는 것은 당연한 이야기다. 한껏 흥분하자고!

그런데 이것도 꽤 위험한 이야기인데, 단순히 짜증이 나서 폭동이 일어난 걸 기뻐하는 건 소용이 없다. 그래서야 전쟁을 일으키거나 방화를 하거나 무차별적으로 총을 쏘거나 해서 화풀이를 하는 것과 다를 바 없다. 그런 게 절대로 좋은 일일 리 없다. 도끼눈을 뜬 가난뱅이가 '이 빌어먹을 놈들아! 더는 못 참겠다!' 하면서 부자 녀석들을 쫓아내는 것은 통쾌하지만 무턱대고 불태우거나 사람을 다치게 하거나 파괴하는 건 절대로 재미있는 일이 아니다.

유럽에 갔을 때 실제로 데모에 참가했던 적이 있었다. 데모대 앞쪽은 텔레비전에서 봤던 그대로였다. 엄청난 규모에다가 하는 짓도 장난 아니라서 그야말로 대소동이 벌어지고 있었다. 그런데 난폭한 패거리들도 확실하게 적을 알고 있더라. 태연하게 물건을 던지거나 폭죽을 터뜨리면서도 개인이 경영하는 상점 등은 절대 공격하지 않았다. 고급 보석상 같은 부자들 가게를 습격하거나 맥도날드나 스타벅스처럼 사람들 돈을 갈취하는 글로벌 기업 등을 찾아서 페인트가 든 주머니를 던져댔다. 또 경찰차가 달려오면 타이어에 펑크를 내는 데 도사처럼 보이는 힘센 녀석들이 주위에 있는 물건을 던지거나 하는데 가끔은 근처를 지나가는 젊은 여자의 자전거에 엉뚱하게 맞을 때가 있었다. 그러면 자전거를 탄 여자가 “이봐요! 위험하잖아요!”라고 화를 낸다. 그럴 때는 재빨리 꼬리를 내리고 “아이고, 미…… 미안합니다”라고 무조건 사과를 했다. 일단 적과 아군을 확실히 구분하고 있는 게 훌륭하더라.

그런데 텔레비전을 보면 이내 머리가 나쁠 것 같은 아나운서가 나와서 “폭력적으로 변한 젊은이들이 약탈을 하기 시작했습니다!”라는 식으로 말하며 이들을 무법자 취급을 한다. 물론 그 가운데에는 엉터리 같은 녀석들이 있는지도 모르겠지만 대부분의 사람들은 ‘진지하게’ 대소동을 일으킨 것이었다.

관계없는 이야기이지만, 이번 독일에서의 데모에 참가했

던 건 머물 곳을 마련해준 친구가 이런 과격한 데모에 같이 가자고 했기 때문이다. 나는 함께 이야기했던 일본 친구와 쭈뼛쭈뼛 참가했다. 근데 아니나 다를까 데모는 금세 혼란에 빠져서 이런저런 물건들이 날아다니고 경찰도 최루가스를 쏘기 시작하고 이미 대혼란 상태가 되었다! 어이어이, 일본인은 이런 경우에는 익숙지 않으니까 무섭다고! 우리는 그저 데모현장에서 도망치려고 우왕좌왕했다. 그러나! 어떻게든 기운을 다시 차려서 적극적으로 가담하려고 했더니만 이번에는 사이보그처럼 거대한 몸집의 경찰들이 곤봉을 휘두르며 떼로 쫓아오는 바람에 다시 쏜살같이 도망쳐버렸다. 정말이지 일본인의 나약함을 독일인들에게 보여주어 무진장 부끄러웠다. 이 수치를 어떻게 한다?

음, 뭐, 얼간이 같은 내 이야기야 어찌 됐든 좋다! 여하튼 저 대소동으로 말할 것 같으면 아무것도 생각하지 않은 채 행동해버리면 안 된다는 거다. 어쩌면 돈벌이에만 눈먼 집단이 약자를 배척하기 위해 폭력을 저지르는 것인지도 모른다. 이런 일에 기뻐한다면 인간으로서는 말종이다. 어쨌든 뉴스에서 충격적인 대폭동 영상을 본다면 '와, 대단하다, 대단해'라고 감탄하면서 일단 한바탕 흥분한 후에 좀 냉정하게 누가 어떤 소동을 일으켰는지를 자세히 살펴보자. 그다음에 '아싸, 어디 한번 해볼까!'라고 흥분하거나 '쳇, 뭐야, 더러운 자식이군'이라고 하면서 바보 취급을 해야 한다. 잘못해서 쓸데없이 권력자 녀석들 좋을 대로 이용당하지 말아야 한다!

참고

최근 프랑스에서는 '거대 식전주'라는 이름의 노상 게릴라 음주파티가 유행중이라고 한다. 이건 인터넷에 정보를 올린 다음 갑자기 술을 가지고 중심가로 모여 떠들썩하게 큰 파티를 여는 거다! 사람이 많을 때는 만 명 가까이 모여서 큰 소동이 벌어지는데 누가 주동자인지도 알 수 없어서 수습하는 것도 불가능이란다. 이야, 프랑스 사람들도 제법 하는구나! 사실은 이런 식으로 부자유스러운 사회에 저항하는 게 가장 좋다.

친구가 하나도 없습니다.
직업도 저축도 없어요.
이게 어떻게 된 일일까요?

음, 이번엔 좀 쉬운걸. 어려운 문제라고 느껴지면 일단 소거법으로 시작해보자. 그러니까 가장 해결책이 아닐 것 같은 것부터 지워나가는 거다. 우선 '일단 열심히 일하는 것'. 동료들도 없이 아등바등 일하면 나쁜 기업의 먹이가 되어 쭉 혹사당한 끝에 억지로 돈을 뜯길지도 모르니 무진장 위험하다. 뭐, 물론 가끔은 양심적인 회사가 있어서 거기에서 안정된 수입을 얻고 좋은 동료들도 만나고 괜찮은 인생이 시작되는 것도 가능하다. 하지만 그런 건 그저 '운'일 뿐이다.

반대로 더 나쁜 패턴에 걸려들면 큰일이다. 무턱대고 일을 시작해서 일에 쫓기고 놀 시간도 없으니 친구도 생기지 않고 오로지 직장과 편의점과 집을 왕복하는 날들이 이어지기 때문이다. 그러다보면 일하는 보람도 없어지고 일의 효율성도 떨어지게 된다. 하루하루 긴장감도 떨어지고 놀고 싶은 마음마저 잃어버리게 되고 친구도 전혀 늘어나지 않는다. 이런 악순환에 빠지게 되면 큰일이다. 일을 관두고 싶어도 관둘 수 없고 그저 굶어죽지 않기 위한 무한한 악순환에 빠져버린다. 이건 참는다고 해결되는 일이 아니다. 거기다 그런 고독과 싸우면서 생활하면 정작 곤란한 일이 생길 때는 돈을 써서 해결할 수밖에 없다. 그러면 더 열심히 일하는 수밖에 없다. 하나도 재미없는 무한 악순환으로 돌아갈 수밖에 없다고. 역시 위험해! 그리고 직장에서 사람들과 친해지려고 상사나 동료와 함께 술을 마셔봐도 어째서인지는 모르겠지만 취한 걸 핑계 삼아 꼰대 아저씨 같은 선배들이 '자네는 근무태도가 나빠!' 라면서 설교를 늘어놓기나 하고, 무턱대고 상사에게 아부를 떨기 시작하는 동료를 보면 속이 메슥거리고…… 음, 이래서 야 되겠냐고!

그렇다면 어떻게 해야 좋을까? 답은 간단하다. 우리는 열심히 일할 정도로 한가한 인간이 아니다. 시시해 보이는 친구들을 마구 늘려가는 거다. 결국 노는 것에 소매를 걷어붙이자는 거다. 어때, 근사하지?

물론 정말로 밥도 못 먹을 지경으로 가난하다면 조금은 일해야겠지만 그럼에도 우선 노동은 최소한으로 줄이고 될 수 있는 대로 무의미한 시간을 늘리는 것을 추천함. 이 세상은 효율성이 좋은 것, 채산이 맞는 것만을 요구하고 있지만 정말로 가치가 있는 것은 '전적으로 쓸모없는 것' 속에 숨어 있다. 우선 쓸모없어 보이는 것들과의 접촉을 시도해보자!

자, 그러기로 결정했다면 먼저 한가한 시간을 잔뜩 잡아놓고는 동네를 헤매고 돌아다니는 수밖에 없다. 동네에는 이상한 녀석들이 엄청 많다. 이런 녀석들을 한가한 사람의 시선으로 보는 것도 꽤나 재미있다. 그저 거리를 산책하면서 묘한 분위기를 내뿜는 가게에 들어가보거나, 인터넷에서 알게 된 재미있어 보이는 곳에 가보거나, 허름한 술집에 들어가보거나, 평일 오후부터 거리를 이곳저곳 헤매보라! 그러면 나올 거다, 나온다고. 어디에선가 부글부글 끓어오르는, 엄청나게 바보 같아 보이는 인간들이 줄을 지어서 나온다. 대단하지 않은가?

히치하이킹의 달인, 기계를 잘 고치는 기계광, 장사를 잘하는 녀석, 집주인이나 경찰도 순식간에 말려드는 화술의 달인, 요리를 잘하는 녀석, 10개국어를 할 줄 아는 녀석, 세계 어느 곳에 가더라도 거점이 있는 방랑자, 야쿠자, 돈밖에 없는 졸부의 외아들, 불법시술을 하는 의사, 과격하기 이를 데 없는 디자이너, 술까지 직접 담가 마시는 농업 마니아 등등…… 열거하자면 끝이 없는 이런저런 녀석들이 등장한다. 이런 묘한 인간들과 친구가 된다면 얼마나 재미있겠어! 하지만 이런 녀석들은 직장에서는 본성을 감추고 있는 경우가 많으니까 역시 사람들이 잘 모르는 장소에서 만나는 게 중요하다.

이런 터무니없는 친구들이랑 놀다가 정신을 차려보면 나도 어느새 이상한 기술 하나쯤 몸에 익히게 될지도 모른다. 좋다, 여기까지 왔다면 그럭저럭 다 된 거나 다름없다. 어려움에 처했을 때나 무언가 해보자고 생각했을 때 얼마든지 몸뚱이만으로 가능하다. 이런 기묘한 인맥으로 일자리를 얻는 경우도 있으니까.

여기에서 기억해둬야 하는 중요한 사항은 친구들이 많으면 많을수록 돈 들이지 않고 해결할 수단도 늘어난다는 점이다. 친구가 많은 게 최고의 사회보장이라고! 오오, 어때? 마음 든든하지 않나? 이렇게 강력한 지원군을 얻었다면 두려워할

건 아무것도 없다. 직장에서 혹사당해도, 사장의 등 뒤에서 어깨를 툭툭 두드리며 "어이, 사장님, 전 언제 관둬도 상관 없다고요"라고 말할 수 있는 여유가 생길 거다. 거 참 통쾌하다. 그런 다음에는 일을 하든 놀든 멋대로 하는 거다.

그렇게 된 다음에는 길게 이야기할 것 없다. 무턱대고 놀아보는 거다!

도시에서 혼자 살면서 하는 일 없이
매일 낮잠만 자고 있었더니
어머니가 득달같이 달려와서
"지금 뭐 하고 있는 거냐,
이 바보 같은 자식!" 하며
분노의 왕복 귀싸대기를 날렸습니다.
어떻게 해야 좋을까요?

음, 이건 상대하기 쉽지 않군. 우선 벌떡 일어나 창문으로 튀어나가려고 해도 그건 무리니까 일단 포기하자. 의미 없는 저항을 해봤자 등 뒤에서 목덜미를 잡아채면서 "아무짝에도 쓸모없는 녀석! 너 때문에 남부끄러워 살 수가 없어. 이 얼간이 같은 녀석아!"라고 한소리 하는 걸 풀이 죽은 채 순순히 들을 수밖에 없다. 거기다 대고 "무슨 말을 하는 거야, 이 쭈그렁 할망구! 너저분한 소리 하지 말라고. 한 방 날려줄 테니!"라고 저항할 수도 있겠지만 어머니에게 어떻게 그럴 수 있을까. 결국은 순순히 말을 듣게 된다. 그러니까 어느 쪽이든 마찬가지다. 일단은 벌떡 일어나서 고분고분해지는 게 최고다.

그런데 문제는 그다음이다. 이 대응을 잘못하면 자신의 일생에 영향을 크게 미치게 되므로 작전을 잘 짜야만 한다.

무엇보다 부모와의 관계란 영원한 숙제다. 그저 주위 사람이라면 '이 녀석은 마음에 안 들어!'라고 생각될 때는 한판 크게 싸우고서 도망가거나 연을 끊어버리는 게 가능하지만, 부모란 존재는 꽤나 상대하기 버겁고 보통은 죽을 때까지 인연이 이어진다. 아니, 죽는다 해도 인연은 끊어지지 않는다. 게다가 여태까지 보살펴주신 은혜도 있으므로 당장 불만이 있더라도 말하기가 어렵다.

그렇다면 오직 부모님이 말씀하시는 대로 따르는 게 좋은 건가 하면 그렇지는 않다. 부모님의 말씀을 지나치게 충실히 따르면 이번에는 부모님도 우쭐해져서는 왠지 자신과 같은 인생을 걷게 하려고 한다거나, 자신에게는 가능하지 않았던 것을 시키려고 하는 등 당치도 않은 일을 요구하기 때문이다. 옛날에 종종 아버지가 "너는 프로야구 선수가 되었으면 좋겠다"라고 해서 하고 싶지도 않은 야구만 해야 했던 아이들이 있었다. 이를테면 그런 것이다. 자신이 이루지 못한 꿈을 대신 이루게 하려는 꿍꿍이속인 거다. (아이들 입장에선 이 무슨 성가신 일이냐고!) 그런 식으로 오로지 부모가 말하는 걸 들어주기만 하면 부모는 크게 기뻐할 것이고 언뜻 그게 부모에 대한 효도라고 생각될지 모르나 그렇지는 않다.

우선 인간 복제가 그렇게 간단히 이루어질 리 없다. 부모의 꿈을 현실화해준다는 따위의 일도 그렇게 잘될 리가 없다. 인간은 제멋대로 하면서 성장하기 때문에 아무리 열심히 한다 해도 부모가 대단한 사람이라면 그것을 넘어서는 사람이 되기는 힘들다. 그렇게 되면 부모님은 돌아가시기 직전에 자신의 삼십 퍼센트 정도밖에 안 되는 얼간이 아들을 보면서 '망했다, 잘못 키웠다!'라고 생각할 수밖에 없다. 그렇게 부모를 슬프게 만드는 일은 해서는 안 된다. 게다가 잘못 키웠다는 소리를 듣는다면 자식도 곤란하다. 그러니까 부모님의 말씀을 지나치게 잘 따르는 건 관두자!

그러면 어떻게 해야 할까? 역시 대답은 간단하다. 그저 좋아하는 일을 하는 거다.

무조건 남의 말을 듣기만 하는 사람은 당당히 제몫을 하는 사람이 아니라고 할 수 있다. 자신의 가치관에 따라 살아가는 것이 가능한 사람이야말로 제대로 된 사람이라 할 수 있지. 자신의 책임하에 자유롭게 즐겁게 살아가는 것이 사실은 최고의 효도야. 오오, 이건 간단하지 않은가!

매일 낮잠을 자는 인생이 좋은가 어떤가는 각자의 가치관에 달려 있는 것이지만 이 낮잠 사건을 예로 들어 말하자면 "이제 두 번 다시 낮잠을 자지 않겠습니다!"라고 맹세를 하는 것도, "낮잠을 자는 게 뭐가 나쁘다는 거야!"라고 말하면서 어머니를 쫓아내는 것도 해결책이 아니다. 낮잠이 자신의 일상에 어떤 의의가 있는지를 이해시키는 것이 중요하다.

마지막으로 예를 하나 더 들어보자. 부모님이 텔레비전을 보고 있다고 치자. 뉴욕에 있는 자유의 여신상에 오르는 녀석이 뉴스에 나온다. 잘 살펴보니 저 녀석은 우리 집 바보 아들내미다. "뭐 하는 거야, 이 바보 같은 자식! 꼴불견이니 빨리 내려오지 못해!"라면서 부모님이 미국까지 날아오실 게 뻔하다. 하지만 이것이 언젠가 내가 세운 목표. "이런 창피한 일이 있나" 하는 아버지 호통소리가 들려올지도 모르겠지만 이것이야말로 진정으로 부모에게 효도하는 일이라고 생각하고 눈물을 삼키며 정상까지 기어올라보라! 이튿날 신문 일면에 '어느 꼴통 아시아인, 자유의 여신상을 오르다'라고 헤드라인을 장식하면, 분명 부모님도 '장하다. 우리 아들 대단하구나'라고 생각하실 게 틀림없다! 그러니 멋대로 한번 날뛰어보자!

지독한 회사에 다니고 있습니다.
화가 치밀어 사장의
고급 승용차를 발로 뻥 찼더니
경찰이 쫓아왔습니다.
어떻게 해야 할까요?

우선은 이러니저러니 말하지 말고 전력질주해 도망치자. 붙잡히면 국물도 없으니 일단은 힘껏 도망쳐야 한다.

이런 경우에는 역시 추격을 따돌리고 얼버무리는 게 최고다. 서둘러 동지들을 모아 쫓아오는 경찰을 두들겨팰 수도 있겠지만 이 방법은 그닥 추천하지 않는다. 주변에 어슬렁거리고 있는 경찰들도 뭔가 착각을 해서 경찰이 된, 마지못해 일하고 있는 우리 가난뱅이와 별 차이 없는 인간일지도 모른다. 그런 녀석들을 두들겨패봤자 그 악덕기업 사장은 아파하기는커녕 가려워하지도 않을 거다. 가난뱅이들끼리 싸우고 권력자와 못된 부자 녀석들은 높은 곳에서 내려다보기만 하는 최악의 패턴인 거다. 후대에 가난뱅이들이 멋대로 설칠 수 있게 된다면 우리를 놔주는 경찰들도 속속 생겨날 테지만 그때까지는 확실히 우리 힘으로 도망치는 거다.

이럴 때 나오는 귀찮은 문제가 '법'이다. 우리가 사는 세상은 기본적으로 법에 의해 자유를 인정하고 있고, 법에 의해 이런저런 규제도 하고 있다. 그래, 이게 법치국가라는 놈이다. 그런데 이번 경우처럼 싼 월급에 사람을 부려먹으면서 돈을 그러모은 악덕기업 사장 녀석이 있다 치자. 그래서 직원은 소란을 피우고 사장의 고급 승용차를 발로 찼다. 그건 나쁜 일이 아니다. 계속 발로 뻥뻥 차주기 바람.

그런데 여기서 잠깐 다른 이야기.

동네마다 흔히 고자질하기 좋아하는 사람이 있다. 근처

술집 손님이 시끄럽게 떠든다든가, 자전거가 도로에 놓여 있기라도 하면 금방 경찰을 부른다. 가게 앞에 물건이나 간판을 늘어놓으면 불평을 터뜨리는 사람도 있다. 우리 가게에도 그런 사람이 있었는데, 심한 경우에는 가게에서 도로로 10센티미터밖에 튀어나오지 않았는데도 트집을 잡았다. 쪼잔하게시리…….

또 최근 일본에서 유행하는 금연법도 마찬가지다. 도로에서 담배를 피우는 걸 금지하는 지역이 늘어나고 있는데 혼잡한 곳에서는 다른 사람에게 날리는 연기나 담뱃불이 위험할지도 모르니 규제할 수 있다. 하지만 사람이 전혀 없는 광장에서도 담배를 피우면 벌금을 물린다. 이건 이미 본말전도랄까, 명백히 이상한 짓이다. 도대체 무엇을 위한 법일까?

좀더 얘기해보자면 이른 아침 사람도 차도 전혀 없는 길에 빨간 신호등이 켜졌을 때 건너면 안 되는 걸까? 아니, 그런 일 따위는 알아서 좀 결정하자! 다섯 번쯤 횡단보도를 왕복해버릴까! 좀더 막가는 거야! 쪼잔해, 쪼잔하다고!

이렇게 '법을 지키는 것이 올바르다'는 말도 안 되는 사고방식이 만연해 있어 골치 아프다. 법이란 건 이런저런 말썽이 생기면 좋지 않으니까 그것을 해결하는 수단으로 생겨난 것이다. 그러니 아무도 곤란하지 않은데 일부러 법을 따르는 일, 어떻게 좀 해야 한다.

거꾸로 말하자면 법을 지키면서도 나쁜 짓을 하는 엉터리 같은 녀석들이 잔뜩 있다. 전문가를 고용하고 법에 저촉되지 않도록 가난뱅이에게서 돈을 뜯어가는 나쁜 기업가나 정치가들은 어느 사회에나 있다.

이야기를 처음으로 되돌리자면 그런 나쁜 사장의 차를 발로 차는 것이 법에 걸리는가를 말하기 이전에 인간으로서 어떻게 처신하는가가 중요하다는 것.

그렇다고 오해하지는 말길. 굳이 법을 파괴해버리자고 하는 게 아니라, 법만 지키면 다 괜찮다는 것은 아니라는 거다. 올바른 법도 많지만 때로 말도 안 되는 법도 있으니, 그런 것에 목을 매도 어쩔 도리가 없다는 거다.

좋아, 법을 파괴하자! 사장의 차를 아예 래스터 색(빨강, 노랑, 녹색 등의 색으로 이루어진 아프리카 또는 자메이카 스타일—옮긴이)으로 칠해버리자!

번역 : 지비원

나의 이십대

사제직을 꿈꾸는 청년 시절 나는 빛고을光州의 햇살을 받고 살았다. 기숙사를 품고 있던 신학대학은 그 자체로 완벽한 세계여서 구태여 밖을 기웃거릴 필요가 없었다. 고요한 성당과 서향 그윽한 도서관부터 드넓은 숲, 널찍한 운동장들, 아름드리나무들이 우람하게 도열한 오솔길까지 아쉬울 게 하나도 없었다. 아침마다 꿩 우는 소리에 깨어 밖을 내다보면 은은한 안개가 퍽 아름다웠다. 그런데 영신수련과 면학에 열중하고 있는 내 모습이 늘 불편했다. 담장 밖 어느 곳에나 선명하게 남아 있는 광주의 핏자국 때문이었다. 캄캄하고 음습한 시절에 이런 호사를 누리는 게 죄는 아닐까 싶어 두려웠다.

김인국
충북 옥천성당 주임신부
천주교 정의구현전국사제단

당신도 모르는 당신의 상처를 아세요?

희한한 일이다. 검사 앞에선 극구 죄를 감추는 사람들도 신부에게는 스스로 찾아와 낱낱이 잘못을 털어놓는다. 난생처음 누군가의 죄 고백을 듣던 여름날은 지금도 생생하다. 사제는 고백소에서 종종 사람들의 상처를 발견한다. 누구나 불완전한 조건에서 태어나고 자라게 되어 있으므로 상처를 피할 길이 없다. 이스라엘의 성왕 다윗은 아예 "내 어미가 죄 중에 나를 배었나이다"라며 괴로워했다. 이 땅의 교육 여건도 마찬가지다. 나날이 상처의 연속이다. 자존감이 망가져서 깊은 열등감의 포로가 되기도 하고, 원하는 사랑을 누리지 못해서 자기도 모르게 부질없는 욕심을 키우기도 한다.

외로울 때는 위로가, 아플 때는 치유가 필요한 법이다. 그런데 자신의 아픔과 고통을 정확하게 이해하는 사람은 많지 않은 것 같다. 어떻게 해서 생긴 어떤 상처인지 알고 있으면 문제가 생겨도 스스로 해결할 수 있고 적어도 자기를 미워하거나 자포자기하는 일은 훨씬 줄어들 것이다. 그러나 상처에 대한 이해가 부족하여 불행한 상태로 지내는 이들이 참 많다. 남에 대한 배려를 의무로 삼는 사람들도 자신을 돌보는 일에는 소홀하다. 남이 해주기를 바라지 말고 내가 나를 돌봐야 한다.

나도 모르는 상처를 이해하기 위해 먼저 자신의 역사를 천천히 음미해보자. 내가 어떻게 내가 되었는지 한번 훑어보라는 것이다. 한 어머니가 와서 아들 걱정을 늘어놓았다. 다니던 대학교를 중단하고 어학연수를 가겠다더니 그마저도 다 마치지 못하고 집에 돌아와, 지금은 나이 스물일곱에 방에 처박혀서 밤새도록 게임에 몰두하고 낮에는 내내 잠을 자다가 저녁이 되면 만취가 되도록 술을 마시는데 그것도 친구들과 어울리는 게 아니라 혼자 그런다고 했다. 대인기피증까지 겸하게 된 아들 때문에 부모는 우울증에 시달리고 있었다. 당사자를 불러서 대화를 해보았다. 청년에게는 큰 상처가 있었다. 제대로 눈을 맞추지 못하는 이 젊은이의 마음에 울산바위만 한 무게의 아픔이 있었다. 고교시절 아꼈던 친구들로부터 따돌림을 당한 것이 시작이었다. 아버지의 높은 기대에 부응하지 못한 열등감과 자책감이 어느 사이에 아버지에 대한 반감으로 돌변했고 주변과의 관계까지 악화되자 의욕상실과 무력증의 깊은 늪에 빠져버렸다. 나는 서둘러 적당한 상담과 영적 회복 프로그램에 참여토록 도와주었다. 얼마 후 그는 환한 표정으로 돌아왔다. 해결은 너무나 간단했다. 자기도 모르던 상처를 자기가 알아준 다음 스스로 따뜻하게 인정하고 어루만져주는 것이다.

그런데 방금 든 사례에서 뜻밖의 사실 한 가지를 발견하게 된다. 자신을 괴롭히는 아픔은 자신의 탓도 있지만 주변의 인물들과 여건이 청년을 궁지로 몬 측면이 크다. 더욱 근본적으로, 오늘의 '나'라는 물건이 만들어지기까지 정작 내가 기여하거나 간섭한 바는 그리 많지 않다. 성과 이름 모두 주어진 것이다. 생김이나 품성, 재능은 물론이고 체질과 병력까지 죄다 부모님의 유전자를 물려받았다. 사람은 어떤 상황에 던져진 존재라는 말이 맞다. "하필이면 왜 나에게" 하면서 부모를 원망할 수도 있다. 그렇다면 그 부모도 역시 같은 원망을 자신의 부모 탓으로 돌릴 것이다. 억울하다고 하소연하기보다는 나의 상처와 아픔을 있는 그대로 인정하고 어루만지는 게 훨씬 현명한 태도다.

얼굴과 성격을 물려받듯이 이것만큼은 나의 것이라고 믿어 의심치 않는 생각의 경우도 마찬가지다. 원래 하늘 아래 내 것이란 없는 법이다. 학교를 잠시 생각해보자. 아무도 자기가 지은 학교에 가서 자기가 원하는 내용을 배우지 않는다. 우리가 학교를 세운 것이 아니라, 학교가 우리를 세웠다. 학교는 지배계급의 이해관계를 최우선으로 반영하는 훈련기관이다. 얼마 전 자발적 퇴교를 선언한 김예슬 씨가 고발하였듯이 학교는 극소수를 제외한 대다수를 좌절하게 만드는 비열한 경쟁의 장이 되어버렸다. 거기서 겪는 상처를 생각하면 끔찍하기만 한데 그 사실을 의식하는 학생이나 젊은이는 아주 드물다. 대개 그러려니 하고 지낸다. 왜냐하면 그런 세상에서 나고 자라서 다르게 사는 법을 모르기 때문이다.

대한민국의 학교는 꼭 등수를 매긴다. 우리는 그 점에 대해서 이의를 제기하지도, 이상하게 여기지도 않는다. 그런데 어떻게 그럴 수 있는가! 그 누구와도 비교될 수 없는 유일

무이의 독창적인 존재에게 누가 감히 순위를 매기고 등급을 매긴단 말인가! 말도 안 되는 이런 일을 줄기차게 반복하는 이유는 결국 그것이 집단을 다루는 데 매우 손쉬운 방법이기 때문이다.

자, 우리 정신 차리자. 나의 유일한 경쟁상대는 남이 아니라 바로 나다. 어제의 나에 비추어 조금이라도 더 나아지려고 노력하는 것이 진짜 경쟁이다. 타인은 경쟁상대가 아니라 어려움에 빠졌을 때 나를 도우러 달려오는 협력자들이다. 학교는 이런 당연한 사실을 가르치기보다 계급투쟁의 장이 된 것을 어쩔 수 없는 일로 여긴다. 그 바람에 우리는 '천상천하 유아독존天上天下 唯我獨尊'이라고 외쳐야 할 본래 진면목을 잃어버렸다. 그게 우리 모두의 공통 상처다.

자신을 함부로 대하고 무시하거나 채찍질하고 있다면 당장 멈춰야 한다. 대신 위로와 존중의 길을 찾아야 한다. 세상의 마음을 얻으려고 남들이 다 하는 '스펙 쌓기'보다는 그 어떤 것으로도 측정되지 않는 놀라운 자아를 만나려고 애써야 한다. 인생의 묘미는 '참 나'를 만나는 데 있지, 무엇이 되거나 무엇을 이루는 데 있지 않다. 그리고 상처를 귀하게 여겨라. 쓸데없는 고통은 없다. 간절한 시간을 보내고 나면 그 모든 것들이 있을 만해서 있게 된 고마운 일이었다는 점을 깨닫게 될 것이다.

당신도 모르는 당신의 갈망을 아세요?

젊은이들은 일자리가 가장 큰 고민이다. 특히 오늘의 청년들은 먹고살 궁리와 근심으로 금쪽같은 시간들을 몽땅 소비해버린다. 졸업 후 취업으로 개인의 사회적 가치와 가격을 인정받아야 하는 일 때문에 조급증과 불안에 쫓기고 몰리면서 수백 가지의 번뇌와 강박에 시달리게 된다. 그러느라 진짜 내가 원하는 게 무엇인지 생각조차 하지 못하는 경우가 많다. 자, 자기 상처를 이해하듯 자신의 내적 갈망에 대해서도 알아야 한다. 먼저 나의 욕망과 타인의 욕망을 구분할 필요가 있다. 지금 바라는 바가 나의 욕망인가 아니면 타인의 욕망인가? 나의 참된 자아가 목말라하는 열망인가 아니면 나를 둘러싼 타인들의 관성적 욕망을 그저 반영한 것인가?

위대한 영혼 간디는 욕망을 억지로 참는 금욕주의를 강조하는 대신 우리가 진정한 행복에 이르기 위해서는 지금까지와 근본적으로 다른 것을 욕망할 줄 알아야 한다고 역설했다. 억누르기만 해서 될 일이 아니라면 돈이나 쾌락 같은 흔해빠진 욕망보다 영혼 깊은 곳에 흐르는 갈망을 헤아려서 붙들 만한 것을 붙들고 살자는 말씀이다.

신분과 계급을 중시하는 대한민국 사회다. 그 몹쓸 구분에서 자유로울 수 있는 사람은 별로 없다. 빠르면 어떤 고등학교냐에 따라, 아무리 늦어도 어느 대학이냐에 따라 조선시대의 사농공상을 뺨치는 신분이 달라진다. 안타깝게도 이 땅에 태어나는 모든 청춘들은 불쾌하기 짝 없는 수직질서의 블랙홀

속에 빨려들게 된다. '되고 싶은 무엇'에 대해서 깊이 생각하기도 전에 '되어야 하는 무엇'을 고민한다. 생존 자체가 불안하기 때문이다. 물난리가 나도 값비싼 동네는 끄떡도 하지 않는 것을 알기 때문에 젖 먹던 힘을 다해서 피라미드의 꼭짓점에 접근하려고 한다. 그럴수록 안전하기 때문이다. 오늘의 기성세대가 어릴 적 궁기는 알아도 '스펙'을 두껍고 화려하게 만들려고 아등바등 애쓰는 젊은이들의 비애는 알지 못한다.

그런데 무수한 경쟁을 뚫고 승리하더라도 그 행운이 매우 일시적이라는 점은 더욱 불행한 일이다. '스펙의 버전 업'을 위해 죽을 때까지 자기를 깎아댈 수도 없는 노릇인 데다가 나를 대체할 '나사'들은 너무나 흔하다. 그러므로 전동 드라이버가 경쾌한 회전음을 내면서 나를 뽑아버리고 그 자리에 다른 부품을 채우게 될 순간이 온다. 너무 시시하고 재미없는 놀이다. 우리가 놀이규칙을 바꿀 수 없을까?

세상이 원하는 인간이 되는 대신 내가 바라는 '나'가 되자. 우리는 값싸게 공급되고 소비되다가 마침내 폐기되어도 좋은 그런 소모품이 아니다. 결사적인 파이팅 대신 둥글고 넓게 시선을 바꾸면 얼마든지 다른 삶을 발견할 수 있다. 위를 향해 아부하고 아래를 짓밟는 '동물농장'에서는 모두가 비참하다. 거기에는 꽃이 피지 않는다. 삼성 출신 김용철 변호사는 한때 누구나 부러워할 '엄친아'였다. 그러나 그가 "나는 부잣집 개가 아니다!"라고 울부짖은 이유가 무엇인지 생각해보라.

그 잘났다는 검사들이 앞에서는 의젓해도 뒤에서는 남의 돈으로 밥이나 얻어먹고, 사랑을 즐기다가 들킨 일을 떠올려보라. 자기 영혼을 빼앗기면 아무 소용도 없다. 세상이 나를 데려다 부리도록 놔두지 말고 내가 진짜 원하는 것이 어떤 것인지 찾자. 부모의 기대나 사회의 요구는 맨 뒤로 돌리고 자신의 참된 갈망을 파악하라는 말이다.

혹시 특권층이 되기를 바라는가? 자기가 하고 싶은 일을 하면서 밥걱정을 하지 않으면 그게 진짜 특권층이다. 거듭 말하지만 사람들이 우러러보는 일 퍼센트의 특권층이라도 속사정을 들여다보면 결코 정의롭지도 않고 무엇보다도 본인들이 그다지 행복해하지도 않는다. 중요한 것은 남이 말하는 행복이나 성공 말고 내가 즐겁고 나를 행복하게 나만의 블루오션에서 헤엄치며 노는 것이다. 말처럼 쉬울까 하겠지만 이 옹색하고 답답한 관념의 틀을 깨고 상상력을 힘으로 밀어붙이면 누구에게도 굽실거리지 않고 얼마든지 당당하게 사는 길이 환하게 열린다.

얼마 전 청각장애 유치원 졸업식에 갔다. 입학할 때 듣지도 말하지도 못하던 아이들이 졸업 때가 되면 놀라운 성취를 보여주었다. 떠듬떠듬 서툰 발음으로 겨우 겨우 졸업 소감을 말했는데 입학 당시에는 '호오' 하는 입소리조차 낼 수 없었던 아이들이었던지라 부모들은 고맙고 대견해서 뜨거운 눈물을 흘렸다. 그런데 선생님 한 분이 아이들과 함께 유치원을 떠나게 됐다며 작별인사를 했다. "여러분 고마워요. 지난 삼 년간 여러분 덕에 세상을 살아갈 힘이 생겼어요. 이곳에 오기 전에 지갑이 텅 비어버리는 이상한 꿈을 꾸었어요. 애써서 도전했던 일들이 모두 물거품으로 끝나서 아무런 의욕도 없던 괴로운 시절이라서 그런 꿈을 꾸었나봐요. 그런데 여러분과 삼 년을 지내면서 기뻤어요. 며칠 전 꿈에는 지갑 속에 다시 돈이 한가득 채워졌더라고요. 새로 시작할 힘을 얻은 거예요. 다 여러분 덕분입니다. 정말 고맙습니다!" 선생님은 연신 허리를 숙이며 인사를 했다. 오랜 시간 장애아동들을 가르치느라 어려움이 많았을 텐데 도리어 고맙다고 하는 이유가 무엇일까?

우리는 그렇게 지어진 존재들이다. 타인을 위해 이바지할 때 삶의 기쁨과 보람을 느끼고 더 큰 희망을 발견한다. 만일 꿈이 무엇인지, 나의 참된 갈망이 무엇인지 아직 희미하다면 가만히 영혼의 소리에 귀를 기울여보라. 목마른 것은 나인데 어째서 남의 갈증만 채워주는가.

당신을 움직이는 에너지는 무엇입니까?

예수님은 고향이 변방 갈릴래아였는데 한곳에 머물지 않고 여기저기 두루 다니다가 마지막에는 이스라엘의 서울, 예루살렘에 올라가셨다. 그리고 최후의 순간에는 에베레스트 14좌 완등으로 빛나는 오은선, 엄홍길조차 꿈꾸지 못한 지상에서 아주 높은 벼랑, 십자나무에 올라가셨다. 그분이 걷고 걷다가 그 높은 곳까지 오를 수 있었던 동력은 무엇이었을까? 그 에너지는 '컴패션compassion', 바로 사람과 하느님을 향한 연민이었으며 동정이었다. 예수님은 가난하고 병든 사람들을 딱하게 보셨고, 목석같은 인간에게 늘 버림받고 무시당하는 하느님을 불쌍하게 여기셨다. 그것이 예수님을 움직인 놀라운 힘이었다.

원로신부 문정현은 일흔을 넘긴 고령인데도 죽는 날까지 길 위의 사제로 살기를 바라며 도무지 가만히 앉아 쉬는 일이 없다. 미군기지 건설로 쫓겨나게 된 농부들의 아픔을 달래주려고 평택 대추리로 달려가고, 불에 타죽은 용산 철거민들의 가족들을 지켜주려고 일 년이 넘도록 노숙도 마다하지 않았다. 지금은 처참하게 죽어가는 4대강의 운명을 슬프게 여겨 노상 단식기도회의 한자리를 지키고 있다. 힘센 자들에게는 불같은 저항의지를 보이다가도 장애인들을 만나면 순진한 어린이로 돌아가는, 좀처럼 식을 줄 모르는 이분의 열정은 어디서 생겨난 것일까?

젊은 당신의 힘은 무엇인가? 그 힘은 어디서 생겨나는가?

사람은 먹어서 힘을 낸다. 성경에서는 사람이 밥도 먹고 말씀도 먹어야 온전해지는 존재라고 말한다. 인간은 육적이면서 동시에 영적이기 때문에 위장도 채워야 하고 영혼도 채워야 한다는 것이다. 밥을 먹으면 흙으로 빚어진 자아가 힘을 얻고, 말씀을 모시면 영혼의 숨을 쉬게 된다. 이것이 사람의 두 가지 조건이다. 두 가지를 꼭꼭 씹어먹어야 한다. 밥으로 배가 부르면 사지에 힘이 생기고, 말씀으로 배가 부르면 허리가 반듯해지고 온몸에 거룩한 기가 활발하게 돈다. 밥을 먹으면 남을 도울 수 있고, 말씀을 모시면 자기와 남을 똑같이 귀하게 여기는 마음이 생긴다.

여기서 말씀을 모시는 일이란 일단 정신을 키우고 영혼을 살찌우는 독서와 명상, 그리고 자기 믿음에 따르는 기도로 알아들으면 된다. 예수님이나 신부 문정현이나 자기를 지탱하는 힘을 말씀에서 구했다. 우리 사회에서 빛이 되고 소금이 되는 분들은 누구나 말씀을 귀하게 생각한다. 몸의 골격과 근육은 멋지게 여기면서 정신의 그 두 가지는 우습게 여기는 젊은이들이 의외로 많다. 그런 사람들은 훗날 남에게 팔려가는 인생을 살 위험이 크다.

나는 메피스토펠레스에게 영혼을 팔아버린 파우스트처럼 자기 몸을 남의 손에 맡겨버린 불행의 사례를 숱하게 목격했다. 2008년 10월 삼성그룹 법무팀장 출신의 김용철 변호사가 그 대표적인 사례다. 그의 고백을 통해서 영혼의 허기를 채울 줄 모르는 사람들의 인생이 얼마나 비참하게 망가지는지 몸서리치게 느꼈다. 전에는 판검사, 변호사, 고위급 공직자, 대기업의 주요 임원들, 그리고 우리 사회에서 성공한 특권층에 대해서 아무런 의심을 품지 않았다. 타고난 재능에다 성실을 더하여 부지런히 갈고 닦지 않았다면 그런 자리에 오를 수 없었을 것이라고 믿었다. 목표를 이루기 위해 보통 사람들이 누리는 것을 포기하고 희생하는 집중력이 아니었으면 불가능한 성취를 이룬 분들로 알고 있었다. 그 점은 지금도 마찬가지다. 그런데 다른 측면도 있었다. 너무나 많은 사람들이 보람은커녕 행복하지도 않았고 엉뚱한 데서 삶의 이유를 찾고 있었다. 힘과 재물을 누리는 사람들은 꼭 그만큼 남의 눈치를 보며 답답하게 살고 있었다. 그들이 만일 밥처럼 말씀을 귀하게 여겼다면 인생 자체가 달라졌을 것이다.

밥벌이를 위해 일자리를 찾는 그 이상으로 말씀을 벌고자 노력해야 한다. 밥에서 힘을 얻듯 말씀에서 힘을 구할 줄 알아야 한다. 사랑이든 자비든 그 무엇으로 표현되든 간에 세상과 사람들을 아름다운 길로 이끈 기운은 말씀에서 비롯한다. 말씀은 남을 이기는 기운이 아니라 자기와의 싸움에서 승리하는 극기복례의 힘을 준다. 그 힘으로 우리는 비굴하지 않으며 타인의 자아도 존중한다. 진정한 교양은 타인에 대한 상상력이라고 했다. 말씀에서 힘을 얻는 교양인이 되시기를!

최근 불같이 화를 낸 적이 있습니까?

오해가 없을 줄 믿고 하는 말인데 청년이라면 참을 줄도 알아야 하고 으르렁하고 화를 낼 줄도 알아야 한다. 분노를 모르는 청춘은 청춘이라고 할 수 없다. 건강한 사람은 몸에 탈이 날 경우 바로 열이 난다. 열은 경계경보인 동시에 병균을 물리치는 뜨거운 방역이 시작되었다는 표징이다. 몸살을 모르는 체력이라고 과시할 것 없다. 건강해야 몸살을 통해서 몸을 정화하고 균형을 회복한다. 통 감기를 모른다는 사람일수록 조심해야 한다. 어느 날 갑자기 푹 쓰러질 수 있다. 그러므로 열은 몸의 정상적인 작동이므로 함부로 방해하지 말아야 한다.

마찬가지로 사회가 병들면 젊은이들이 제일 먼저 열을 내게 되어 있다. 3·1만세운동에서도, 4·19혁명에서도 그랬고, 5·18민중항쟁에서도 그랬다. 만일 젊은이들이 정의감을 잃고 화를 낼 줄 모르는 사회라면 그 사회는 병든 몸이요 희망이 없는 공동체일 것이다. 그런데 안타깝게도 오늘날 우리 젊은이들이 화를 잘 내지 않는다. 어려서부터 해열제와 얼음찜질에 익숙해서 그럴까?

사회의 질병에 대해 화를 내는 가장 손쉽고 신사적인 방법은 투표다. 그런데 젊은이들의 투표파업은 이해하기 어려운 일이다. 일자리가 없어 '알바'로 만족해야 하고, 운 좋게 정규직이 돼도 제대로 대접을 받지 못하는 경우가 비일비재하다. 그래도 좋은가? 그렇지 않다면 당연히 화를 내야 한다. 화를 내서 투표를 하라. 선행을 하라는 게 아니다. 철저히 자신에게 이익이 되어줄 정책이 어떤 것인지 꼼꼼히 따지고 후보를 고르라. 투표는 남이 아니라 순전히 자기를 위한 행위다. 그래서 하라는 것이다. 선거 결과에 따라 죽기도 하고 살기도 하는데 왜 강 건너 불구경인가. 민주주의가 밥 먹여주나 하는 말보다 민주주의로 밥을 지어먹자는 소리가 훨씬 아름답다.

　신문은 또 어떤가? 젊은이들이 종이신문을 구독하는 경우는 드물겠지만 반드시 자신을 알아주는 신문을 정해야 한다. 여러모로 사회적 강자에 속한다면 부자 감세와 특권층의 반칙을 기꺼이 용인하는 일간지를 선택해야 할 것이다. 만일 그런 경우가 아니라면 도대체 내 신세를 편들어주는 신문이 어떤 것인지 투표할 때처럼 고르고 골라야 한다.

　더욱 제대로 화를 내는 근본적인 방법은 내 허락 없이 짜둔 기성의 판을 거부해버리는 것이다. 왜 내 동의를 구하지도 않고 당신들 멋대로 룰을 정했는지 물으며 게임의 법칙에 동의하지 않는 것이다. 세상의 규칙과 기준은 거인들을 위한 것이지 난쟁이들을 위한 게 아니다. 이는 분명한 사실이다. 그걸 무시하면 큰일이 날 줄 아는데 절대로 그렇지 않다. 더구나 젊은이들의 반란은 정반대의 결과를 불러온다. 만일 모든 젊은이들이 노조를 인정하지 않고 정리해고를 서슴지 않는 기업의 신입사원 모집을 보이콧해버리면 대한민국 경제가 망할까? 그 순간 공수攻守가 전환된다. 제아무리 무소불위의 대기업이라도 궁극적으로는 소비자가 왕이라는 사실을 얼마든지 확인

시켜주는 방법은 널리고 널렸다. 다만 화를 내는 근사한 방편을 찾지 않고 자기만의 생존을 도모하다보니 세상이 이토록 잔인해진 것이다. 화를 내자. 그래야 몸도 건강해지고 우리 사회의 모든 관계도 제자리를 찾는다.

맥없이 온순해지지 말고 상상하자. 더 자유롭고 더 신나는 세상을 상상하자. 상상력이 부족해서 화를 낼 줄도 모르는 것이다. 가령 4대강 사업에 들어가는 이십이조 원을 다른 데 쓰면 나라가 나빠질까? 일억 원짜리가 일만 개 모여서 일조 원이다. 십조는 일억이십만 개, 이십이조는 억이 이십이만 개다. 이 큰 돈을 극소수 토건재벌에게 혜택을 주려고 강을 망치는 데 쓰는 대신 이십만 개의 마을마다 일억 원씩 나눠주고 알아서 좋은 일을 디자인해보라고 하면 어떤 결과가 벌어질까? 아이들은 걱정 없이 공부하고 냇물은 놀랍게 맑아질 것이다. 그 돈으로 연봉 몇 천만 원의 일자리를 만들면 몇 개이고, 그러면 얼마나 많은 가족이 굶는 일 없이 사랑을 나누게 될지 상상해보자. 무상급식은 말할 것도 없이 대학의 등록금 걱정도 쑥 들어갈 것이다. 생각만 해도 신이 난다.

남북관계도 마찬가지이다. 매년 지출되는 천문학적 규모의 분단유지비용을 아이들과 젊은이들의 장래를 위해 쓴다면 어디다 어떻게 쓸 수 있을까? 일 년만 미군 지원과 엄청난 무기수입을 중단하고 그 돈을 육아와 노인들의 복지, 교육과 문화에 쓴다면 얼마나 근사해질까? 동족을 일상적으로 증오하는 감정비용도 다른 곳에 지출하면 이 나라는 위험해질까? 서울역에서 베이징 가는 기차표를 사서 비단길을 지나 이탈리아의 시칠리아에 가서 아름다운 태양을 본다, 빙하가 펼쳐진 핀란드의 북해까지 달려간다. 그렇게 꿈꾸다보면 당장이라도 할 수 있는 엄청난 일을 마냥 미루고 엉뚱한 짓만 벌이는 머슴들을 향하여 으르렁 화를 낼 수 있을 것이다. 주인이 야단을 칠 줄 모르니 어느새 종들이 안방을 차지하고 호령하는 세상이다.

2009년 용산참사 현장에서 느낀 것인데, 사람들을 태워 죽인 공권력보다 정류장에서 무심히 버스를 기다리던 보통 사람들의 냉담이 훨씬 무서웠다. 노인들의 지혜는 침묵으로 드러나고 젊은이들의 빚은 정의로운 분노를 통해서 드러난다. 미래를 즐겁게 상상하고 순정을 다해서 화를 내자. 다산 정약용 선생이 말씀하시기를 사나운 매가 아니라면 길들인다 해도 쓸모가 없다고 했다.

목마른 것은 나인데 어째서 남의 갈증만 채워주는가.

나의 이십대

대학원에 다니고 광고대행사에 다니며 누구보다 열심히
세상에 붙어 살았다. 행복하지 않았다. 결국 스스로 어깨
를 흔들어 깨운 뒤 용감하게 떠났다. 하지만 길 위에 짓
는 집은 언제나 불안했다. 모든 것이 내 주위를 쌩쌩 지
나갔다. 그러나 두려워 않고 나를 잡아끄는 부름에 순응
하며 또다시 여행가방을 꾸렸다. 그 시절 나는 어설프고
설익고 철없는 집시였다.

곽
세
라

비주얼 아티스트, 여행가

『모닝콜』『인생에 대한 예의』의 저자

당신이
당신의 아이라면
그렇게 살게
내버려두겠어요?

십이년차 베테랑 집시가 된 지금 가끔 사람들이 묻는다. "세라, 이젠 결혼도 하고 아이도 낳고 살아야 하지 않을까?" 그럴 때 나는 나를 한번 제대로 키워보고 싶다고 이야기한다. 그래, 나는 나 자신의 아이이자 또 엄마다. 늘 '케세라세라'를 외치는 나에게도 좌절이 오고 쓸쓸함이 밀려들곤 한다. 그럴 때 나는 나에게 말한다. "세라야, 괜찮아. 엄마가 다 해줄게. 가고 싶은 곳이 있으면 보내줄게. 하고 싶은 게 있으면 어떻게 해서든 시켜줄게. 다 잘될 거야. 걱정 마." 정말이지 나는 내 딸에게 모든 것을 해주고 싶다.

미술대학은커녕 변변한 미술교육 한 번 받은 적 없는 내가 어느 날 화가가 되고 싶어졌다. 그림을 그리며 살고 싶었다. 나는 나에게 기꺼이 용기와 기회를 주었고 일본 국전에 입상하며 화가가 됐다. 그리고 '아티스트 곽세라'라는 이름으로 인도 뉴델리 소재의 비영리 예술문화 후원단체 페이스인디아 FACEINDIA가 기획한 대규모 치유프로젝트 '하트 투 하트Heart to Heart'의 첫번째 단계인 '아트 투 하트Art to Heart'의 주인공이 됐다. 인도에서 가장 번화한 일곱 개 문화도시의 갤러리, 미술대학 들과 함께한 이 투어에서 사람들에게 내 그림을 선보였고 메시지를 전했다. 내 딸이 해낸 것이다. 그때 난 자식이란 믿어주면 뭐든 해내는 존재라는 걸 알게 됐다. 그러고 나서 인생이 이렇게 즐거울 수도 있다는 걸 온몸으로 느끼며 인도 투어를 시작했다.

아티스트 세라의 이름으로 사람들에게 그림을 소개하던 중, 나의 생일날 함께 일하던 매니저에게 딸아이가 태어났다. 매니저 부부는 아이가 말썽을 피우면 내게 해결방법을 묻겠다며 싱글벙글하더니 이름도 '시에라'라고 지었다. 시에라는 세라의 인도식 이름이었다. 그들은 시에라가 세라처럼 자유롭게 살기를 바란다고 했다. 그러나 시에라가 태어나고 나서 시에라의 엄마인 모니카는 자유롭지 못했다. 예민한 성격의 시에라를 돌보기 위해 하루종일 온전히 아이에게 헌신했다. 충분한 수면을 취할 수 없는 건 기본이고, 차 한 잔 마실 여유조차 없었다. 그래도 모니카는 행복하다고 했다. 미술대학을 나와 능력을 인정받던 모니카가 변한 모습을 보면서 어떤 희망을 느꼈다. 엄마라는 사람은 아이가 스물네 시간을 울어도 인내심 있게 받아줄 수 있는 존재이구나. 사랑이라는 것은, 모성이라는 것은 저렇게 대단한 것이구나. 딸이 참 좋은 것이구나. 나의 모든 것을 포기해도 행복할 수 있는 존재구나. 그렇다면 나도 나의 딸 세라를 위해 헌신해야겠다, 다시 한 번 다짐했다.

우리는 언제나 미래의 내가 무엇으로 행복할 것인지를 살펴야 한다. 불행의 시초는 그것을 가늠하지 못하는 것이다. 확인하고 또 확인해야 한다. 자기 자신을 아이처럼 돌보며 혹여 잘못된 길로 들어서지는 않는지, 행복하지 않은 길로 가려는 건 아닌지 주의를 기울여야 한다. 스스로에 대한 관심이 진짜 미래를 준비하는 모습이라고 생각한다. 빛나는 미래를 위한 준비를 하고 싶다면, 자식이 하고 싶은 것이 있으면 빚을 내서라도 밀어주는 부모의 마음으로 나를 바라보는 것이다. 당신의 딸이자 아들인 당신에게 부모가 되어 무언가를 시켜주었을 때 못 할 일은 없다. 게다가 당신은 당신의 부모님보다 더 젊고 힘도 있다. 그 젊음과 힘을 사회의 기대를 위해 쓰지 말고 당신과, 당신의 미래를 위해 썼으면 한다.

그림을 그리고 싶다는 자아에게 부모의 마음으로 칭찬과 격려를 아끼지 않았을 때, 그래서 화가가 되었을 때 나는 참 뿌듯했다. 그러니까 나 자신에게 고마웠다. 나에게 할 수 있는 기회를 줘서, 이런 삶을 줘서 참 고맙다고 인사했다. 우리는 스스로에게 찬란한 미래를 선물해야 할 의무가 있다. 나는 나이자, 내 아이이자, 내 부모이기도 하니까.

당신을 주문 제작한 우주의 작전을 알고 있습니까?

우연히 그곳에 있는 것은 아무것도 없다. 지금의 피부색 깔과 성격, 성향, 엄마 아빠의 성품을 이어서 가지고 태어나도록 우주가 주문 제작을 한 것이다. 우리 한 사람 한 사람은 모두 꼭 그 자리에 맞도록 만들어진 것이다. 우주에는 쓸데없는 것이 없다. 헛된 것을 만들지 않는다. 그래서 우리는 우주의 작전에 따라 움직이게 되어 있다. 무언가를 하고 싶다는 열망은 작전에 부합하고자 하는 본능이다. 나에게 맞는 위치로 가고자 하는 본능이다.

대학을 졸업한 나는 광고회사 카피라이터라는 번듯한 직업을 가졌다. 그런데 집시로 주문되었던 내가 카피라이터가 되자 우주는 적잖이 당황했다. 거긴 네가 있을 자리가 아니라고, 어쩔 줄 몰라하며 나에게 신호를 보냈다. 결국 나는 우주의 작전에 부합하기로 했다. 온몸에 힘을 빼고 나를 어디로 데려가는지 지켜보았다. 어느 날 눈을 떠보니 나는 길 위의 행복한 집시가 되어 있었다.

'열세번째 도넛'이라는 것을 아는가? 열두 개를 사면 덤으로 주는 공짜 도넛이 열세번째 도넛이다. 우주의 작전에 부합하는 사람들에게는 언제나 열세번째 도넛이 기다리고 있다. 우주의 작전에 편입해 인간이 할 수 있는 노력을 할 때, 천사들이 나를 내가 들어가고자 하는 길의 입구에 내려주는 것이다. 위대한 일을 이루거나 꿈을 이루었다는 사람들을 한번 보자. 그들은 가시밭길을 걷고 역경을 헤쳐 그곳에 다다른 게 아니다. 그들은 언제나 뜻하지 않는 행운과 지지와 격려를 받으며 거기까지 온 것이다. 자기가 있어야 할 곳에 있었기에 천사의 도움을 받고, 맛있는 공짜 도넛을 먹을 수 있었던 것이다. 우리는 늘 공짜 도넛을 받을 준비를 해야 한다. 행운을 받는 것을 두려워해서는 안 된다. 우주의 작전에 맞게 삶을 사는 당신에게 오는 행운은 당연한 것이다.

No pain, no gain. 우리는 참고 견뎌야 한다고 배웠다. 아픔을 참고 투쟁해서 얻는 것만이 가치가 있는 것이라고 말하지만 절대 그렇지 않다. 내 길이 아닌 것 같고 쉽지 않은데 참고 견디면 감각만 무뎌질 뿐이다. 많은 사람들이 우주의 작전과 맞지 않으면 꿈이 이뤄지지 않는다는 사실을 모른다. 나의 삶이 우주의 작전과 맞는지 아닌지 알아보는 진단법이 있다. 그것을 하면서 사는 게 쉬운지 스스로에게 묻는 것이다. 쉽다면 옳은 길이고, 어렵고 힘들고 고달프다면 잘못 가고 있는 길이다. 발에 맞지 않는 다른 사람의 신발을 신고 걷고 있는 것이다. 그래도 일단 발을 들여놓았으니까 가던 길을 가겠다는 건 어리석다. 거친 자갈밭 너머 오아시스가 있을 거라고 생각하지만 남는 건 지친 영혼과 육체뿐일 것이다. 길을 걸으며 발이 불편하다면 내 발에 맞는 새 신을 신고, 깨끗하게 닦인 옆길로 가면 된다.

카피라이터 시절의 나는 일도 곧잘 했고 인정도 받았다. 그런데 참 힘들었다. 잘하는 것과 쉬운 것은 다른 문제였다.

나는 그때 착각을 했다. 어렵고 힘들지만 잘하는 일을 하고 있어서 다행이라고 생각했던 것이다. 그러나 집시로 주문 제작된 나에게 그 일은 맞지 않는 신발이었다. 발에 꼭 맞는 신발을 신고 길 위에 서 있는 지금 나는 누구보다 행복하다. 천사들의 도움으로 가고 싶은 곳을 가고, 달콤한 공짜 도넛을 먹고 있다.

　나를 주문 제작한 우주의 작전에 맞게 산다면 당신의 삶도 행복할 수 있다. 사는 것이 힘들고 어렵다면 온몸의 힘을 풀고 우주의 작전을 기다려라. 여기서 포인트는, 기다릴 때 초조해하거나 불안해하지 않는 것이다. 즐거운 마음으로 신나게 기다려야 한다. 그래야 기회가 나를 발견해낼 수 있다. 나를 도와줄 천사가 알아볼 수 있도록 언제나 뜨거운 태양처럼 환하고 밝은 마음으로 살아야 한다. 그렇게 한다면 당신의 작전팀이 우주에서 내려와서 모든 것을 줄 것이다. 꿀 같은 열세번째 도넛도 함께.

흥청망청 지내고 있나요?

'낭비'는 늘 홀대받는 단어이다. 어른들은 낭비라고 하면 큰일이 일어날 듯 펄쩍 뛰신다. 그러나 젊음의 한가운데서만큼은 낭비가 대접받아야 한다. 젊을 때 낭비해보지 않으면 좋은 어른이 될 수 없기 때문이다. 돈이건 감정이건 시간이건 낭비해봐야 한다. 흥청망청 확 살아보지 않는 청춘은 위험하다. 삶에 전전긍긍하며 적금 붓듯 꼬박꼬박 그냥 그렇게 살아내는 인생은 청춘이 아니다. 젊음이 재단된 것처럼 착착 맞아떨어져 진행된다면 얼마나 끔찍할까?

지금 흥청망청 살아 변변한 '스펙'도 없고, 취직도 안 되고, 뜻하는 것 하나도 안 이루어지고, 아무도 능력을 알아주지 않는다면, 그런 상황이라면? 브라보! 축하할 일이다. 당신은 다른 사람들보다 가벼운 짐을 들고 어디로든 떠날 수 있기 때문이다. 이십대라는 건 부두에 서서 배에 실을 것들을 결정하는 사람들이다. 처음부터 배에 짐이 꽉 차 있다면, 모든 것이 정해져 있다면 얼마나 재미없고 따분한 항해가 될까? 나 너무 확 살아버렸나봐, 걱정하지 말자. 걱정은 모든 걸 망친다. 걱정은 기회의 암살자이다.

여기 아르헨티나에 가서 탱고를 배우고 싶은 A와 B가 있다. 그곳에 가서 머물며 춤을 배우려면 삼천만 원이 필요하다고 치자. A는 떠나기 위해 아르바이트부터 열심히 해야겠다고 생각해 밤낮으로 일하며 한 달에 백만 원씩 모았다. 살면서 이런 저런 사정이 생겨 삼천만 원을 다 모았을 땐 이미 오 년이 지나 있었다. B는 일단 당장 떠나야겠다고 생각했다. 여권을 손에 쥐고 운동화 끈을 동여매고 제일 가까운 나라로 떠났다. 그곳에서부터 이 나라 저 나라 조금씩 앞으로 나아갔다. 돈이 떨어지면 그곳에서 일을 하고, 친구도 사귀고, 뜨거운 사랑도 하는 사이 오 년 만에 아르헨티나에 도착했다. 당신이라면 A 와 B 중 어느 쪽을 택하겠는가. 나라면 당연히 B를 택하겠다. 그는 바람과 별을 만나고 살아 있음을 만끽하며 한 걸음씩 전 진했으니까.

청춘을 흥청망청 살아간다는 것은 무모한 것이 아니라 인 생을 느끼는 것이다. 다양한 낭비를 통해 이게 내 삶이었다, 바로 이것이다 느껴질 때 확 열고 살아버려야 한다. 그러고 나 면 다음 기회가 올 때 더 쉽게 열 수 있다. 그런 식으로 누가 봐 도 탄성을 자아내는 인생의 양탄자가 화려하게 완성이 되는 것이다. 아름다운 청춘을 살면서 젊음이라는 재료로 재미없고 밋밋한 격자무늬 양탄자를 만드는 것만큼 안타까운 일도 없을 것이다. 너무 반듯해서 추억 하나 자리할 틈 없는 청춘은 정말 안쓰럽다. 추억이라는 건 겨울날 밤기차에 오르면서 들고 타 는 모포와 같다. 모포 한 장 없이 밤기차에 오르는 사람은 쓸 쓸한 밤 술을 마시거나 웅크리고 떨 뿐이지만, 추억이 있는 사 람은 추억으로 견딜 수 있다. 우리의 청춘들이 그런 추억 한 장 없이 기차에 오르는 사람이 되지 않았으면 좋겠다.

지금 할 수 있을 때 조금이라도 더 막, 확, 흥청망청 살아보자. 당신을 든든하게 감싸줄 추억 모포도 여러 장 챙겨놓자. 뭐든 한번 낭비해보지 않으면 근사해질 수 없다. 분재를 할 때에도 마음껏 키운 다음 다듬는다. 일단 멋대로 쫙 자라난 나무여야 비로소 조각할 수 있다. 대리석도 덩어리가 클수록 비싸다. 어떤 것이라도 만들 수 있기 때문이다. 그러니 젊음이라는 든든한 '빽'이 있다면 자기를 부풀리고 들쭉날쭉 아무렇게나 해서 부피가 큰 사람이 되도록 노력하면 좋겠다. 십이년차 집시 세라가 보증하건대, 인정받으며 효율적으로 인생을 망치는 워커홀릭보다 흥청망청 살아가는 청춘이 더 행복해질 가능성이 훨씬 높다.

'널 좋아해'라는 말을 몇 개국어로 할 수 있어요?

　그 어느 게임보다 재미있는 오락이 있다. 열심히 하면 할수록 자기 자신의 영토가 넓어지는, 내가 제일 좋아하는 오락은 다름 아닌 언어 배우기이다. 사람들은 다른 나라의 언어를 배우는 것을 어렵다고 생각한다. 그러나 언어처럼 하다보면 쑥쑥 자라는 성과가 보이는 것도 드물다. 처음 한 가지가 힘들지, 2개국어 3개국어 늘어나면 쉬워진다. 베로니카 영역이라고 하는, 뇌에서 언어를 관장하는 영역이 발달하기 때문이다. 이 뇌근육은 몸의 다른 근육과 같아서 계속 사용하면 할수록 더 단단하고 튼튼해진다. 이두박근 삼두박근을 만들 때를 생각해보면 쉽다. 처음 십 킬로그램짜리 바벨을 들면 팔이 떨어질 듯 아프지만, 그것에 익숙해지면 근육에 힘이 생겨 더 무거운 것을 들어도 끄떡 없다. 이처럼 언어를 배우는 근육도 자꾸 사용해서 발달이 되면 금방 4, 5개국어를 흡수할 수 있게 된다.

　외국어를 하는 것은 마치 운전면허증을 딴 것과 같다. 어느 곳이든 자유롭게 갈 수 있고, 많은 것을 누릴 수 있다. 말한 마디로 천 냥 빚을 갚는다는 속담이 있다. 어느 나라를 가건 그 나라의 언어로 이야기할 줄 안다면, 단 한 마디라도 현지의 언어로 대화한다면 당신은 천 냥이 아닌 만 냥을 갚고 돌아올 수도 있다. 그러니 언어를 배우는 것을 두려워하지 말자. 공부하려 하지 말자. 인생에 유용하게 쓰이는 이 오락을 즐겨보는 거다.

　주변 후배나 동생들이 나에게 어떻게 외국어를 잘하게 됐
냐고 물을 때마다 나는 리허설을 하라고 얘기한다. 베테랑 배
우들도 공연이 시작되기 전 어김없이 리허설을 한다. 그래야
진짜 공연에서 실수없이 연기를 해낼 수 있다는 걸 안다. 만약
당신이 책상에 앉아 열심히 영어 문장을 외웠다고 한들, 리허
설이 없다면 뉴욕 거리를 걸으며 만난 외국인에게 한 마디도
할 수 없을 것이다. 상황에 맞닥뜨려봐야 한다. 그렇다고 외국
인 친구를 사귀거나, 비싼 수업료를 지불하며 일대일 과외를
신청할 필요는 없다. 약간의 연기력만 있다면 누구나 쉽게 배
울 수 있는 것이 언어이다. 나는 영화나 드라마를 보며 감정을
실어 대사를 따라했다. 어느 언어든 배우기 시작할 때 영화나
연극 대본을 들고 감정을 넣어 한 편의 연극을 완성하듯 연습
했다. 도서관에 앉아 머릿속에 집어넣기만 한다면 실제 대화
를 시도할 때 상대의 눈을 똑바로 마주하지 못한다. 머릿속에
숨겨둔 언어를 찾느라 바빠서 제대로 된 커뮤니케이션을 할
수 없는 것이다. 눈을 보고 얘기할 줄 알아야 한다. 언어는 감
각이고 느낌이다. 이론적으로는 나무랄 데 없는 실력인데 실
전에 약하다면 연습, 리허설 부족이다.

　지금의 나는 "널 좋아해"라고 14개국어로 말할 수 있게
됐다. 그만큼 영혼의 넓은 영토를 갖게 됐고, 많은 친구들을 얻
었다. 나를 가슴 뛰게 하는 곳이라면 어디든 떠날 용기도 생겼
다. 보여주기 위한 언어가 아닌 사용하기 위한 언어를 배웠기

에 가능한 일이었다. 이제는 '글로벌'이란 단어도 진부한 세상이 됐다. 어느 곳이건 떠날 수 있는 자유는 있는데 소통이 어려워 포기할 수는 없지 않은가. 언어라는 오락을 재미있게 하면 다이어트도 필요 없다. 나를 사랑해주는 사람이 지구 어딘가에는 분명히 존재하니까. 살을 빼겠다고 쏟는 에너지의 절반을 언어를 배우는 데 써보면 새로운 세상이 펼쳐질 것이다. "널 좋아해"를 다른 언어로 많이 알아둘수록 첫눈에 반한 그 사람을 잡을 수 있는 확률이 높아진다는 사실을 잊지 말도록.

당신의 기분은
물입니까,
불입니까?

사람의 기분은 물과 같아서 가만히 놓아두면 가장 낮은 곳에 고인다. 멍하니 있다보면 걱정만 생길 뿐이다. 그게 마음이다. 우리는 기분을 물이 아닌 불로 만들 필요가 있다. 위로 위로 활활 타오르는 불처럼 살아야 한다. 사람들은 시간도 돈이라며 계획해서 쓴다. 그런데 감정은 계획하지 않는다. 인생은 감정의 파이 조각들이 모여서 만든 패치워크와 같은데, 그걸 계산해 쓰려 하지 않는 것이다. 지금 칙칙한 기분을 느끼면 그 기분이 또 비슷한 기분을 불러내 내일도 그런 기분으로 살아야 한다는 것을 모르고 있다. 모든 것은 습관이다. 언제나 싱글벙글 웃는 습관을 들이고, 즐겁게 사는 습관을 들여야 한다. 인생의 가장 큰 목적인 행복을 위해 이렇게 기분을 불처럼 활활 태우며 연습해야 한다.

사람들은 말한다. "나중에 은퇴해서 조용히 여행이나 다니며 즐겁게 살고 싶어요." 그런데 즐거운 인생에 대한 연습도 없이 삶에 찌들어 살던 사람들이 일을 접고 시간적, 물질적 여유가 생겼다고 단박에 행복해질까? 일등석에 앉아 전세계를 누빈다고 해도 행복하지 않을 것이다. 연습이 되어 있지 않으니까. 행복해지고 싶다면 행복한 연습을 해야 한다. 연습 없이 되는 건 아무것도 없다. 행복을 느끼는 근육을 만들고, 웃는 연습을 해야 한다. 그러면 환하고 행복한 내 모습에 반해 즐거운 일들이 나를 보고 달려들게 되어 있다.

그러기 위해 우리는 우리의 마음속에 살면서 인생의 스토리텔러가 되어주는 천국FM의 디제이를 잘 선택해야 한다. 천국FM의 디제이가 간혹 부정적이고 재미없을 때가 있다. 이건 안 돼, 저건 할 수 없어, 말하는 디제이가 있다. 근사하고 기분 좋은 이야기를 해주지 않는 디제이라면 과감히 교체해야 한다. 머릿속에서 항상 밝은 얘기를 해주고, 마음을 환하게 해주고, 즐거운 음악을 틀어주는 FM을 들어야 한다. 똑같은 부모 아래서 똑같은 이불을 덮고 잤지만 동생과 언니는 전혀 다른 스토리를 갖고 있다. 전혀 다른 디제이가 들어앉아서 다른 이야기를 해주기 때문이다. 같은 나라에서 같은 연봉을 받아도 행복한 사람과 불행한 사람으로 나뉘는 이유도 바로 이 천국FM의 디제이가 달라서이다.

나의 디제이는 언제나 나에게 말한다. 세라야, 깨어 있어라. 즐거워해라. 그렇지 않으면 이 길을 걷는 게 의미가 없다고 속삭여준다. 당신의 디제이는 어떠한지. 근무태만, 의욕상실로 당신의 기분을 낮은 곳으로 흐르게 두고만 있지는 않은지. 만약 그런 디제이라면 지금이라도 가차 없이 해고하길. 당신만을 위한 아름다운 음악을 틀어주며 당신의 모든 것에 찬성하는 천국FM의 디제이는 많고도 많으니까.

추억이라는 건 겨울날 밤기차에 오르면서
들고 타는 모포와 같다.
모포 한 장 없이 밤기차에 오르는 사람은
쓸쓸한 밤 술을 마시거나 웅크리고 떨 뿐이지만,
추억이 있는 사람은 추억으로 견딜 수 있다.

나의 이십대

얼마 지나지 않았지만 서른 중반의 지금 돌아봐도, 난 이십대를 정말 열심히 살았던 것 같다. 물론 그때 뭔가 선택되지 않는 삶이 좀 답답하기도 했다. 하지만 그뿐이었다. 고민만으로 멈춰 있지 않았다. 그 안에서 열심히 내가 하고 싶은 것들을 했다. 이십대에 내가 고민해왔던 수많은 것들이 현재의 나를 움직이게 하고 구성하고 있음이 틀림없다. 그리 넉넉하지 않았지만 그리 나쁘진 않았던 것 같다. 오히려 급할 것 없던 그 시절이 자랑스럽다.

양익준
영화감독, 배우, 〈똥파리〉 연출

당당하고 동등하게
부모님과
얘기를 나눠보았나요?

부모님과 동등한 상태에서 당당하게 나의 생각을 어필했던 최초의 순간은 지금으로부터 구 년이나 십 년 전의 어느 날이었던 것 같다. 대략 십 년 전이니까 스물여섯 살이나 스물일곱 살의 어느 즈음? 중학교 때 몇 번 집을 나가보기도 했고 이 년 이 개월 동안 군대에도 가 있었고 제대한 후 이 년간 지방의 대학교 근처에서 자취생활도 해봤다.

대학 다닐 때는 이런 생각을 했던 것 같기도 하다. '나는 지금 독립해 있다.' 지금 생각해보면 남세스럽다. 나는 당시는 물론 서른이 넘은 어느 즈음까지 순수한 독립을 하지 못한 객체였다고 생각한다. 중학교 때 집을 나간 건 그냥 얼마간 방황했던 것뿐이었고 군대는 영장이 나와서 할 수 없이 간 거고 이 년간의 대학생활은 부모님의 자금으로써 채워진 나날일 뿐이었다.

이 년간의 대학생활을 마친 후 나는 진정한 독립을 꿈꾸기 시작했다. 완전한 독립이란 것이 있는지는 모르겠지만 나는 더 이상 부모님에게서 물질적인 혜택과, 미성년(몸은 어른이지만 자립되지 못한)으로서 돌봄을 받으며 사는 것에 대한 포기선언을 해야겠다는 생각을 갖게 되었다.

아마도 오랫동안 고민했으리라. 도망갈 생각으로 독립을 꿈꾸었던 것은 아니다. 도망은 실패다! 더 이상 철부지가 아닌 성인으로서 당당하게 독립을 선포하자! 굳게 마음먹은 어느 날이었다. 저녁이었는지 낮이었는지 정확히 기억나지 않는다.

어머니와 아버지께 대화를 신청했다. 평상시에는 '엄마' '아버지'라고 부르던 호칭도 그날만큼은 '어머니' '아버지'라고 하며 두 분을 거실로 모셨다. 그리고 둘러앉은 밥상에는 물 세 잔을 빼고는 아무것도 올리지 않았다. 아버지가 은근슬쩍 술을 올리시고 술잔을 서로 주고받는 상황이 된다면 이 자리는 여느 때와 다를 바 없는 저녁 반주 자리로 마감할 수밖에 없었기 때문이다.

자리가 갖추어지자 나는 주저 없이 나의 생각을 이야기했다. "전 이제 독립할 나이가 된 것 같습니다. 진작 생각하던 거였는데 사실 이 시점도 조금은 늦은 듯합니다. 물질적인 지원은 전혀 해주지 않으셔도 됩니다. 친구 집에서 함께 살 작정입니다. 걱정 안 하셔도 됩니다." 겉으로는 감추셨겠지만 속으로는 상당히 놀라셨을 거라 생각된다. 마냥 한 공간에서 영원히 같이 살 것 같았던 자식이 (그것도 외아들이) 갑자기 독립을 하겠다니. 게다가 보편적인 부모님들이 갖고 계신 '결혼을 해야 분가를 하는' 당연한 관념이 무너졌으니 머릿속이 심히 복잡하셨을 거라 생각된다.

나의 말이 끝나고 잠시 후 아버지가 말씀하셨다. "나가서 뭐 해 벌어먹으려고!" 그 순간 내가 답했던 말이 기억나지 않는다. 아마도 독립을 해야 하는 이유를 들어 설득을 한 것 같다.

내 또래 많은 부모님들이 "결혼 안 하냐?"라는 말을 입에 달고 사신다. 우리 부모님 세대는 결혼과 독립을 하나의 연장 선으로 생각하는 경향이 짙다. 시집이나 가버리라든가, 장가 안 가냐는 부모님 말씀을 자주 듣게 된다. 하지만 나는 결혼을 해야 독립을 한다는 정의는 잘못된 거라 생각한다. 주체적으 로 건강하고 당당하게 독립을 한 후 스스로 온전한 사랑을 하 고, 하고자 하는 일을 통해 성장하며, 스스로 선택을 할 줄 아 는 능력을 가지는 것이 우선이라고 본다. 결혼에 관해서도, 단 지 결혼을 한다는 사실보다 어떠한 사람과 어떤 삶의 관계를 나누며 살 것인가에 대한 고민이 더 중요한 것 같다.

　우리 부모님 세대는 빨리 결혼을 해 자식을 낳아야만 했 다. 가난과 전쟁 속에 죽어가는 자식들을 보아온 그 이전 세대 의 바람 때문이었다. 하지만 현재는 많은 것들이, 시대의 흐름 이 변화했다. 과거의 흐름으로 살아서는 안 된다. 과거의 좋았 던 흐름은 계승하되 새로운 흐름에 맞추어 살아가야 하는 것 이다. 그러기에 그저 결혼을 하고 자식을 낳고 한 가정을 이루 는 것을 지향하기보다는 건강한 독립을 하여 스스로 사랑에 대해서 알아가고 발견하고 어떠한 삶을 이루어가야 하는지 그 리고 어떤 관계를 쌓아가야 하는지에 대하여 알아가는 것이 중요한 것이라 생각한다.

　나부터 건강한 어른이 되기 위한 노력을 해야 한다. 다른 사람들에게 기대지 않고 스스로 살아갈 수 있는 능력, 완전한 자아의 독립을 이루고 끊임없이 자기에 대해 반성하며 건강한 관계를 성립해가는 것이 무엇인지에 대하여 고민해야 한다.

　　우리가 사는 사회는 이십대에 뭘 할지 빨리 결정하도록 하여 서른이 넘으면 성공해야 한다는 강박을 갖게 한다. 〈똥파리〉로 해외 영화제에 초청을 받아 여러 나라를 다니며 많이 들은 이야기가, 이제 갓 서른 넘은 젊은 사람이 어떻게 가족과 사회에 대한 모순을 이렇게 깊숙이 표현했냐는 것이었다. 물론 내가 이 사회에 대한 초상을 그리겠다 생각하고 영화를 만든 것은 아니지만 그들의 입장에서 삼십대 초반의 나이에 이런 이야기를 영화에 담았다는 것이 놀랍다는 것이었다. 그들에게 서른이라는 나이는 아직 설익은 상태에서 도전이 어울리는 젊음의 시기이기 때문이다.

　　부모님을 설득해 독립을 한 지 십 년 정도가 지난 현재, 나는 내가 하고 싶었던 일을 하며 건강한 삶을 꾸리고 있다. 전보다 더 건강한 생각을 바탕으로 가능성을 실험해보고 있다. 지금은 부모님 역시 나를 하나의 독립적인 주체로서 대해주신다.

　　독립은 나를 위한 것만이 아니다. 부모님을 위해서도 필요하다. 자식이 독립하는 순간 부모도 독립을 할 수 있는 것이다. 자식의 독립이 이루어지는 순간 부모들도 자식들로부터 독립을 하여 본인들의 삶을 살게 되는 것이다. 무조건 함께 있어야 가족이라는 생각 때문에 집착 속에서 허우적대서는 안 된다. 독립된 자아로 건강히 삶을 살아가는 것, 그것이 바로 순수한 독립인 것이다.

　내가 만약 십 년 전 어느 순간 동등하게 그리고 당당하게 부모님과 독립을 이야기하지 못했다면 지금의 나는 존재하지 못했을 것이다. 두려웠지만 그 순간이 있었기에 지금 순수한 독립적인 주체로서 살아가고 있는 것이다.

우선 삶을 소비해볼까요?

　　2005년도에 미쟝센단편영화제에서 연기상을 받은 나는 주변의 기대와 조언을 뒤로하고 이미 프리프러덕션(촬영준비)을 진행하고 있던 나의 첫 연출작 〈바라만 본다〉의 준비에 박차를 가하고 있었다. 제작비가 모자란 상황이었는데 미쟝센단편영화제에서 받은 백만 원이라는 상금이 아주 유용하게 쓰였다. 그리고 촬영을 마치고 후반작업(편집, 사운드믹싱 등)을 하던 도중 어느 술자리에 참석을 했는데 가끔씩 보고 지내던 연기를 하는 친구가 나에게 갑자기 이런 질문을 했다.

　　"형, 연기를 잘하려면 어떻게 해야 하나요?" 그 순간 예전에 들은 "스승님, 어떻게 하면 도를 깨우칠 수 있나요?"라는 말이 뇌리를 스치며 먹먹해짐을 느꼈다. 나는 연기를 잘하기 위해 연기자라는 것을 선택했던 것일까? 잠시의 먹먹함이 지나고 나는 그와 이런 대화를 했던 것으로 기억된다.

　　"너 군대 갔다 왔니?" "아뇨." "지금 몇 살이지?" "스물한 살이요." "그래? 그럼 일단 살아봐! 군대도 갔다 오고, 그러고 나서 열심히 이십대를 소비해봐! 일단 살아봐야지. 살아보지도 않고 어떻게 자신을 표현할 수 있겠어?"

　　당시의 그 친구는 내 말이 이해되면서도 동시에 이해되지 않았을 수도 있다. 연기를 잘할 수 있는 방법이 무엇인가 하는 질문을 했는데 뚱딴지같이 이십대를 소비하라니. 아마도 그 친구는 연기자들이 연기라는 것을 함에 있어 어떤 비법이 숨어 있을 것이라고 생각했는지도 모른다. 연기를 잘하는 유일한 비법이 있다면 그것은 열심히 삶을 살고 삶을 소비해보는 것이다. 열심히 살았던 정신과 세월의 흔적들이 자신의 몸과 마음에 쌓이고 체화되면서 자신이 맡은 캐릭터에 그 세월과 흔적들을 새겨내는 것. 이것이 바로 연기자로서 자신을 표현하는 최고의 방법이며 유일한 연기의 기술이자 비법이 아닐까.

나의 모든 연기는 부딪혀 얻은 것에서 표현되는 것이다. 책에서 나온 것도 아니며, 다른 사람의 연기를 보며 연구한 것도 아니다. 흉내 내는 건 연기가 아니다. 그저 흉내일 뿐이다. 내 속의 수많은 흔적들이 표현되는 순간, 감정 세포 하나하나가 동시에 발산돼 살아 움직이는 그 순간을 표현하는 것이 연기라고 생각한다.

내가 이십대였다면 〈똥파리〉를 만들기는 힘들었을 것이다. 난 그때 이미 서른 중반 정도는 살아야 내가 살아온 것을 영화로, 연기로 표현할 수 있을 거라는 걸 어렴풋이 알고 있었다. 살아보지도 않고 알 수는 없으니까, 살다보면 표현할 수 있게 될 거라고 믿었다. 살아오면서 절실히 느꼈던 흔적들을 작품 안에 남김없이, 거짓 없이 녹여내다보면 누군가 이렇게 말할 것이다. "어? 저 배우 연기 잘하네!"

이것은 비단 연기만이 아니라 어느 분야에든 해당된다고 생각한다. 모든 일들을 억지로 하기보다 열심히 살아내고 부딪히고 그 안에서 배우며 이겨나가다보면 자연스레 잘할 수 있는 날이 오게 되는 것이다. 타인에게 상처 주고 피해 주지 않는 선에서 정말 열심히 살아보자! 뭔가 이루어질 것이다, 마음먹고 움직여도 좋고, 에라 모르겠다, 한번 해보자! 하고 무턱대고 덤비며 살아봐도 좋다.

〈똥파리〉의 시나리오를 쓰게 된 것도 어쩌면 무모한 것이었다. 시나리오를 완성하고 제작처와 투자처를 찾아다니면서 실망도 많이 했다. 몇 개월 동안 오지 않는 연락을 기다리며 절망하고 술만 마시기도 했다. 시나리오를 완성시키면서 올봄에 찍어야겠다고 세워놓은 계획이 물거품이 되는 것 같아 속상했다. 그런데 방에 틀어박혀 몸과 마음을 축내던 어느 날 문득 이런 생각이 들었다. "그럼, 가을에 찍자." 그렇게 생각하고 나니 마음이 거짓말처럼 가벼워졌다. 걱정이 없고, 세상이 편해졌다. 그러고는 방에서 나와 전재산 삼십만 원으로 단편 영화를 찍었다. 얼마 전까지 스트레스로 어쩔 줄 몰랐는데 갑자기 진심으로 행복해졌다. 그리고 그해 가을에 시작해 겨울을 이어가며 〈똥파리〉를 완성했다. 만약 봄에 찍을 수 없다는 사실에 매달렸다면 〈똥파리〉가 지금 이 세상에 나왔을까? 힘들고 괴로웠지만 값진 시간이었다. 그래서 나는 지금까지의 모든 경험이 소중하다. 아프고 쓰라렸던 경험조차 큰 자산이 됐기 때문이다.

답은 삶을 열심히 살고 소비해가는 중에 스스로 깨우치게 되는 것 같다. 자기 자신의 몸과 정신으로 겪은 것들이 결국은

스스로의 정당한 답을 만드는 것이다. 그런 순간이 언젠가 오
게 된다면 그것은 당신이 건강하게 삶을 소비하고 겪어낸 것
에 대한 세상의 작은 보답일 것이다.

인생을 연기演技하고 있지는 않나요?

인생이라는 것은 누구에게나 공평하게 주어져 있다. 어느 만큼일지 시간의 길이를 알 수는 없으나 모든 이들에게는 하나씩의 고유한 삶이 주어져 있는 것이다. 자신에게 주어진 삶. 그런데 우리는 인생을 연기하고 있지는 않은가.

각자의 인생은 순수하게 자신만의 것이다. 각자 살아가는 저마다의 인생은 모두가 달라야 한다. 사람이 다르고, 살아온 성장환경이 다르고, 꾸는 꿈이 다른데 어떻게 인생이 비슷할 수 있나. 연기자들이 보통 영화나 드라마에서 캐릭터를 잘 표현하면 사람들은 "야, 연기 잘하네!"라는 말을 하곤 한다. 연기자로서는 고마운 말이 아닐 수 없다. 그런데 이 말을 나는 좀 다르게 생각해보곤 한다. 우리가 연기를 잘한다고 생각하는 그들(배우)은 우리가 흔히 생각하는 '하는 척'을 하는 것과는 다른, 자신의 삶과 체험 그리고 경험의 산물들을 작품 속 배역을 통해 감정과 몸짓으로써 쏟아내고 있는 것이다.

한편 "연기하고 있네"라는 말이 있다. 뻔히 들통 날 거짓말을 한다든가 토씨 하나 틀리지 않을 만큼 준비를 해와서 자연스러움이 거세된 채 무언가를 표현할 때 쓰는 좋지 않은 말이다. 마찬가지로 배우들이 너무 강박적으로 암기된 대사, 제스처를 사용할 때 우리는 뭔가 인위적이고 자연스럽지 않은 '연기'를 보고 있다고 느끼게 된다. 하지만 표현이 자연스러운 배우들을 보면 분명 영화 속, 드라마 속에서 캐릭터로 자신을 표현하고 있음에도 불구하고 보는 이로 하여금 전혀 연기

같지 않은 생생함을 전할 때가 있다. 그건 그들이 작품 안에서 캐릭터로서 움직이고 있지만 '연기'를 하고 있는 것이 아닌 자신을 표현하고 있기 때문이다. 그들은 '나는 이 역할을 하는 연기자야! 나는 이런 캐릭터야!'라고 생각하며 연기를 한다기보다는 자신의 삶의 체취와 흔적들, 살아온 나날의 경험들을 화면 안에서 순수하고 솔직하게 떨어내고 배출하고 있는 것이다.

나는 개인적으로 '연기'라는 단어를 싫어한다. '연기'라는 단어 대신 '표현'이라는 단어를 주로 사용한다. 자신을 표현하면 된다. 자신의 감정과 상태, 욕구와 불만, 행복의 느낌, 자연스레 다가오는 미소를 표현하다보면 그게 바로 보통 사람들이 말하는 '자연스러운' 연기가 되는 것이다. 연기자들이 어떤 특정한 표본을 흉내 내는 것이 아닌 자신만의 감정과 몸짓, 자신만의 생각과 느낌을 자연스럽게 표현하다보면 관객과 시청자들은 어느덧 그들을 작품의 인물로 느끼고 바라보게 된다.

인생도 마찬가지이다. 남의 눈치를 보고 다른 사람이 만들어놓은 것을 답습하며 인생을 연기하지 말자. 우리는 관계에서도 연기를 한다. 가족들과의 관계, 친구와의 관계. 분명 썩어가고 있는 문제점들이 있지만 얇은 포장지로 가려놓고 없는 척 연기한다. 모든 문제의 원형들을 살며시 묻어놓고, 아무것도 아닌 척 연기하며 산다. 그리고 불안해한다. 그것은 해결책이 아니다. 가린다고 없어지지 않는다. 가려버린 포장지를 뜯어내고 썩은 부위를 도려내 새살이 돋게 해야 건강해지는 것이다.

자신과의 관계도 마찬가지이다. 진짜 나를 숨기고 다른 사람들이 원하는 나로 살아가는 사람들이 많다. 있는 그대로의 나를 표현하자. 내가 하고 싶은 것과 나의 느낌을 존중하면서 살아보자. 그렇게 살다보면 스스로 자신의 삶에 대한 기대감을 갖고 살게 된다. 나는 정말 앞으로의 내가 기대된다. '앞으로 또 뭘 하게 될까?'라는 궁금증이 나의 삶을 더 흥미롭게 한다.

2005년 미쟝센단편영화제에서 연기상을 받았을 때 사람들은 지금 이 기회에 매니지먼트 회사를 잡아 연기자로 한 단계 점프할 기회를 노리라고 했다. 하지만 나는 첫 연출작인 〈바라만 본다〉를 찍었다. 그렇게 하고 싶었기 때문이다. 시간이 한참 흐른 요즘, 〈똥파리〉를 세상에 선보이고 지금까지 많은 제의가 들어왔지만 대부분 거절했다. 사람들은 또 말한다. 뭐 하고 있는 거냐고, 이번 일을 계기로 더 크게 성장할 기회를 잡으라고. 하지만 나는 그렇게 하고 싶지 않다. 느긋하게 여유를 가지고, 예민한 더듬이를 움직여 정말 하고 싶고, 흥미로운 일을 또 찾아내고 싶다. 그것이 영화 연출일 수도, 연기일 수도 혹은 영화가 아닐 수도 있다. 주위에서는 걱정의 소리들을 한다. 하지만 뭐, 난 나니까!

나는 미래에 대한 두려움이 별로 없다. 그리고 꿈도 야망도 없다. 그저 내 인생이 건강하게 흘러가도록 마음의 소리를 경청하고자 한다. 자신(만)의 인생을 연기로 대체할 순 없다. 인생은 누구의 흉내를 내는 것도 아니고 정해져 있는 것도 아니다. 자신을 감싸고 있는 틀과 체계 안에서 과감히 벗어나는 그 순간, 드디어 자신을 살아갈 수 있는 것이다. 인생을 연기하지 말자! 당당히 자신이 겪고 느꼈던 감정을 솔직하게 표현하며 살자! 그것이 바로 '연기하고 있네!'가 아닌 인생에서 주인공으로 사는 방법이 아닐까 싶다.

걷는 거
좋아하세요?

나는 참 많이 걸어다녔다. 연기자로서 나를 표현하고 싶다는 일념은 강했으나 누구도 나를 캐스팅해주는 일이 없던 시절. 아침 나절부터 오후까지 아무 할 일이 없던 그때. 나는 아무런 이유와 계획도 없이 돌아다니기 시작했다.

일단 가방을 메고 버스를 탄다. 구체적으로 목적지를 정하진 않았지만 버스를 기다리는 동안 희미한 목적지가 생겨난다. 명동, 남대문시장, 이대입구 등 사람들이 붐비는 곳으로 향하는 날도 있었고, 이화여자대학교 캠퍼스, 연세대학교 노천극장, 봄이면 벚꽃이 떨어지는 홍익대학교의 벤치 등 자연과 오래된 건물이 공존하는 대학 교정도 자주 찾았다. 종종 그냥 그렇게 의미 없이 걸어다니다보니 허무하기도 했고 때로는 낯선 공간에서 편안한 순간을 맞이하기도 했다.

언제였던가. 대구 지하철 참사가 일어났던 그해. 사고소식을 듣고 즉흥적으로 대구로 떠났다. 대구의 참사가 일어난 그 순간과 동시대에 살고 있던 나는 왠지 나의 눈으로 그 현장을 직접 확인해야겠다는 생각이 들었다. 대구로 출발 그리고 사고현장 방문 지하철 역사의 벽에는 검은 그을음이 뒤덮여 있었고 수많은 회색빛깔의 손자국이 낙인처럼 찍혀 있었으며 매캐한 냄새로 가득 차 있었다. 사고현장을 보고 난 후의 내 마음은 그저 퀭함뿐이었다.

다시 서울로 돌아가려던 나. 하지만 나는 또다시 즉흥적으로 경주행 버스에 올랐다. 경주에 도착. 고등학교 시절 수학 여행차 들렀던 때와는 너무 다른 풍경들 그리고 느낌들. 나는 버스에서 내리자마자 마냥 걸었다. 걷다 만난 벤치에 누워 음악도 듣고 또다시 걷다가 어느 왕릉 주변의 잔디에 누워 볕도 쬐고 어디 즈음에서 노상방뇨도 하고 석빙고 안을 들여다보다 송아지만 한 개에게 쫓겨 발걸음을 바삐했던 기억도 난다. 다보탑을 보다가 경주의 문화재는 왜 이렇게 함부로 방치가 되어 있나 생각을 하기도 했고 산 정상에 있는 석굴암을 구경하고 내려오는 길에 어둠을 맞이하기도 했다.

그리고 부산국제영화제, 전주국제영화제에서 이곳저곳을 걸어 돌아다녔던 일, 해외영화제에 참석해 걷던 수많은 거리들, 프랑스의 샹젤리제 거리와 개선문, 센 강을 따라가다가 만났던 에펠탑, 그리고 많은 사람들의 표정과 연인들이 자연스레 사랑을 속삭이던 모습들, 포르투갈의 뒷골목, 스페인의 라스팔마스 섬에서 걷던 구 시가지와 해변, 바르셀로나 해변에서 바다사자처럼 누워 있던 사람들의 모습들. 일본 후쿠오카에서 정처 없이 걷다가 만난 호수 인근에서 나는 잠시 쉬며 〈똥파리〉 시나리오의 첫 페이지를 써내려가기도 했고, 걷다 만난 이화여대 캠퍼스의 한적한 공간에서 본격적으로 〈똥파리〉 시나리오를 쓰기도 했다. 걷다가 만난 건국대 캠퍼스 안의 작은 언덕에서는 나의 첫 작품인 〈바라만 본다〉를 구상하기도 했다. 나는 한참을 걷다가 쉰다. 그리고 글을 끼적이기도 하며 무언가를 발견하기도 하고 어떤 이들의 순간과 사연을 마주치기도 한다. 요즘은 홍대앞의 예쁜 카페, 밥집, 술집을 찾아 걸어다니는 중이다.

걷는 것. 그것도 큰 의미나 의도를 전제하지 않은 채 걸어다닌다는 것. 그것은 아무것도 획득할 만한 것이 없는 것이라 여겨질 수도 있지만 당시 길을 걸으며 만났던 사람들, 공간들 그리고 공간마다 느껴지는 정서와 기억의 느낌이 지금의 나를 구성하고 존재케 하는 것이다. 길을 걷다 마주치게 되는 사람들의 얼굴을 보고 온전히 홀로 그들을 상상하며 느끼던 나의 모습이 떠오른다. 언젠가는 길거리에서 한 쌍의 연인이 서로 언성을 높이며 다투다가 먼저 떠난 남자 뒤로 한참을 홀로 굳어 있다 떠나는 여인을 보았고, 언젠가는 울음이 가득한 목소리로 전화통화를 하며 걷고 있는 여인도 마주했다.

나는 지금도 걸어다닌다. 아직 한참을 더 걸어다닐 것 같다. 걷다 만나는 모든 것들을 통해 나는 나를 느끼게 된다. 사랑과 행복, 아픔 그리고 추억 등을. 그리고 그것들은 내가 써내려가는 이야기와 내가 표현하는 영화 그리고 내가 배우로서 표현하는 모든 감정들에 영향을 미치며 기여를 할 것이다. 나는 걷는 것이 좋다.

나의 이십대

최근 가장 큰 영감을 준 말이 있습니다. "위대한 꿈을 이루기 위해서는 먼저 위대한 꿈을 가져야 한다"라는 한스 셀예 박사의 말입니다. 이십대 초반, 내 '꿈'은 다른 이들에게 털어놓기 부끄러울 정도로 능력 밖의 영역에 있었습니다. 그럴 때 나는 내 꿈을 마음속으로, 그리고 입속으로 몇 번이고 말해보았습니다. 그래요, 남들에게 말하기는 쑥스러워도 자기 자신에게 말하지 못할 것이 뭐가 있겠습니까? 남들에게 소리 내서 말하지는 않았지만, 나는 꿈을 마음속으로 스스로에게 끊임없이 얘기해주었고, 아직도 마음속으로 그 꿈을 말하고 있습니다. 많은 사람들이 꿈을 이루라고 말을 하지만, 그 꿈은 막연한 계획일 뿐 정작 구체적인 것은 없습니다. 그래서 위대한 꿈을 이루기 위해서는 먼저 위대한 꿈을 가져야 한다는 말이 설득력이 있는 것이겠지요. 지금, 여러분의 '위대한 꿈'은 무엇입니까?

이 진 숙

기자, MBC 대변인 겸 홍보국 국장

당신의 베스트셀러는 어디에 있는가?

67개 언어로 번역이 되고 사억 권 이상이 팔린 세계적인 베스트셀러는 무엇일까? 고전을 떠올리는 사람도 많겠지만 그 답은 『해리 포터』다. 1997년 출판된 이후 『해리 포터』는 책은 물론 영화와 게임, 캐릭터 비즈니스에 이르기까지 산업을 넘나드는 '현상'을 만들어냈지만 이 책이 하마터면 빛을 보지 못할 뻔했다는 사실을 아는 사람은 많지 않다.

이 책의 저자 조앤 롤링은 1995년 시리즈 가운데 첫번째 작품 『해리 포터와 마법사의 돌』을 완성한 뒤 출판 에이전트에게 작품을 맡겼고, 에이전트는 원고를 여러 출판사에 보냈다. 그런데 무려 여덟 군데 출판사에서 거절 의사를 밝힌 다음에야 겨우 한 군데 출판사에서 출판하겠다는 답변이 왔다. 당시 블룸스베리 출판사에서 이 책을 출판하면서 저자에게 선금으로 지불한 돈은 이천오백 파운드, 우리 돈으로 고작 사백삼십만 원이었다.

하마터면 빛을 보지 못하고 사라질 뻔했던 『해리 포터』의 진기록 행진은 그러나 그때부터 시작된다. 한국어는 물론 아랍어, 우르두어, 베트남어 등 60여 개 언어로 번역이 되었고, 심지어 라틴어와 고대 그리스어로까지 번역되는 기록까지 세우게 된다. 독자들은 다음 작품이 자국 언어로 번역되는 시간을 기다리다 못해 영어판을 구해다 읽었고, 프랑스 같은 비영어권 지역에서도 『해리 포터』 영어판이 베스트셀러에 오르는 이변이 생기기도 했다.

만약 조앤 롤링의 에이전트가 블룸스베리 출판사에 책을 보내지 않았더라면, 또 만약 블룸스베리에서 『해리 포터』의 진가를 알아보지 못했더라면 출판의 역사를 다시 쓰게 한 오늘날의 『해리 포터』는 탄생하지 못했을 것이다. 조앤 롤링은 자신의 재능을 알아주지 못하는 세상을 원망하며 딸의 교육비와 내일 먹을 양식을 걱정하고 있었을지도 모른다. 영화 한 편으로 세계적인 스타로 떠오른 대니얼 래드클리프나 엠마 왓슨 역시 무명의 세월을 보냈을지도 모를 일이다.

많은 사람들이 자신의 재능을 알아주지 못하는 세상을 원망하며 포기한다. 한 번만 더 출판사의 문을 두드리면 책을 출판할 수 있을지 모르고, 한 번만 더 작품을 응모하면 신춘문예에 당선할지도 모른다. 한 번만 더 원하는 기업의 시험을 본다면 합격할 수도 있고, 한 번만 더 공무원 시험을 본다면 몇 년간의 공부에 대한 보상을 받을지도 모른다. 사람들은 언제나 기회가 다 끝났다고 생각하며 포기하지만, 마지막 기회는 항상 포기한 그다음번에 올 수도 있다.

마지막 기회는 무명의 작가 조앤 롤링을 세계적인 베스트셀러 작가 J. K. 롤링으로 만들었고, 여덟 개 출판사에서 알아보지 못한 상품성을 찾아낸 블룸스베리 출판사는 '대박'을 터뜨렸다. 저자 롤링은 최초의 억만장자 작가란 기록을 세웠고, 엘리자베스 여왕보다도 더 부자가 되었다고 한다.

당신 안의 롤링은 지금 무엇을 하고 있는가? 혹여 당신은

당신 안에서 꿈틀거리고 있는 『해리 포터』의 비상을 막고 있지
는 않는가? 여덟 번의 실패에 낙담한 채 아홉번째 기회에 등을
돌리고 있지는 않는가?

경쟁이 두려운가?

　　1960년대 전후에 설립된 두 회사가 있다. 하나는 자동차 회사 A이고 또 하나는 미디어 관련 회사 B이다. 한국전쟁 직후 열악한 환경에서 소규모 자본으로 시작한 두 회사의 운명은 설립 당시에는 그저 그런 작은 기업들이었다. 미디어 관련 회사라고 해야 텔레비전은 생각지도 못하고 그저 전파에 목소리만 실어 배달하는 라디오 방송사였다. 자동차회사 역시 말만 기업일 뿐 엔진 생산은 엄두도 내지 못하고 일제 자동차 부품을 조립하는 공업사 수준이었다.

　　한국이 경제성장을 거듭하면서, 두 회사도 이에 따라 규모를 키워갔다. 먼저 부상한 것은 미디어 관련 회사 B였다. 경제발전과 광고시장의 성장으로 영향력을 키워나갔고 그 시대 최고 엘리트들이 선망하는 기업으로 자라났다. 그러나 자동차회사 A는 미국과 유럽 등 선발주자들의 기술과 자본력에 눌려, 이 회사에서 생산한 자동차는 한때 세계시장에서 '싸구려'로 외면을 받았다.

　　그랬던 두 회사의 모습과 위상은 또 한 차례 변화를 맞는다. 인터넷과 닷컴 회사들이 생겨나면서 미디어 관련 회사의 영향력은 줄어들고 그 입지 또한 현저히 좁아지게 되었다. 과거 열 손가락 안에 들었던 미디어회사들의 수는 수십 개가 넘었고, 유관 프로덕션의 수는 수백 개에 이르면서 문제의 미디어회사는 생존을 염려할 단계에까지 치닫게 되었다.

　　이와는 대조적으로, 자동차회사는 국경을 넘어 전세계로

진출했다. 이 회사는 미국과 유럽의 선발주자들과의 경쟁에서 살아남기 위해 더 싼 값에 더 좋은 물건을 만들기 위해 노력을 집중했다. 초기에 '싸구려'로 인식되었던 이 회사의 제품들은 살아남기 위해 품질 개선을 거듭하면서 이제 하나둘 선발주자들을 밀어내가며 선두자리를 위협하고 있다. 공업사 수준에서 시작한 자동차회사는 명실 공히 '글로벌 기업'으로 성장하게 된 것이다.

한날 한시에 태어난 쌍둥이의 운명이 전혀 다르게 전개될 수 있듯이, 같은 시기에 설립된 두 회사의 운명도 크게 벌어질 수 있다. 시작은 같았지만 오십 년 만에 두 기업의 운명은 중소기업 대 대기업의 차만큼 벌어졌다. 자동차회사는 전세계를 무대로 수출을 하면서 수십조 원의 매출액을 올리는 주요 기업으로 성장했지만 미디어회사는 여전히 '로컬' 회사로서 매출액은 일조 원에도 미치지 않는다.

두 회사가 이처럼 달라진 것은 무엇 때문일까? 그것은 '경쟁'이란 변수였다. 경쟁할 필요가 없었던 미디어회사는 안온한 환경에서 현실에 안주했고, 자동차회사는 피 튀기는 글로벌 혈투장으로 진작부터 뛰어들었기 때문이다. 정글에서 살아남기 위해서는 상대방을 제압하고, 자신의 영역을 확보해야 한다. 자동차회사는 살아남기 위해 도전했고, 경쟁에 뛰어들었기 때문에 '경쟁력'을 키울 수 있었다.

경쟁하지 않는 이에게 경쟁력은 없다. 좁은 시장에서 안

주하고 있으면 경쟁력은 줄어들고, 막상 경쟁을 해야 할 때가
와도 싸움을 할 수가 없다. 오늘 당신은 A인가 B인가?

당신은
변하고 있는가?

삼 년 만에 만난 그녀는 멋있었다. 비유를 하자면 그녀는 '미운 오리'에서 '백조'로 변해 있었다. 삼 년 전 B는 평범한 직장인이었다. 중년에 접어들기까지 직장을 다니면서, 어느 정도 조직생활에 지루해하고 불평하면서 정년을 기다리는 '아줌마'였다는 말이다. 분위기 맞추기 위해 헛소리도 잘하고, 또 윗사람에 잘 보이기 위해 적당한 아부도 서슴지 않는 그저 그런 직장인이기도 했다.

그런데 삼 년 만에 만난 그녀는 전혀 다른 사람이 되어 있었다. 삼 년 전 '직장인'이었던 그녀는 이제 '프로페셔널'이었다. 생활은 흥미진진했고, 삶에는 활력이 있었으며, 그래서인지 외모 또한 신선함으로 충만했다.

"선배, 어떻게 된 거예요?"

전혀 다른 사람이 된 그녀에게 내가 물었다.

"나 요즘 강의를 다니고 있어. 학생들과 직장인들을 상대로 인생 코치를 하고 있는데, 몸이 열 개라도 모자랄 정도야."

그녀는 삼십 년을 다니던 직장생활을 정리하고 자신이 진짜 하고 싶던 일을 하고 있다고 했다. 평소 사회문제에 관심이 많았던 그녀는 지난 삼 년 동안 자원봉사에 대해 집중연구를 했다고 한다. 야간대학원에서 학위도 따고 직접 각종 사회단체에서 자원봉사도 했다. 그러다가 자원봉사에 푹 빠지면서 그쪽으로 나머지 인생을 투자하기로 결정을 했다. 자신이 보람을 느꼈으니 하는 일에 확신을 느꼈을 것이고, 그러다보니

다른 사람들에게도 적극적으로 권하게 되었다. B의 ‘강의’가 열정과 재미로 청중들의 마음을 사로잡으면서 그녀는 각종 단체에 초청이 되었다. 그녀는 직장생활 때는 느끼지 못하던 짜릿한 보람을 정작 퇴직 후에 느낀다고 했다.

삼 년 전 그녀는 조직에서 시키는 일만을 하던 인물이었다. 남들이 하던 대로 대학을 졸업하고, 남들을 따라 취직을 했고, 남들처럼 튀지 않게 조직생활을 해왔지만, 그것은 결국 남을 따라가던 삶이었다. 조직이 그녀의 창의성을 사준 것도 아니었고, 그녀 역시 조직이 마땅치 않았다. 비유를 하자면 그녀는 자신이 일하던 조직과 ‘궁합’이 맞지 않았다는 얘기다.

많은 젊은이들은 습관처럼 직업과 직장을 정한다. 남들이 좋다는 그 대학을 가고, 남들이 좋다고 하는 그 직장을 선택한다. 정작 본인이 무엇을 원하고, 어떤 일에서 기쁨을 느끼는지 물어보기보다 다른 사람들에게 ‘보여주기 위한’ 선택을 한다. 그렇게 해서 뒤늦게 보람을 찾고 만족한다면 다행이다. 그러나 일생 중 가장 많은 시간을 보내게 되는 직장이 지루하거나 흥미롭지 않다면 불행한 일이다.

삼 년 전까지만 해도 B가 그랬다. 만날 때마다 상사에 대한 불평을 하고, 자신을 알아주지 않는 조직을 원망하는 이야기를 뿜어냈다. 그러던 그녀가 지금은 만날 때마다 새로운 이야기를 해서 대화를 흥미롭게 만든다. 한 가지 음악만 계속 들려주는 고물 축음기가 아니라 다양한 음악과 재미있는 이야기가 있는 음악 살롱처럼 그녀와의 만남은 상큼하고 즐겁다. 하고 싶은 일을 하고 사니 그녀는 나이보다 더 젊어 보이고 매력적이다.

인생은 선택의 연속이고, 선택에 따라 인생의 모습은 달라진다. 오늘 당신은 남들의 눈을 의식해서 선택을 하는 '따라쟁이'인가? 남들 하는 대로만 하면 중간은 간다고 스스로를 위로하면서도, 속마음으로는 언제나 '이게 맞나?' 자문하며 스스로를 믿지 못하는 회의론자인가?

당신은 당신 인생의 옵서버인가, 주인공인가?

취미로 다니는 스피치클럽 '토스트마스터' 클럽을 소개한 것은 친구인 Y였다. '토스트마스터'란 모임에서 사회를 보는 역할을 맡은 사람으로, 모임을 성공적으로 이끌기 위한 기술을 연마하는 클럽이다. 모임이 영어로 진행되기 때문에 연설에 관심 있는 사람들은 물론 영어를 배우려는 사람들도 많이 참석한다.

처음 클럽 모임에 갔을 때 Y는 모임에서 대단히 소극적이었다. 모임은 전체 진행자, 그리고 서너 명의 연설자와 평가자 등 십여 명이 각자 맡은 역할을 수행하면서 진행이 되는데, 당시 친구는 아무런 역할도 맡지 않았다. 두 시간 동안 진행되는 모임에서 Y는 조용히 왔다가 다른 사람들의 연설을 듣고 조용히 사라지는 그림자 같은 인물이었다. 영어에 대한 두려움 때문이라고 했다. 그녀는 초등학교에서 영어 전담교사로 일했지만, 영어 연설에 대한 부담이 컸던 것이다.

그 친구에게 그 모임은 말하자면 '연설 클럽'이 아니라 '청취 클럽'이었다. 클럽의 취지는 대중 연설을 위한 매너와 기술을 연마하는 것이었지만 Y는 자신은 역량이 부족하다고 스스로를 평가했다. 말귀도 제대로 알아들을 수 없는데, 연설자나 연설의 평가자로 나설 수 없다는 것이었다. 일주일에 한 번씩 와서 '리스닝' 훈련만 받아도 어디냐는 것이었다.

'토스트마스터' 모임을 보는 나의 시각은 달랐다. 오바마 대통령이 그의 연설능력을 통해 대중들의 지지를 모았고, 그

능력으로 결국 미국에서 '최초의 흑인 대통령'이란 역사를 세우는 것을 보았기 때문에 그 모임은 훌륭한 리더십 훈련의 장이 될 것이라고 믿었다. 회원으로 가입하자마자 적극적으로 활동을 했고, 생활의 일부분으로 만들었다.

그리고 Y를 설득했다. 기왕에 일주일에 두 시간씩 투자를 하는 것이라면, 좀더 적극적으로 활동하는 것이 어떻겠냐는 취지로 대화를 했다. 처음에는 단어 하나를 소개하는 간단한 역할을 맡고 차츰 역할을 키워가는 것도 좋을 것이라고 말해주었다. '청취'만 할 것이라면 굳이 모임에 오지 않고 CNN 등 영어방송을 들어도 가능할 것이기 때문이었다.

이런 설득이 주효했는지, 그녀는 서서히 변하기 시작했다. 내가 클럽에 가입하고 한 달 정도가 지난 뒤 Y는 '워드 마스터'를 했다. 중요 단어를 소개하는 역할이었는데, 단어를 풀이하고 쓰임새를 알려주는 간단한 역할이었다. 연단에 서는 시간도 일이 분 정도였다. 클럽에 가입하고 일 년이 지난 다음 연단에 섰지만 '무대'는 그녀의 기를 죽였다. 모기만 한 소리는 청중들에게 잘 전달이 되지 않았고, 눈은 어디에 둘지 몰라 불안해하는 기색이 역력했다. 그래도 클럽 회원들은 그녀에게 뜨거운 격려의 박수를 보내주었다.

언제나 첫번째가 힘든 법이다. 부담스런 무대도 첫 경험이 끝나면 두번째 무대는 덜 어색하고 덜 불안하다. Y는 첫번째 무대 데뷔가 끝난 다음 눈에 띄게 태도가 달라졌다. 청취능력만 기르겠다는 생각을 바꾸자 그녀의 인생이 달라졌다. 작은 역할이라도 맡게 되었고, 그 역할을 맡기 위해 준비를 했다. 앉아서 듣기만 하던 두 시간이 적극적으로 참여하는 두 시간이 되었다. 참여를 하고 준비를 하니 그녀의 영어실력은 눈에 띄게 늘기 시작했다.

태도를 바꾸고 나자 그녀에 대한 회원들의 생각이 달라졌고, 넉 달 뒤 그녀는 클럽의 서기로 선출되었다. 소리 없이 왔다가 구석에서 모임을 보기만 하고 가던 '옵서버'가 인생관을 바꾸면서 모임의 임원이 되었다. 실력이 없다고 자조하던 그녀는 이제 미국 사람들과도 농담을 주고받는 편한 사이가 되었다.

Y를 보면서 '일체유심조一切唯心造'라는 말을 떠올린다. 모든 것은 마음먹기에 달렸다는 이 말은 우리 인생을 전혀 다르게 변화시킨다.

당신은 당신만의 '성역'을 가지고 있는가?

도서관을 좋아했다. 그냥 책 냄새가 좋았다. 낡을 대로 낡아서 반들반들해진 모서리에, 칼자국과 낙서로 흠집까지 생긴 책상이었지만, 도서관의 칸막이 책상은 나에게 '영혼의 성역'이었다. 그것은 영혼이 훨훨 날아오를 수 있는 곳이 도서관이었기 때문이었을 것이다.

그랬다. 책은 내게 '탈출'을 위한 길이었다. 일상은 고단하고 건조했지만 책 속에는 열정과 낭만, 그리고 희망이 있었다. 무엇보다도 '꿈'이 있었다. 헤밍웨이를 따라『킬리만자로의 눈』을 찾아 이곳저곳을 헤매었고,『이방인』에서 삶의 부조리를 느끼기도 했다.『위대한 개츠비』에서 허망한 삶에 빼앗긴 사랑을 같이 안타까워했고,『먼 그대』의 '문자'가 한 것 같은 가난하지만 자신만만한 사랑을 부러워했다.

그렇게 책은 이십대의 나에게 수많은 사람들을 소개시켜주었고, 수많은 장소로 안내했다. 팔레스타인의 지도자 야세르 아라파트를 만난 것도 그즈음 책을 통해서였다. 아라파트는 1970, 80년대 팔레스타인 저항을 상징하는 인물이었다. 덥수룩한 수염에 체크무늬 머릿수건을 쓰고, 이스라엘에 저항해 테러 전쟁을 했던 아라파트는 '테러는 약자의 유일한 저항수단'이라는 혁명적인 문구를 만들어냈다. 아라파트를 통해 중동역사를 알게 됐고, 중동역사를 통해 세계를 좀더 알게 됐다. 현재는 과거 역사의 산물이고, 현재의 행동양태에 따라 미래가 결정된다는 것도 식민지 중동역사를 깨닫게 되면서부터였다.

　　그렇게 해서 나는 대한민국 밖으로 달음박질쳐나갔다. 더 넓은 세상을 보고 싶었던 나의 꿈은 책 속에서 먼저 이루어졌고, 책 속에서 아라파트, 나세르, 사담 후세인, 이츠하크 라빈 등 중동 지도자들을 만났다. 테러리스트, 대통령, 독재자, 그리고 장군들로 불리던 그들의 삶을 간접 경험하면서 내 삶도 성장해갔다. 가난하다고 꿈까지 가난할 필요는 없었다. 가난하다고 상상력이 주눅 들지도 않았다. 80년대 초 삭막하던 도서관 책상에서 나는 꿈을 꾸었다.

　　그리고 십 년 뒤 책에서 보던 그 인물들을 직접 만났다. 야세르 아라파트, 무암마르 가다피, 사담 후세인, 그리고 베냐민 나타냐후가 책 속의 인물에서 현실의 인물로 다가왔다. 역사가 만들어지는 것을 현장에서 목격한 것은 순전히 운 때문만은 아니었다. 책을 읽으며 꿈을 꾸었고, 꿈을 꾸며 책을 읽었다. 꿈은 현실이 되었다.

　　2001년 여름, 미국 버몬트 주 미들베리대학교에서 아랍어 여름강좌를 들을 때 이십여 년 만에 데자뷔를 경험했다. 엽서 속의 그림 같은 도서관 이층은 젊은 시절 열정을 품게 해주었던 바로 그 공간이었다. 햇볕이 내리쬐는 창가에서 나는 그보다 이십 년 전 책 속에서 먼저 달음박질치던 내 꿈도 함께 보았다. 당신의 꿈을 무르익게 하는 '성역'은 무엇인가? 당신에게 당신 삶에 정체성을 부여해줄 꿈은 있는가?

사람들은 언제나 기회가 다 끝났다고 생각하며 포기하지만,
마지막 기회는 항상 포기한 그다음번에 올 수도 있다.

나의 이십대

어떤 개인적인 욕망보다도 공동체의 사명이 중요했다.
81학번, 광주에 대한 원죄의식 속에서 보낸 날들이었다.
이십대의 십 년을 꼬박 의학도로 보내며 잊지 않으려고
애썼던 것은 누구에게도 부끄럽지 않은 삶을 살겠다는
다짐이었다.

최충언

외과의사

『달동네 병원에는 바다가 있다』의 저자

기성세대의 충고를 듣지 않을 준비가 되었는가?

우리, 그러니까 기성세대는 젊은이들에게 이래라저래라 할 수 없다. 해서는 안 된다. 충고, 조언도 우리가 할 몫이 아니라고 생각한다. 요즘 젊은이들에게 고통을 짐 지운 사람들이기 때문이다. 우리 때만 해도 나같이 머리가 별로 좋지 못한 사람도 운 좋게 의사가 될 수 있었다. 그런데 지금은 나보다 훨씬 머리가 좋고 능력이 있는 친구들도 먹고사는 게 녹록지 않다. 어린 시절 삼남매였던 우리 집은 철강 노동자인 아버지 혼자 돈을 벌었지만 밥 굶지 않고 오순도순 재미있게 살 수 있었다. 그 후 사십 년, 세상은 변화에 변화를 거듭했고 경제는 눈부시게 발전했다. 그러나 부부가 맞벌이를 해야 최소한의 생활이 가능한 시대가 됐다. 사십 년 동안의 성장과 발전, 그 사이 GNP 등 눈에 보이는 수치는 가늠할 수 없을 정도로 늘어났다. 하지만 지금, 성장의 열매는 우리의 몫이 아니다. 그 달콤함은 자본의 입속에 가득 담겨 있을 뿐이다. 그리고 많은 젊은이들이 자본에 예속되기 위한 준비과정으로 청춘을 보낸다. 결국 가진 자와 못 가진 자가 함께 어우러지는 세상이 아니라, 서로의 간극이 점점 더 벌어지는 악순환이 벌어진다. 때로 젊은이들이 아까운 청춘을 피워보지도 못하고 접기도 한다. 모두 우리 기성세대의 책임이다. 충분히 싸워주지 못했고, 결실을 맺지 못한 우리의 잘못이 크다.

그러니 자본에 예속된 삶을 살고 있거나 이미 자본가가 된 기성세대의 이야기를 귀담아 들어서는 안 된다. 정신 차리

고 자신들만의 삶을 찾고 목청껏 내 이야기를 만들어내야 한
다. 그냥 눈치 보며 적당히 안정적으로 살라는 기성세대의 이
야기는 무시해라. 젊은이들이 출중한 능력과 재능을 가지고
아까운 청춘의 시간을 바치면서 제대로 대접도 못 받는 삶을
살지 않았으면 좋겠다. 똑같은 일을 하는데 월급을 반밖에 주
지 않아도 된다는 규칙, ‘비정규직’이라는 시스템에 놀아나지
말고 대항했으면 좋겠다. 농경사회로 돌아간다고 해도 똑같은
소작을 주면서 누구는 열 가마니, 누구는 다섯 가마니 가져오
라고 하면 어느 누구도 땅을 부치지 않을 것이다.

직장을 가진다는 것에만 의의를 두는 것은 위험한 생각이
다. 우리는 누구나 제대로 대접받고 일한 만큼의 대가를 받아
야 하는 사람들이다. 물론 내가 학교에 다니던 80년대와는 사
뭇 다른 분위기라는 것, 잘 안다. 그 시절은 혁명의 시대였다.
뭐든 바꾸고 만들어내야 했던 때였다. 그때처럼 눈이 맵도록
격렬한 저항을 할 필요는 없다. 자신만의 주관을 가지고 꿈과
희망이 휘둘리지 않도록 정신 똑바로 차리는 정도만으로도 충
분하다. 여유를 가지고 주위를 둘러보며 살다보면 아마도 삶
에서 중요한 것들이 눈에 띌 것이다.

기성세대는 자꾸 달리라고만 한다. 이미 숨이 턱까지 찬
젊은이들에게 앞도 옆도 볼 필요 없이 전력 질주해서 테이프
를 끊으라는 이야기뿐이다. 자본은 시간과의 싸움이기 때문이
다. 그러나 천천히 느리게 산다고 인생이 잘못되지 않는다. 대

학입학에 실패했다면, 취업이 늦어졌다면 다른 친구들이 일흔 살까지 살 때 일흔하나, 일흔둘까지 살면 된다고 생각하자. 경쟁에 뒤처진다는 앞뒤 없는 말에 속지도 마라. 누구를 위한 경쟁인지를 잘 생각해야 한다.

이 말조차 나이 먹은 기성세대의 충고로 보일 수 있을지도 모르지만 진심으로 부탁한다. 이제 귀를 닫고 심호흡을 하며 자기만의 시대를 만들 때다. 자본이 어디에 있는지도 모르게 숨어서 컨트롤하고 있는 시간에 쫓기지 말고, 인생에서 가장 아름다운 청춘을 천천히 즐겼으면 좋겠다.

'고통'과 '자유'는 무슨 관계일까?

1980년 광주에서는 대학살이 일어났다. 1981년 나는 대학생이 됐고, 선배들이 가져온 자료들을 통해 그 현실을 똑똑히 목도했다. 온몸이 저릿했다. 뭔가 크게 잘못됐다는 생각이 들었다. 역시 군부독재의 배후에는 미국이 있었다. 우리는 죽을 각오로 독재를 끝내보자고 결심했다. 그리고 나는 열아홉에 '부산미문화원 방화사건'에 연루되어 소년교도소에 들어갔다. 당시 대학생이었지만 스무 살이 안 되었기에 소년교도소로 가게 된 것이다. 열아홉, 한 번도 생각해보지 않은 생경한 환경에서 시간을 보냈지만 전혀 힘들지 않았다. 1980년 5월 광주에 있었다면 나도 이유 없이 죽어간 내 또래들과 다르지 않았을 것이기 때문이다. 미약하게나마 고난에 동참했다는 사실은 교도소 생활을 버틸 수 있게 하는 힘이 됐다. 그 안에서 그들에 대한 부채의식, 원죄의식을 조금이라도 덜어낼 수 있었다. 지금도 가끔 쓰레기 같은 삶을 사는 건 아닌가 자책할 때도 있지만 그래도 그때의 첫 마음을 기억하며 살려고 애쓴다.

그렇게 형을 마치고 나왔을 때, 함께 들어갔던 최기식 신부님이 엽서 한 장을 주셨다. 십자가에서 고난당하는 예수님의 얼굴이 찍힌 〈베로니카의 수건〉 사진이 담겨 있던 엽서 뒷면에는 이렇게 적혀 있었다. "고통은 자유와 평화를 주는 은총의 샘이다." 당시에는 어려서 그 뜻을 다 헤아리지 못했으나 요즘 생각하면 참 맞는 말인 것 같다. 어떻게 보면 역설적이지만 외적인 고통이 내적으로 자유를 주는 게 틀린 말은 아닌 듯하다. 고통과 자유, 전혀 다른 뜻을 가지고 있는 두 단어지만 함께 있어도 썩 잘 어울린다. 교도소에 갇혀 있던 그 시절에도 고난에 동참할 수 있다는 생각이 들었기 때문에 내적으로 편안하고 자유로웠던 것 같다. 의사가 되어서도 부자 환자들보다는 가난한 사람들, 그중에서도 더욱 가난한 사람들, 의지할 곳 없는 이주노동자들, 삶이 팍팍하고 힘든 사람들의 아픈 곳을 치료해줄 때 더 마음이 평화롭다. 이렇게 고통과 고난으로부터 얻는 자유를 잘 알게 되었기 때문에 이제는 그것들을 찾아다니려고 한다.

2007년에는 조금이나마 고난을 함께하고 자유를 나누고자 뜻을 같이하는 의료진들과 힘을 모아 이주노동자들을 위한 무료진료소 '도로시의 집'을 열었다. 소외계층에게 가장 필요한 것 중의 하나가 돈 걱정 없이 드나들 수 있는 병원인데, 이주노동자들은 가난한 사람들 중에서도 특히 더 곤궁한 사람들이다. 그들을 위한 도로시의 집은 무료진료소이지만 의사만 있다고 돌아가지 않는다. 여러 봉사자들이 함께 도와줘야 제대로 된 의료시설로서 구실을 할 수 있다. 봉사자 중에는 고등학생과 대학생 청년들이 제법 있다. 봉사활동 점수를 따기 위해 오거나 아르바이트 비용을 벌기 위해 오는 게 아니라 스스로 고난과 고통을 나누고자 선택해서 오는 친구들이다. 이주노동자들을 대상으로 하는 만큼 영어가 어느 정도 되어야 의

사소통이 가능한데, 허드렛일이라도 하겠다며 찾아오는 어린 친구들도 있다. 그들 모두 자발적으로 신이 나서 도로시의 집 일을 한다. 그들 덕에 오늘도 도로시의 집은 잘 운영된다.

만약 이것이 누가 시켜서 하는 것이라면 며칠 못 가 흥미를 잃고 오지 않을 텐데, 다들 꾸준하다. 젊은 친구들이지만 어느 때는 존경스럽기도 하다. 어렴풋하겠지만 그 청년들도 아마 나처럼 고난과 고통이 주는 자유와 평화를 알고 있을 것이다. 그리고 그들이 느끼는 그 감정은 살아가면서 큰 자산이 될 거라고 믿는다. 돈으로는 감히 환산할 수 없는 귀한 경험을 하는 것이다. 우리는 얼마든지 마음만 먹으면 이웃의 고난과 고통에 동참할 수 있다. 이 사회에 부족하고 어려운 삶을 사는 약자들이 많기 때문이다. 그들을 돌아보는 것만으로 함께 손 잡는 것만으로 자유와 평화를 얻을 수 있다면 한번 해볼 만한 일이다.

이것은 형편이 어려운 사람들에게만 해당되는 것은 아니다. 이 시대의 젊은이들도 마찬가지이다. 윗세대보다 큰 자유를 누리는 것처럼 보이지만 경제적 상황이나 사회적 상황에 비추었을 때 오히려 예전보다 더 심각한 사회적 약자가 되었다. 열심히 공부만 해야 하고, 그래서 좋은 대학에 가야 하고, 혹은 대학에 가지 않더라도 먹고살 만한 직장에 들어가야만 한다. 그렇게 견디고 견디며 살아야 한다. 하지만 지금의 이런 고통과 고난이 사십대, 오십대가 됐을 때 굉장한 자산이 될 수 있을지도 모른다. 너무 희망적인 생각이라고 나무랄지 모르지만 이런 시대상황이 이십대에게 분명 값진 경험이 될 것은 분명하다.

　나의 열아홉, 광주의 고난에 동참하게 되면서 내 삶이 바뀔 수 있었듯이 요즘 젊은이들이 내 나이쯤 됐을 때 지금의 일들이 훌륭한 밑거름이 되어 있을 것이다. 물론 지금 당장, 지금 여기가 중요하다는 것도 안다. 배고픈 사람은 당장 먹어야 하고, 아픈 사람은 당장 치료해야 하는 것이 이치라는 것도 안다. 지금 당장 고통받고 있는 이십대 청년들을 보면 속상하지만, 이렇게 생각했으면 좋겠다. 터널은 언제나 빠져 나오기 마련이라고, 컴컴한 어둠 밖에 환한 해가 기다리고 있을 것이라고.

재능의 참뜻을 알고 있는가?

이십대 청년들한테 해줄 말이 뭐가 있을까 이런저런 고민을 했다. 스스로의 인생도 내세울 게 없는 사람이 누군가에게 그것도 젊은 사람들에게 무슨 말을 해야 할까 걱정스러웠다. 보통 훌륭한 사람들은 주로 야망을 가지라는 이야기를 많이 한다. 그것은 성공하기 위해 어떤 것을 갖춰야 한다는 것이다. 그런 의미에서 뭔가 이야기 하자면 나는 살아가면서 제일 중요한 덕목이 겸손이라고 생각한다. 아직 나도 많이 부족한 덕목이다. 핑계 같지만 겸손이라는 게 참 어려운 것이다. 하지만 겸손한 사람이 될 수만 있으면 뭐든지 할 수 있다.

그 겸손이 가장 발현하기 쉬운 방법은 나눔이다. '봉사'나 '기부'라고도 이야기 하는데 그것은 시혜의 뉘앙스가 있어 적절치 않은 듯하다. 더 가진 사람이 덜 가진 사람을 위하는 것은 당연한 일이므로 '나눔'이라는 표현이 옳지 싶다. 지금 내가 근무하고 있는 알로이시오기념병원도 나눔을 모태로 잉태된 곳이다.

알로이시오기념병원은 얼마 전까지 구호병원이라는 이름으로 불렸다. '구호救護'라는 말 그대로 가난한 사람들을 위해 마리아수녀회가 운영하는 무료 자선병원이다. 미국 출신의 알로이시오 신부님이 이십대 후반의 나이에 전쟁 직후 한국에 들어와 만든 무료병원이다. 부산의 가난한 달동네 사람들을 위해 신부님은 '소년의 집'도 짓고 미혼모들을 위한 모성원을 만들었다. 신부님은 1992년 루게릭병으로 세상을 떠나기까지 가난하고 버림받은 사람들을 위해 겸손하고 또 겸손하게 생을 살았다. 이 많은 복지시설들을 운영하기 위해 신부님은 다양한 방법으로 모금을 했다. 우편으로 모금을 하고, 부산송도성당 주임신부님으로 계시면서 신자 중 손수건에 자수를 놓거나 문양을 새겨오면 돈을 주고 사서 그것을 외국에 있는 기부자들에게 보내 받은 기부금으로 재단을 꾸려갔다. 그렇게 한국에서 처음 생긴 마리아수녀회의 여러 사업은 현재 워싱턴에 재단본부를 두고 한국 이외에도 필리핀, 멕시코, 과테말라, 브라질까지 나눔의 터전을 마련하고 있다.

나는 얼마 전 필리핀에 다녀왔다. 필리핀에도 '소년의 집'이 있었는데 그곳의 아이들이 다른 점이라면 가족이 있다는 것이었다. 우리나라 '소년의 집' 아이들이 부모가 없는 것과 달리, 필리핀은 미혼모에 대한 편견 등이 우리보다 덜한 탓인지 가족이 있는 아이들이 대부분이었다. 때문에 그곳의 '소년의 집'은 교육을 통해 아이들이 살아갈 수 있는 방편을 마련해주는데 너도 나도 들어오고 싶어해 시험을 쳐서 선발을 하는 시스템이었다. 우리나라로 치면 그곳에 들어가는 것이 개천에서 용 나는 일인 것이다. 이처럼 필리핀만 해도 알로이시오재단의 자선활동은 아이들뿐 아니라 그 아이들의 가족에게까지 희망을 주고 있었다. 미국 선교신부 한 사람이 심은 작은 나눔의 씨앗이 정말 엄청난 열매를 맺고 있는 것이다.

아직 우리에게 나눔의 문화는 어색하다. 하지만 함께 잘

살려면 진짜 나눠야 한다. 부담스럽게 목돈을 내놓으라는 게 아니라, 가진 것을 조금씩만 나누자는 것이다. 유대인들을 보면 젖먹이 때부터 나눔(기부)을 가르친다. 함께 사는 법을 가르치는 것이다. 그에 반해 우리 사회는 물질적으로 예전보다 풍족할지 모르지만 천민자본주의를 벗어나지 못하고 있다. 사회 자체가 마치 물려받은 땅으로 돈방석에 앉은 졸부들처럼 천박하게 흐른다. 이런 부끄러운 우리 사회의 모습을 자기가 가진 재능으로 얼마든지 바꿀 수 있다. 재능은 나눔의 도구이기 때문이다.

우리는 엄마의 모태를 통해 누구나 한 가지의 재능을 가지고 태어난다. 음악을 잘하거나, 그림을 잘 그리거나, 혹은 누구보다도 환하게 웃는 재능을 가졌을 수도 있고 다른 사람들이 즐겁게 분위기를 띄우는 재능을 가진 사람도 있을 것이다. 혹은 나처럼 뒤늦게 의사가 돼 재능을 얻은 사람도 있다. 누군가는 이 재능을 살면서 인생 마지막까지 모조리 다 잘 쓰고 가고, 누군가는 반도 못 쓴다. 2010년 1월 지병으로 세상을 떠난 이태석 신부님은 그 재능을 백이십 퍼센트 쓰고 가신 분이다. 의대를 졸업한 후 다시 신학을 공부해 사제 서품을 받고 나서는, 아프리카에서도 오지인 수단의 톤즈로 가 그곳 사람들에게 자신의 재능을 모두 나눠주었다. 그는 아프리카에서 보낸 편지에서 이렇게 썼다. "오백 원도 채 안 되는 시럽 몇 방울, 말라리아약 세 알, 아스피린 세 알을 손가락이 없는 나환자들이 손목으로 받아들고 얼마나 소중하고 감사히 여기는지 모릅니다. 그도 그럴 것이 여기 반정부군이 거주하는 남쪽 수단 톤즈 지역에는 전기, 전화, 교통수단이 없어서 간단한 생필품이나 약품들을 접할 수 있는 유일한 통로가 우리들이었기 때문입니다. 이들과 일 년에 몇 천억 원어치의 쓰레기를 만드는 우리나라나 유럽의 여러 나라들을 생각하면 세상이 불공평해도 너무 불공평하다는 생각이 들어 마음이 아픕니다. 우리가 버리는 쓰레기의 일 퍼센트만이라도 이들과 나누면, 이들이 얼마나 많은 혜택을 입을 수 있을까 하는 생각이 들 때가 많습니다." 이태석 신부님은 이후 큰 욕심을 버리고 단지 넘치는 세상의 남는 것 일 퍼센트를 없는 세상으로 이어주는 작은 다리 정도가 되기로 했다고 말씀하셨다.

그 말씀대로 단지 일 퍼센트라도 나누며 사는 세상을 꿈꾼다. 꼭 물질적인 것이 아니라도 자신의 재능을 방치하거나 낭비하지 않는다면 분명 나눔의 길이 보일 것이다. 그것을 통해 다른 사람의 부족한 부분을 채우고 나의 빈 곳을 메우면 쉽게 부서지지 않는 단단한 세상이 만들어지지 않을까 생각해 본다.

당신에게 '사람다운 일'이란 무엇인가?

나는 의사다. 운 좋게 시대를 잘 타고 태어나 썩 좋지 않는 머리로 의사가 될 수 있었다. 성적이 뛰어나서 좋은 학과를 찾아간 게 아니라는 얘기다. 어려서 슈바이처의 『물과 원시림 사이에서』를 읽고 아픈 사람들을 도울 수 있는 의사가 되고 싶었다. 나중에 성인이 되어 알고 보니 지독한 인종차별주의자인 슈바이처가 훌륭한 사람은 아니었지만 의사의 꿈을 꾸는 계기가 된 것도 사실이다. 그리고 우여곡절 끝에 의사가 됐다.

의대에 들어갔지만 지금처럼 공부만 할 수 있는 상황이 아니었다. 쿠데타로 군부독재정권이 시작된 80년대 초반의 시점에서, 나는 징역살이를 하기도 했다. 그때 교도소에서 나와 복학을 해야 하나 말아야 하나 갈등이 생겼다. 과연 의사가 되는 게 내 길일까, 노동현장에 뛰어들어 사회를 바꾸는 노력을 해야 하는 건 아닐까 많은 고민을 했다. 생각 끝에 중증복합장애아들을 돌보는 원주 '천사들의 집'에 계신 최기식 신부님을 찾아갔다. 복학을 해 의학도의 길을 계속 걸어야 할지, 노동현장에 뛰어들어야 할지 고민이라고 말씀드렸더니 신부님은 단번에 복학을 해 학업을 계속하라고 하셨다. 앞으로 네 영역에서 도울 수 있는 일이 얼마든지 있을 거라고, 학비가 힘들면 도와주겠다고도 하셨다. 당시 집안 형편이 학비는 댈 정도여서 사양하고 돌아와 복학을 했다. 그리고 몇 가지 사건도 있었고, 이후 간염이 생겨 몸이 좋지 않아 일 년 휴학까지 하니 육 년 과정을 십 년 걸쳐 끝내게 됐다.

그때도 사람들은 열쇠 세 개는 가져야 의사와 결혼할 수 있다는 말을 하곤 했지만, 의사가 되고 보니 의사는 부를 축적하는 직업이 아니었다. 도울 수 있는 일, 해줄 수 있는 일이 눈에 보이는 직업이었다. 그래서 참 좋았다. 생계를 목적으로 병원에서 환자를 기다리다 그들의 병을 고쳐주는 것도 뿌듯했지만, 무엇보다 이윤과 관계 없이 발로 찾아가 환자들을 만나고 아픈 곳을 낫게 하고 돌아오면 그렇게 좋을 수가 없었다. 돈을 받고 하건 돈을 받지 않건 똑같은 진찰과정을 거치는 의료행위인데 내적 충만감이 달랐다. 이윤을 목적으로 하느냐 그것을 배제하느냐에 따라 드는 느낌이 정말 꼭 다른 일을 한 것 같았다. 그렇게 발로 찾아가 환자를 만나고 온 날은 '아, 내가 우리 엄마를 통해 첫울음 울고 태어나 간만에 사람다운 일 한 번 했구나' 하는 생각이 든다. 그래서 이주노동자들이나 어려운 사람들을 내 돈 들여가면서 진료해주고 고쳐주는 게 돈을 받고 환자를 진료하는 것보다 더 편하고 좋다. 그들이 나를 비빌 언덕으로 생각하고 찾아주고 도움을 청하고 또 내가 그들을 위해 쓰일 때 생기는 내적 충만감은 살아가는 에너지가 되어준다.

내 인생의 모토는 가난한 이들에 대한 우선적 선택이다. 그러니까 환자가 있어도 돈 많은 사람, 가난한 사람, 그보다 더 가난한 사람에게 눈길을 주고 치료의 기회를 줘야 한다는 것이다. 이윤을 떠나서, 소외된 약자의 편에 서서 일할 때의 보람은 무척 크다. 이런 인생의 모토 때문인지 아직까지 주류, 비주류는커녕 아웃사이더로 남아 별종 소리를 듣는 것인지도 모른다. 하지만 이것이 의사가 된 나를 충분히 활용하며 사는 방편 중의 하나이고, 그렇다고 먹고살지 못하는 것도 아니기 때문에 개의치 않는다.

　　다만 혼자가 아닌 여럿이 할 때 더 큰 힘이 발휘될 텐데, 많은 사람들이 개인의 욕망을 조금만 줄였으면 하는 아쉬움이 들기도 한다. 그들의 욕망 때문에 더욱 어려운 환경에 놓이는 환자들을 보면 종종 화가 날 때도 있다. 어느 날 적십자사를 통해 중국 조선족 동포 아주머니가 왔는데 손가락뼈가 부러졌다고 했다. 가까운 정형외과에서 엑스레이를 찍었더니 수술비 삼백만 원이 필요하다고 해서, 자선병원인 알로이시오기념병원으로 온 것이다. 퉁퉁 부은 손에 붕대를 감고 온 그 아주머니는 식당에서 일을 하다가 다쳤다고 했다. 엑스레이를 찍어보니 손가락 마지막 마디에 선상골절이 있었다. 완전히 부러지지 않았고 다행히 관절 부위에도 손상이 없었다. 수술이 필요 없을 정도의 외상이었다. 정형외과 전문의는 아니지만 보기에도 사 주 정도의 깁스로 충분히 뼈가 잘 붙을 것 같았다. 그래도 혹시 내가 잘못 보지 않았을까 싶어 친분이 있는 정형외과 의사에게 전화로 물어보니 그의 대답도 나와 같았다. 수술이 필요 없다는 것이었다. 가족과 헤어져 살아보겠다고 열심히 일하고 있는 이주노동자에게 치료비 삼백만 원을 요구했다는 의사가 참 미웠다. 어느 정도의 부를 축적해야 인간이 영화를 누리며 모든 욕망을 해소하는지는 모르겠으나 과연 그렇게 산다 한들 행복한 인생일까 싶었다.

가끔 의대생을 대상으로 강연을 하면 "돈 버는 의사 되지 말고 가난한 사람 돌보는 의사가 되라"고 말한다. 매년 사천삼백 명가량의 의사가 배출되는데 이미 많은 곳이 포화상태이다. 의사들이 희소가치가 있던 시대는 지났다. 전국 0.3퍼센트 안에 들어야 갈 수 있다는 의대에 입학해 공부한 똑똑한 학생들이 갈 곳을 못 찾고 있는 현실이 안타깝지만 물질을 재는 저울만 치운다면 얼마든지 의사로서 꿈을 펼칠 수 있다. 아직도 의료시설이 부족한 곳도 많고, 의료진의 손길이 필요한 곳도 많기 때문이다. 그런 곳곳에서 기본적이고 천부적인 인간의 권리인 '건강권'을 지켜주는 사람의 역할을 해낼 수 있다. 돈 버는 의사가 아닌 가난한 사람을 돌보는 의사가 많아지면 세상이 바뀌지 않을까. 의사가 아니라도 어디서 무슨 일을 하건 '아, 오늘 내가 사람다운 일을 해서 기쁘다'라고 생각하는 사람들이 많아지기를 기대한다.

그들이 나를 비빌 언덕으로 생각하고 찾아주고
도움을 청하고 또 내가 그들을 위해 쓰일 때
생기는 내적 충만감은 살아가는 에너지가 되어준다.

나의 이십대

빛나는 대학생으로 시작한 이십대. 입학해서 세 학기 마치고 육 개월 쉬고 군대에 갔다. 개강일부터 입대일까지 술 안 먹은 날이 이십 일. 그래도 싱싱하고 푸르렀던, 잠들지도 취하지도 않았던 그리운 시절이었다. 그때 나는 늘 고민했다. 음악을 할 것인가, 말 것인가. 음악 동아리에서 작곡을 하고 노래를 부르는 순간에도 해야 할까 말아야 할까, 마음을 잡지 못했다. 그렇게 선택은 없고 고민만 가득했다.

달빛요정역전만루홈런

가수, 일인밴드 '달빛요정역전만루홈런'의 유일멤버

우리가 진짜 두려워하는 건 실패일까 미래일까?

졸업하고 처음 나간 동창회

똑똑하던 반장놈은

서울대를 나온 오입쟁이가 되었고

예쁘던 내 짝꿍은

돈에 팔려 대머리 아저씨랑 결혼을 했다고 하더군

하지만 나는 뭐 잘났나

스끼다시 내 인생

스포츠신문 같은 나의 노래

마을버스처럼 달려라

스끼다시 내 인생

〈스끼다시 내 인생〉 중에서

데뷔는 서른에 했지만 데뷔앨범 중 특히 사랑받은 〈스끼다시 내 인생〉과 〈절룩거리네〉 등은 이미 이십대 중반에 만들어놓은 노래들이다. 그때 음악을 바로 하지 못했던 것은 음악으로 인해 '사시미'가 될 수도 있지만 상 위에 올라와보지도 못하는, '스끼다시'보다 못한 인생이 될까 두려워서였다.

어린 시절 헤비메탈에 열광해 음악에 빠져 살았지만 그렇다고 과감히 제도권에서 벗어나 음악을 할 만큼 용기가 있지는 않았다. 그 때문에 남들 다 그렇듯 대학에 들어갔고, 음악을 좋아하니까 음악 동아리 활동을 하게 됐다. 동아리에서는 한 달에 두 번 신곡을 발표해야 하는 자리가 있었는데, 나는 남들보다 곡을 쓰는 게 어렵지 않은 편이어서 자의반 타의반으로 꾸준히 노래를 만들었다. 그러면서 학창시절 전공공부가 아닌 음악에 더 비중을 두게 됐다. 그때 열 몇 개의 노래를 발표했다. 그렇게 다른 사람들에게 내 노래를 들려주면서 음악이 많이 늘었다. 책을 사서 공부하고, 음악이론을 따로 배우기도 하고, 돈이 생기는 대로 악기, CD 등을 사면서 점점 음악에 깊이 빠져들었다.

하지만 그때부터 고민에 빠졌다. 음악을 직업으로 삼아볼까, 고민은 고민을 낳았다. 먹고살 수 있을까 걱정스러웠고, 과연 성공할 수 있을까 두려웠다. 나의 미래가 갑자기 밖이 보이지 않는 불투명한 유리창 같았다. 음악을 좋아하는 것은 분명한데, 음악과 함께하는 삶은 솔직히 좀 불안했다. 그래도 음악을 완전히 놓을 수는 없었다. 결국 졸업 후 음반회사에 취직했다. 나름대로 중간지점을 찾은 것이다. 하지만 세월이 하수상한 90년대 말, IMF 등등의 다양한 이유로 비정규직의 서러움을 겪으며 회사에서 잘렸다. 서른을 코앞에 두고 실직을 한 나는 그제서야 음악을 한번 해보자는 용기를 냈다. 아니, 용기라기보다는 선택할 수 없는 고민만으로 힘겨웠던 내 이십대에 대한 위로였다.

그리고 일인밴드 '달빛요정역전만루홈런'의 첫 앨범이

세상에 나오게 됐다. 반응은 예상 밖이었다. 시대를 노래하고 있다며 미디어에서 큰 관심을 가져준 것이다. 그냥 현실을, 나의 이야기를 한 것뿐인데, IMF 이후 절망적인 상황에 놓인 사람들의 패배주의를 노래로 승화시켰다며 추어올렸다. 그렇게 처음이자 마지막이 될 것이라고 생각하고 만들었던 데뷔 앨범이 성공하고 지금 삼십대 후반까지 음악을 계속하고 있다. 이십대 내내 고민하고 걱정하던 그 미래를 현실로 살고 있는 것이다.

그런데 이제 와 후회되는 것은 딱 한 가지이다. 조금 더 빨리 음악을 하지 않았다는 것. 지금 생각해보면 이십대 때 과감히 음악을 했어야 했다. 그랬다면 시행착오를 겪으면서 한 계단 한 계단 밟으며 내 음악을 만들어갔을 것이고, 그 나이에 맞는 조금 더 신선한 음악을 할 수 있었을 것이다. 하지만 나는 십 년을 고민해 이미 완성된 나의 색깔과 스타일로 데뷔 앨범을 냈다. 때문에 변화나 발전이 없는 것 같다. 나이를 먹으니까 음악 안에서도 늘 무언가를 정돈하게 되고, 작은 것 하나까지 민감하게 반응한다. 이십대의 나였다면 조금 흐트러지더라도 색다른 모험을 하지 않았을까 싶다. 그때 고민하지 않고 실천했더라면 지금의 나는 어떤 모습으로 살아가고 있을까, 가끔 떠올려본다.

이십대의 나는 남들과 다르게 살게 될 나, 최소한 스끼다시도 되지 못할 인생이, 나의 미래가 될까 두려웠다. 그러나

서른이 훌쩍 넘어 돌아보니, 나는 순간의 실패가 두려웠던 것 같다. 대학을 졸업할 때까지 큰 실패 없이 살아온 삶이었기 때문에 잘못된 선택으로 낙오자가 될까 무서웠던 것이다. 모든 걸 다 바쳐서 했는데 한 번의 실패로 쓴맛을 보기 싫었다.

경험해보니 실패는 좋은 기회를 잡을 수 있는 길이기도 했다. 첫 음반을 내고 이름이 알려진 다음 여러 음반기획사에서 연락이 왔다. 그런데 세상살이에 익숙한 나이 서른의 뮤지션은 선뜻 그들이 내민 손을 잡을 수 없었다. 그 시절만 해도 음반기획사를 차려놓고 못된 짓을 하는 사람들이 많았다. 혹시 돈을 떼일 수도 있고, 된통 뒤통수를 맞을 수도 있다는 생각에 혼자 모든 것을 꾸렸다. 그런데 만약 그때 그 제안을 받아들였다면, 그래서 만의 하나 사기를 당했다면 어땠을까? 수업료는 좀 떼였겠지만 대신 여러 인맥을 넓힐 수 있지 않았을까? 음악도 사람이 하는 것이라 인간관계가 중요한데, 직접 부딪혀 영역을 좀 넓혔다면 또 다른 기회가 찾아왔을 수도 있다. 나는 내내 실패가 약이 된다는 걸 모르고 살았다. 안전하게 살아야 한다는 어른들의 말씀이 나도 모르게 머릿속에 새겨져 있었다.

물론 굴곡 없이 안전하게 사는 것도 나쁘지 않다. 하지만 이십대라면 특히 지금의 이십대라면 조금 무모해도 괜찮을 것 같다. 한국도 이제 잠깐 뒤돌아본다고 삶이 송두리째 날아가 버릴 만큼 위태로운 곳은 아니지 않은가? 이것은 부모님 세대와는 달리, 곧 꿈과 욕망과 열정이 있다면 뭐든 한번 해볼 수 있는 환경이 됐다는 뜻이다.

많은 젊은 친구들이 예전의 나처럼 미래가 두려워 도전하지 못한다. 그러나 깊게 생각해봐야 한다. 자신이 두려워하는 것이 실패인지 미래인지, 과연 무엇인지 말이다.

너도 '루저'?

오래전 널 바래다주던 길

어쩌다 난 이 길을 달리게 된 걸까

이러다 널 만나게 될까봐 난 두려워

직업에는 귀천이 없다고 배웠지만

현실은 그렇지 않더군

난 부끄러워

키 작고 배 나온 닭 배달 아저씨

영원히 난 잊혀질 거야

아무도 날 몰라봤으면 해

난 버티지 못했어

모두 다 미안해

내게도 너에게도

내 인생의 영토는 여기까지

주공 1단지 그대의 치킨런

세상은 내게 감사하라네

그래 알았어

그냥 찌그러져 있을게

〈치킨런〉 중에서

2집을 내고 난 후 3집을 준비할 때 친구가 치킨집을 개업했다. 치킨 배달을 하는 친구들이 주로 고등학생이었는데, 닭을 튀기는 일은 위험한 일이라 미성년자에게 시킬 수 없으니 일손이 부족하다고 해서 잠시 도와주게 됐다. 그리고 어쩌다 아르바이트생이 펑크를 내면, 가끔 튀긴 닭을 들고 배달을 했다. 그런데 하필이면 스쿠터를 몰고 배달을 다녀오는 길에 대학 선배를 만났다. 선배는 나를 보고 빙글거리더니 "음악 한다더니 닭 배달하고 있었네?"라며 빈정거렸다. 아, 그 순간 나 자신에 대한 상실감이란, 이루 말할 수 없는 것이었다. 나도 2집까지 낸 뮤지션인데, 닭 배달이 어때서, 화도 나고 또 문득 배달 다녀오다 여자친구와 마주치면 더 창피하겠다는 생각이 스치면서 만든 곡이 이 〈치킨런〉이다.

사람들은 이상하게 자기의 잣대로 상대를 평가한다. 스스로 그다지 훌륭한 인생은 아니지만 썩 괜찮다는 것을 다른 사람을 통해 확인받으려고 한다. 상대방의 의견은 필요하지 않다. 그가 어떤 삶을 사는지, 삶에 대한 만족도는 어떤지에 관한 진실도 관계없다. 우리가 누군가를, 또 사람들이 나를 '루저'라고 부르는 것도 아마 그 때문일 것이다.

이미 장기하에게 넘겨준 왕관이지만 (대한민국은 루저도 서울대 나와야 1등 먹는 나라다) 아직까지도 사람들은 나를 '루저'의 왕으로 기억한다. 루저는 1집이 발매되고 입소문을 타기 시작했을 때 내 노래의 가사와 IMF의 시대상황이 맞물려 나의 닉네임처럼 되어버렸다. 그 시절 내 노래는 우리나라에서 찾아볼 수 없는 가사였다. 노래 속에 패배주의라니, 그때만 해도 음악은 환상이어야 했다. 세상을 아름답게 만들어주는 우아한 도구였다. 즐겁게 흥을 주거나, 가슴을 울리는 노래들만이 가득한 세상에 쳐다보기 싫은 현실을 마주하게 한 노래들이 나왔으니 다들 떠들썩하게 정의를 내리고 구분지었다. 그리고 달빛요정역전만루홈런이라는 그럴듯한 루저 캐릭터를 만들어낸 것이다.

하지만 그것은 허상이다. 그러니까 '루저'로서의 나는 신문 등의 미디어가 만들어낸 허상이다. 나는 이름은 요정이되 모습은 호빗인, 무겁고 안 예쁜 아저씨일 뿐, 루저는 아니다. 루저란 다시 밟고 일어설 수 있는 기회를 찾지 않는 사람들, 그러니까 노력도 용기도 시도도 없는 사람들을 말하는 것 아닌가? 사람들은 나를 루저라고 부르며 위로받고 싶어하지만 애석하게도 나는, 철저히 내가 욕망하는 음악을 하며, 그 음악을 위해 열정적으로 살아가는 사람이다.

자신들과 다르게 사는 나를 굳이 구분하고 싶다면 비주류 정도라고 해두자. 어느 시점에서 주류인지 비주류인지 모호하지만 세상의 잣대로 평가하자면 나는 비주류로 분류될 것이다. 청춘과 욕망을 저당 잡히지 않기 위해 주류 시스템 속으로 편입되지 않은 자발적 비주류. 하지만 그 덕에 나의 청춘은 아직 유효하다. 뭔가에 집중하고 그것에 내 모든 것을 다 바치는 게 청춘이라면 말이다.

모두들 똑같이 살기 위해 애를 쓴다. 평범한 것이 가장 어려운 것이라고도 한다. 하지만 다르다 해도 내가 원하는 삶을 사는 것도 나쁘지 않다. 그래서 비록 자그마한 나의 영토 안에서 쳇바퀴 돌듯 일상을 살아간다 해도, 가슴속에 언젠가 뻥 하고 터질 엔진 하나 가지고 있다면 됐다. 그것으로 당신의 청춘은 늘 살아 꿈틀거릴 것이 분명하다.

알루미늄 배트를 줄까, 나무 배트를 줄까?

아무런 소용이 없대

너를 잊으래

더 행복해질 수 있대

끝내버리래

너무나 소중했는데

다 잊어버리래

다 지워버리래

모두

…… 그래, 너무 혼자만 좋아했어

…… 이젠 나를 사랑해볼 거야

떠나거라

보내주마

잘 가거라

행복했다

너와 함께 했었던 그때

너는 내게 전부였다

간직하마

기억 속에

추억 속에

하지만 이젠 안녕

안녕……

〈굿바이 알루미늄〉 중에서

이 노래에 대한 설명을 하기에 앞서 내가 얼마나 야구를 사랑하는 사람인지 설명이 필요할 것 같다. '달빛요정역전만루홈런'이라는 밴드 이름에서 알 수 있듯 나는 야구광이다. 프로야구는 시즌이 시작되면 육 개월 넘게 매일 이어진다. 프로축구는 일주일에 한 번 하는 스포츠지만 프로야구는 일주일에 한 번 쉬는 스포츠이다. 거기에 포스트시즌은 대략 한 달 정도. '뮤지션'이라는 프리랜서 자유직을 직업으로 삼은 이후 10월에는 거의 TV를 끼고 살면서, 일 년이면 130게임 정도를 보고, 한국야구, 일본야구, 메이저리그 심지어 야구라면 만화, 영화 가리지 않고 섭렵한다. 야구는 나에게 종교이고 생활이다.

야구는, 그러니까 스포츠는 순수하다. 그래서 좋다. 어떤 오염된 것도 끼어드는 것이 허용될 수 없다. 가끔 조작이네 하면서 불미스러운 일이 발생하지만 극히 드문 경우다. 스포츠는 속임수와 거짓이 자연스럽게 허용되는 사회에서 드물게 본능적인 순수함을 발산시키는 창구다. 경기 앞에서는 누구도 속일 수 없다.

그리고 그중에서도 야구는 9회 말 투 아웃부터 시작될 수 있는 스포츠이다. 아무도 결과를 예측할 수 없고 마지막까지 가슴 졸이며, 역전만루홈런의 짜릿함까지 기대할 수 있다. 초등학교 3학년 4월쯤으로 기억한다. 학교에서 돌아와서 생전 처음으로 야구라는 게임의 중계를 봤다. 지금은 사라진 동대문야구장에서 열린 삼성라이온즈 대 MBC청룡의 프로야구 출범 원년의 개막전이었다. 고교야구, 실업야구가 인기였다고는 하지만 아직 어린 나는 야구 룰이 뭔지도 잘 모르던 때였다. 무심코 보고 있는데, 어느덧 운명의 9회 말이 됐고 이종도의 끝내기 역전만루홈런으로 MBC청룡이 승리했다. 프로야구 역사상 가장 짜릿했던 게임이 내 인생 최초의 야구였던 것이다.

난 그때부터 야구의 포로가 됐다. 지금까지 야구 없이는 못 사는 생활을 유지하고 있는 나는 그래서 음악을 할 때도 야구와 많이 연결시키는 편이다. 나는 음반마다 화자를 정해 이야기를 풀어나가곤 하는데, 그들이 주로 야구와 관련되어 있다. 〈굿바이 알루미늄〉은 2004년부터 고교야구에 더 이상 알루미늄 배트를 쓸 수 없게 했다는 것에서 힌트를 얻었다.

원래 고교야구는 알루미늄 배트를 썼다. 그들은 아직 아마추어이니까, 알루미늄 배트를 이용해 장타를 치며 경기를 흥미롭게 끌어갔다. 그런데 고교야구가 프로로 들어가기 위한 발판이 되면서 프로 선수들과의 변별력을 위해 프로 선수들과 똑같은 나무 배트로 교체됐다. 물론 스카우트 하는 입장에서 이해가 간다. 어마어마한 계약금을 주고 선수를 데려오는 입장에서 제대로 된 선수를 골라내고 싶을 것이다. 하지만 어디까지나 고교야구는 순수한 열정으로 뭉친 스포츠여야 하지 않을까. 프로가 아닌 아마추어지만 그들의 열정만은 높이 사주고, 알루미늄 배트로 홈런도 뻥뻥 칠 수 있게 격려도 해줄 수 있는 것 아닌가 싶어 아쉬웠다. 나무 배트를 쓰는 요즘 고교야구는 홈런을 보기가 하늘의 별 따기만큼 어려운데, 그것이 마치 음악을 좋아하기만 했지 능력은 없는 나의 모습 같아서 서글펐다. 그때 〈굿바이 알루미늄〉을 만들면서 결심했다. 알루미늄 배트를 던져버리고 나무 배트를 들든지, 아니면 미련 없이 그만두겠다고.

나는 나무 배트를 들기로 했다. 그리고 지금도 음악을 하고 있다. 조금 무겁고 공을 맞추는 게 쉽지 않지만 그래도 괜찮다. 인생은 야구와 같다는 걸 알기 때문이다. 야구는 타율이 3할이면 훌륭한 타자가 되고, 승률이 5할이어도 포스트 시즌의 기적을 보여줄 수 있는, 인생을 가장 많이 닮은 스포츠다.

9회 말 주자 만루, 투 아웃 2-3 풀카운트의 긴박한 상황. 점수는 4대 7로 뒤지고 있다. 나에게 주어진 마지막 기회. 리그 최고의 마무리 투수가 던진 시속 150킬로미터 강속구를 그대로 받아넘긴다. 순간 정적. 초록색 그라운드, 까만 밤하늘을 가로질러 백스크린을 그대로 맞히는 역전만루홈런! 주인공은 바로 나, 그 이름도 길고 긴 '달빛요정역전만루홈런', 찬양하라, 위대한 그 이름 달빛요정!

아니, 이런 순간이 오지 않을 수도 있다. 3회에 역전만루홈런을 치고도 질 수도 있겠지. 그러나 실망하지 않는다. 야구는 한 게임으로 승부를 내는 스포츠가 아니라는 걸, 인생도 단 한 방으로 달라지지 않는다는 걸 또 너무나 잘 알기 때문이다. 나는 그저 오늘도 묵묵히 나무 배트를 들고 공을 칠 것이다. 공을 칠 수 있다는 것만으로 만족하면서 살 것이다.

이십대인 당신 앞에는 알루미늄 배트와 나무 배트가 놓여 있다. 어떤 걸 쥐어야 하냐고? 음, 고민된다면 우선 알루미늄 배트를 들라고 하고 싶다. 과장된 홈런으로 자신감을 충전시킨 뒤 나무 배트를 들고 진짜 게임을 준비해보는 거다. 언젠가 묵직하게 날아오를 역전만루홈런을 기대하면서.

사랑이 그렇게 좋아?

> 그저 나는 그녀의 콜렉션
>
> 폐허의 콜렉션 파멸의 콜렉션
>
> 그녀가 지나간 폐허의 콜렉션
>
> 도대체 얼마나 짓밟고 다닐 건데
>
> 무너진 사랑탑 파멸의 콜렉션
>
> 너도 별다른 것 없어
>
> 이런 너의 노래로 돈이나 벌었으면 좋겠어
>
> 폐허의 콜렉션 파멸의 콜렉션

〈폐허의 콜렉션〉 중에서

나는 사랑을 믿지 않는다. 그동안의 경험이 나로 하여금 사랑을 불신하게 했다. 해보니 연애는, 사랑은 마취일 뿐이었다. 모든 걸 잃고도 행복한 게 아니었다. 언제든지 배신하고 모른 척할 수 있는 게 사랑이었다.

사랑, 물론 짜릿하다. 찬란하고 아름답다. 그런데 온 세상이 사랑으로 채워지는 건 아니다. 나는 그래서 사랑을 논하는 것 자체를 거부한다. 때문에 궁극적으로 사랑이 들어가는 내용이나 긍정적인 메시지들이 굉장히 거북하다. 본질을 교묘히 숨긴 채 아름다운 척 사랑으로 포장하는 인간들의 가식이 불편하다. 우리 현실이 늘 사랑만 하고 있어도 되는 현실이 아닌데도 말이다. 가끔 이 세상 모든 사람들이 사랑에 미쳐 돌아간다는 생각이 든다. 사랑이 절대 진리가 아닌데, 모두 마치 그런 것처럼 행동하고 생각한다. 음악만 해도 그렇지 않은가, 우리나라 노래가사의 팔십 퍼센트가 사랑이라니, 참 재미없는 세상이다. 사랑이 그렇게 좋은가? 그래서일까? 노래만이 아닌 온갖 미디어에서도 사랑, 사랑, 사랑뿐이다. 남녀 관계뿐 아니라 어머니의 사랑, 아버지의 사랑, 동료간의 사랑, 온통 사랑 이야기를 강요한다.

말했듯이 나도 사랑에 빠져봤다. 이십대 때 짝사랑도 몇 번 해보고 그래서 술도 많이 먹고, 고백하고 사귀어도 보고, 차여도 보고, "오빠, 우리 그냥 오빠 동생으로 남아요"(토이의 노래 '고마워 오빠 너무 좋은 사람이야'로 상징되는)라는 최악의 대사도 들어봤다. 다 해봤는데 아무리 생각해도 세상에서 제일이 사랑은 아닌 것 같다. 사랑지상주의, 이것처럼 말이 안 되는 게 있나 싶다. 사랑이 중요치 않다는 게 아니라, 사랑보다 중요한 게 있다는 사실을 잊는다는 것이 안타깝다는 말이다.

우리는 실제로 사랑이라는 예쁜 포장지에 정신이 팔려 진짜 봐야 할 것, 진짜 알아야 할 진실을 버려두고 있는 건 아닐까? 그렇다면 사랑보다 중요한 게 뭐냐고? 사랑보다 중요한 건 바로 내 인생이다. 사랑이 모든 걸 포괄하는 게 아니라 내 인생 안에 사랑이 있다는 이야기이다. 사랑은 영원하지 않다. 결혼한 부부도 헤어지면 끝이고, 또다시 사랑할 수도 있다. 나는 사랑을 통해 얻는 행복보다 노래를 만들어서 부르며 얻는 행복이 더 크다. 분명 당신에게도 사랑보다 더 큰 행복을 주는 뭔가가 있을지도 모른다. 세상이 떠드는 사랑 놀음에 속아 시간을 낭비를 하는 것보다 진짜 인생의 행복을 찾아보는 게 더 현명할 수 있다.

이 사회에서 사랑과 함께 강요되는 또 한 가지는 희망이 아닐까 싶다. 단 한 번의 절망도 용납할 수 없다는 듯, 한 줌의 습기도 있어서는 안 된다는 듯 그렇게 모두가 희망차야 한다고 말한다. 어쩌면 그놈의 사랑과 희망 때문에 사는 게 더 힘든 것일 수도 있다. 남들처럼 희망을 가져야 한다, 남들처럼 사랑하고 사랑받으며 살아야 한다는 강박이 진짜 나의 모습을 왜곡시킬 수 있기 때문이다.

사랑과 희망이 때로는 자유를 옥죄는 굴레가 된다. 잠시라도 사랑과 희망의 메시지에서 벗어나 세상의 본질을, 그 뒤에 숨겨진 진실을 본다면, 아마 지금보다 인생이 좀더 자유로워질 수 있을 것이다. 물론 노래는 아름다워야 한다는 굳은 신념을 가지신 분은 이 글과 상관없이 그렇게 사시면 되겠다. 틀린 말은 아니니까. 당신들의 아름다운 세상에 배경음악이 되지 못해 미안해요.

야구는 타율이 3할이면 훌륭한 타자가 되고,
승률이 5할이어도 포스트 시즌의 기적을 보여줄 수 있는,
인생을 가장 많이 닮은 스포츠다.

나의 이십대

십대 때 머릿속으로 내렸던 판단들이 이십대가 되면서
현실과 부딪혔다. 삶의 범위가 넓어지면서 이십대의 나
는 내 생각과 기준을 치열하게 재정비해야 했다. 이십대
는 나에게 진정한 질풍노도의 시기였다.

최규석

만화가, 『습지생태보고서』

『공룡둘리에 대한 슬픈 오마주』

『대한민국 원주민』『100℃』의 저자

나만의 꿈이 없어서 불안한가?

"만화가가 꿈이셨어요? 언제부터 만화가를 꿈꾸셨나요?"

자주 듣는 질문이다. 글쎄, 언제부터 만화가를 '꿈'꾸었을까. 내 경우에는 꿈꿨다기보다 만화를 잘 그리고 싶다는 내 욕망을 좇아온 것 같다. 어린 시절부터 만화를 좋아해 만화를 위한 그림을 그렸는데, 친구들 사이에서 인정받으면서 재미를 붙였다. 그러다보니 더 잘하고 싶어 계속해서 만화를 그렸을 뿐, 만화가가 되어야겠다는 '꿈'을 이루려고 한 것은 아닌 것 같다. 다른 사람보다 더 잘 그리고 싶어서, 좋은 작품을 하고 싶어서 애쓰다보니 자연스럽게 만화가가 된 게 아닐까 싶다. 그러니까 내가 뭘 좋아하는지 알고 시작한 것은 명확하나, 특별히 꿈을 꾸었다고 말할 수는 없다.

강연을 할 때 또는 홈페이지를 통해 어린 친구들이 꿈에 대해 묻곤 한다. 그럴 때마다 나는 꼭 꿈을 가져야 하는 것인가 반문해보고 싶다. 현대사회에서는 사람이라면 당연히 꿈꿔야 한다고 끊임없이 주입시킨다. 어릴 때부터 무엇을 좋아하는지, 무엇을 잘하는지 발견해서 발전시키기를 강요하며, 꿈이 없는 사람은 삶의 희망도 목표도 없는 사람 취급을 한다. 하지만 생각해보라. 우리나라만 해도 사람들이 꿈을 가진 게 언제부터였을까? 아마도 산업사회에 들어서면서부터일 것이다. 그게 불과 백여 년 전이었다. 그전에는 "넌 뭐가 될래?"라는 질문 자체가 무의미한 시기가 거의 대부분이었다.

인류는 아주 오랫동안 꿈 없이 살아왔다. 예를 들어 몇 백 년 전 농경사회를 떠올려보자. 그때는 아버지가 농부면 아들도 농부로 사는 게 지극히 정상적인 일이었다. 상인의 집안에서 태어났으면 상인, 관리의 집안에서 태어났으면 관리, 어부의 집안이면 어부. 아버지가 먹고사는 방법을 보고 내가 살아갈 궁리를 하는 것이 자연스러웠다. 다른 것을 꿈꾸는 것이 오히려 이상한 일이었다. 시간의 비율로 따졌을 때 인류는 꿈을 가지고 살았던 때보다 꿈이 없던 시기가 더 길었던 것이다.

갑자기 모두 꿈을 꿔라, 하는 건 일종의 폭력일지도 모른다는 생각이 든다. 꿈을 찾는 것은 행운에 속하는 것이지 당연한 의무가 아니라는 얘기다. 특히 한국처럼 꿈이 곧 희망직업을 의미하는 사회에서는 더욱 그렇다. '어떤 사람이 되고 싶다'가 아니라 '어떤 일을 하는 사람이 되고 싶다'로 규정짓는 것이다. 어떤 일을 하든 그것은 밥벌이일 뿐이다. 꿈이란, 착한 사람이 되고 싶다, 행복한 사람이 되고 싶다와 같은 것이어도 된다. 그렇다면 착한 사람이 되기 위해서, 행복한 사람이 되기 위해서 무엇을 할 것인가를 고민하는 것이 꿈을 이루는 방법이 될 것이다.

꿈이 곧 희망직업이라는 일반적인 생각에 비춰보자면, 대부분 꿈꿀 것을 강요당하지만, 실제로 그 꿈을 이루는 사람은 몇 되지 않는다. 때문에 어떤 직업과 꿈을 직접적으로 연관시키는 것은 굉장히 위험한 생각인 것 같다. 지금은 나도 운 좋은 몇 명 안에 들었지만 데뷔조차 힘들었다. 초창기에 상을 몇 번 받게 되니 금방이라도 데뷔할 수 있을 것 같았다. 하지만 만화 스타일 자체가 잡지나 매체에 활용하기 어렵다는 이유가 걸림돌이 되었다. 그래서 나는 그냥 게임회사 같은 데 취직해 콘셉트 아티스트로 일해야겠다고 생각했다. 그랬더니 정작 게임회사에서도 내가 만화판에서 어느 정도 이름이 알려져 몸값이 비쌀 것 같다는 생각을 한 것인지 불러주는 데가 없었다. 다행히 얼마 후 연재처가 들어와서 일을 시작했는데, 그때도 만화가가 꼭 되어야겠다는 생각은 없었다. 먹고살 수 없을지도 모르니까. 그리고 다른 일을 한다고 해서 만화를 못 하는 건 아니니까. 물론 직업적인 만화가가 되지 않았다면 인생이 조금 달라지긴 했을 것이다. 지금처럼 만화만 그리며 살진 못했을 것이다. 그러나 적게 그리더라도 좋은 작품을 할 수 있을 거라고 생각했다. 방향이 달라질 뿐 큰 차이가 있을 것 같지 않았다. 그냥 계속해서 만화를 잘하고 싶었지 만화가가 되어 꿈을 이루겠다는 생각은 거의 없었다.

'잘하고 싶다'는 목표를 가지고 하나에만 매달리다보면 욕심도 없어진다. 잘하는 게 중요하니까, 다른 건 별로 걱정도 안 된다. 그냥 잘할 땐 기분 좋고, 잘 안 되면 기분이 안 좋을 뿐 부수적인 일들로 마음이 흔들리는 경우는 거의 사라졌다. 그러니까 최규석이 만화가의 꿈을 이루었다기보다, 만화를 잘하고 싶다는 것 하나만 생각하고 살다보니 좋아하는 것을 하며 먹고사는 운 좋은 몇 명 안에 들게 됐다는 것이다.

우리는 꿈을 좀더 넓게 풀이할 필요가 있다. 훌륭한 사람이 되고 싶다는 것이 꿈이라면 어느 직장에 있건 훌륭해질 수 있다. 사회에 나와보니 훌륭하게 자기 일을 해내는 사람이 드물었다. 월급 값을 못 한다는 얘기가 아니다. 일이란 기본적으로 돈벌이이고 자기에게 밥을 먹여주는 사람에게 노동력을 제공하는 것이지만 더 넓게는 세상 사람들과의 분업이다. 그러므로 자기 일을 잘한다는 것은 자기 일이 세상에 미칠 영향까지 고민하며 일하는 것이라고 생각한다. 유능한 식당 사장은 돈을 많이 벌겠지만 훌륭한 식당 사장은 손님들의 건강과 식재료 생산자들의 생활까지 석성하는 사람일 것이다.

나는 지금 정부 재정으로 운영되는 지원관에서 생활하고 있다. 정부 보조로 싼 작업실을 가질 수 있게 된 것이다. 어쨌든 내가 빌린 작업실이니 열심히 하든 비워 놓든 상관이 없을 수도 있다. 하지만 이것은 나에게 열심히 만화를 만들어내라고, 나는 내 일을 할 테니 만화에 재능을 가진 당신은 우리를 대신해서 만화를 그리라고 모두의 돈을 아주 조금씩 걷어서 내게 혜택을 준 것이다. 그러니 내 돈으로 빌린 작업실에서 일할 때와는 마음가짐이 다르다. 전에도 이런 지원관에 세 들어 일을 한 적이 있었는데 교통편이나 주변 식당 등 불편한 점이 많아 출근을 자주 못 했다. 나는 그게 죄를 짓는 것 같아 부끄럽고 불편했다. 세금을 허투루 쓰게 만든 것이니 말이다.

밥벌이니까 대충 하거나 돈을 주는 사람이 원하는 것만을 한다면 일에서 보람을 찾기란 어려울 것이다. 하지만 자기가 하는 일의 의미를 새겨보고 더 낫게 하려고 노력한다면 그 일이 무엇이든 더 가치 있는 일로 만들 수 있다. 그런 사람은 어느 분야에서든 아주 잘하는 사람이 되기 쉽다. 무조건 꿈을 갖자는 생각을 하기 전에 어떤 사람이 될 것인가를 먼저 고민해보는 건 어떨까? 스스로의 행동 하나하나에 대해 분석을 하고, 옳은 일인가 그른 일인가 반성하며 사는 삶. 어쩌면 그 속에서 진짜 꿈을 발견할 수도 있을 것이다.

'리얼궁상'을 떨어본 적 있는가?

나의 첫 상업작품이자 매체에서 '최규석의 히트작'이라고 말하는 『습지생태보고서』는 '리얼궁상만화'라는 부제를 달고 있다. 사람들은 만화를 읽고 궁상이 즐거운 삶의 방식이 될 수 있다는 걸 보았다고 했다. 어쩌면 만화 속의 궁상은 내가 대학을 다니던 90년대 후반의 이야기였기에 가능했을 수 있다. 그런데 지금까지 그 작품이 공감을 얻는 이유는 화려해진 사회의 이면에 아직도 축축한 습기가 남아 있기 때문이다. '88만 원 세대'라는, '비정규직'이라는 '궁상스러운' 표현들이 새롭게 생겨나기 때문이다. 내가 대학에 다닐 때만 해도 평범한 대학생의 수준을 유지하기 위해 한 달에 40만 원만 벌어도 충분했다. 거기에 덧붙여 대학 졸업 직후 한동안 대학생과 비슷한 생활을 하는 세상에 나가기 위한 준비기간에도 40만 원이면 모자람이 없었다. 하지만 지금은 그렇지 않다. 물가도 올랐고 생활수준이나 방식도 많이 변했다. 기본적으로 들어가야 하는 것이 많다. 입고 먹고 마시는 데 들어가는 돈이 만만치 않다. 그런데 세상에 나가면 88만 원으로 한 달을 살아야 한다고 하니, 두렵고 겁나는 게 이상한 일이 아니다. 그래서 어떻게 해서든 궁상에서 벗어나려고 도서관에 틀어박혀 취업 준비를 하는 것일 수도 있다.

하지만 궁상이 그렇게 나쁜 것만은 아니다. 물론 그리 달가운 것도 아니지만 두려워할 대상은 아니다. 만화 속 최군은 이런 말을 한다. "길거리에 나앉을 정도만 아니라면 가난은 여러모로 좋은 점이 있다. 가져본 적이 없으니 소유의 즐거움을 알지 못하고, 돈 쓰며 놀아본 적이 없으니 유흥과 공부를 놓고 고민할 일이 없다.”『습지생태보고서』 자체가 대학시절 나와 친구들의 자전적인 이야기인 만큼 최군의 대사 또한 경험에서 나온 진실이다.

실제로 나는 공부와 그림을 병행해야 했던 고3 때 너무 바쁘기도 하고 머리손질을 하는 내가 갑자기 너무 한심스럽게 느껴지기도 해서 몇 달 동안 아예 거울을 보지 않은 적이 있다. 물론 세수도 하고 머리도 감고 깨끗하게 씻기는 했지만 그때 버스를 타면 모든 사람들의 시선을 받았고, 학교 가면 아이들에게 꼴이 그게 뭐냐고 면박을 당하기도 했다. 하지만 나는 정말 편했다. 그 시절 느낀 해방감은 이루 말할 수 없었다. 보통 사람들이 생각하는 삶의 틀에서 빠져나가보니 그 안에 또 다른 자유로움과 행복이 있었다. 그때의 해방감은 대학까지 이어졌다. 지나가던 여학생이 대놓고 욕을 할 지경까지 이르렀지만 그래도 생각을 바꿀 마음은 없었다. 나는 불편하지 않았으니까.

물론 살면서 내내 그러지는 않았다. 나도 어느 순간 짜릿한 해방감을 버리고 보통 사람들의 세상으로 들어가기로 했다. 보통 사람이 된다는 것은 생활에서 사소한 충돌을 없앤다는 얘기다. ‘나는 세상 밖에 있소. 나는 당신들처럼 껍데기나 꾸미는 사람이 아니오’라고 온몸으로 외치는 꼴을 하고 있으면 타인과 관계 맺기도 어려울뿐더러, 관계에 앞서 내 꼴을 변명하고 설명하는 지난한 과정을 거쳐야만 한다. 그리고 멋있다, 휜하다, '간지' 난다 등의 칭찬을 듣고 싶기도 했고, 나와 전혀 다른 경험과 생각을 가진 아리따운 여인들에게 '보기에도 괜찮은' 남자가 되고 싶기도 했다. 어쨌든 갑자기 보통사람처럼 보이겠다고 결심한다 해도 그게 또 쉽게 되는 건 아니다. 알다시피 보통의 젊은이처럼 보이기 위한 옷차림을 하기 위해선 숱한 경험과 지식이 필요하다. 군대에 있을 때 텔레비전을 열심히 보면서 일반인들이 말하는 예쁜 것과 안 예쁜 것에 대해 어렴풋이 감을 잡게 됐다. 결국 『습지생태보고서』로 돈을 벌어 몇 차례의 실험을 거쳐 일반적인 사람들의 세상으로 들어갔다.

하지만 중요한 것은 지금 당장이라도 내 모습을 과거로 되돌릴 수 있다는 것이다. 평범하게 입는 것은 불편을 해소하기 위한 작은 선택이었고 그것이 소소한 즐거움을 준다는 것도 알고 있지만 이것들을 벗었을 때에는 또 다른 즐거움을 얻을 수 있음을 알고 있으니까.

진짜와 가짜를 구별하는 눈이 있는가?

진짜와 가짜. 특히 관계에 대해 이런 이야기를 할 때면 후배들은 나를 차가운 사람이라고 말하곤 한다. 무조건 술을 마시고 오랜 시간을 보낸다고 해서 진짜 좋은 관계인 것은 아니다. 어느 분야든 자기를 확장하고 깊이를 만들려고 노력하는 사람과의 만남이라면 짧은 시간이라도 진짜 좋은 관계가 될 수 있다. 어떤 형태든 변화하는 것이 중요하다. 일 년, 이 년이 지나도 관심사가 똑같아서 매번 같은 얘기만 하는 만남은 지루하다. 하지만 스스로를 변화시켜 살아갈 동력을 만들어내는 사람들과의 만남이라면 우선 재미있다. 발전이 있기 때문이다. 성공을 위해 앞만 보며 달려가는 그런 식의 발전이 아니다. 삶에서 발전한다는 것은 어떤 사람이 되고 싶다는 꿈을 품고, 새롭고 다양한 주제에 관심을 가지면서 삶의 깊이와 넓이가 확장되는 것이다. 나는 이렇게 발전하는 사람들과의 만남이 진짜 좋은 관계라고 생각한다.

이것은 비단 관계만의 문제가 아니다. 진짜와 가짜는 삶의 모든 방식에 적용된다. 어느 시기, 어느 사건, 어느 분야에서나 진짜와 가짜의 구별이 필요하다. 나에게는 그것을 구분하는 나만의 쉽고 명쾌한 방법이 있다. 무엇이 더 중요한지 따져보는 것이다. 뭐가 제일 중요한지 끊임없이 생각하다보면 지금 제일 집중해야 할 것이 보인다. 나의 경우에는 목숨을 부지하는 것과 옳게 사는 것. 이 두 가지가 기준이 된다.

대학 시절 이런 기준 때문에 소위 '왕따'를 당하기도 했다. 예술대는 전통적으로 공동작업이 많아 서열 유지를 위해 '군기'가 센 편인데, 만화학과도 다르지 않았다. 그래서 후배들이 인사를 하지 않는다는 단순한 이유로 얼차려를 주기도 했는데 그럴 때면 난 늘 동기들과 맞섰다. 동기들은 후배에게 인사를 제대로 받지 않으면 선배의 권위가 무너진다, 학과가 잘되어야만 나중에 후배들이 먹고사는 데 지장이 없을 테니 지금부터 우리가 잘해야 한다는 이유를 댔다. 그러나 나의 중요도 기준으로 따졌을 때 선배의 권위, 그것을 통한 만화학과의 발전 같은 것들은 한국 사회에서 중요도 순위로 만 등 안에도 들기 힘든 것들이었다. 그런 하찮은 문제를 가지고 누군가에게 위해를 가한다는 게 말이 되지 않았다. 그들은 나를 공동체를 생각지 않는 이기주의자, 혹은 개인주의자라 말했지만 실상 그들이야말로 아직 발생하지도 않은, 학연에 의한 미래의 개인적 이익 때문에 타인에게 위해를 가한 이기주의자들이다. 이런 내 기준에 따른 생각의 차이 때문에 결국 충돌하고 마찰을 빚었지만 지금도 잘못했다고 생각하지 않는다. 인간이 인간에게 폭력을 행사할 만큼 중요한 일이 과연 있기나 한 것인가.

진짜와 가짜, 끝없이 생각하지 않으면 잘 찾아낼 수 없다. 사람은 감정의 동물이고 굉장히 오랫동안 제도교육을 받아왔다. 또 인간의 뇌 자체가 생각을 모두 기억할 수 없게 만들어졌기 때문에 이성을 갈고 닦지 않으면 진짜와 가짜를 구분하기가 어려워진다. 그래서 어려서부터 이런 고민들을 습관적으로 해왔다. 고등학교 때 공부는 안 하고 한 가지 주제를 잡아 하루 종일 고민을 하곤 했다. 가령 '싸움으로 문제를 해결할 수 있을까?'라는 주제로 이렇게 생각해보고 저렇게 생각해보는 것이다. 이런 싸움, 저런 싸움, 온갖 싸움에 대해 고민하고, 이겼을 때와 졌을 때, 했을 때와 안 했을 때를 머릿속에서 상상해본다. 처음에는 작은 질문이었지만 이것은 싸움과 비슷한 다른 문제들, 즉 유무형의 폭력, 권력의 문제, 타인의 의사에 반하는 강제행위에 대한 거의 모든 것들이 같은 논리에 따라 정립이 됐다. 이런 하나의 질문으로 살아가는 데 마주하는 많은 문제들의 답을 얻을 수 있었다. 그러나 이것은 어린 시절이라 가능했다. 다 자란 어른들은 이럴 시간도 없을뿐더러 직간접 경험을 통해 아는 것이 많아져 대충 짐작하고 말기 때문이다.

어린 시절 많은 고민이 있었음에도 불구하고 나는 진짜와 가짜의 문제에 관해 지금도 끊임없이 생각하고 괴로워한다. 언젠가 미술학원에서 수업을 할 때였는데, 학생들이 계속해서 떠들었다. 조용히 하라고 두 번이나 경고를 줬는데 또다시 떠드는 소리가 들리는 게 아닌가. 순간 마지막으로 나에게 들킨 한 여학생에게 버럭 화를 냈다. 그랬더니 그 학생은 벌떡 일어나 심한 욕을 하며 나가버렸다. 그 학생이 나가 있는 동안 한참 생각해보니 이해가 됐다. 왜냐하면 세 번 모두 그 학생이 떠든 게 아니었기 때문이다. 한 번 두 번의 경고 이후 세번째에서 내가 폭발한 건데, 앞의 두 번은 다른 학생들이 말썽이었다. 그러니 내 입장에서는 두 번의 기회를 줬지만 그 학생은 자기만 당한 셈이 된 것이다. 생각을 정리하고 수업을 마치며 학생들 앞에서 그럴 수밖에 없었던 내 입장을 이야기하고, 미안하다고 사과를 했다. 이후로 서로 좋은 관계를 유지할 수 있었다. 만약 그때 인습에 의해 교육된 어른과 아이 사이의 위계라거나 선생으로서의 권위, 만화계 선배로서의 권위를 더 중요하게 여겼다면 그 친구와 친해질 수 없었을 것이다. 옳고 그름을 통해 중요도를 매기고, 그 순간 진짜 중요한 것을 잘 찾아냈기 때문에 더 많이 가르치고 배우는 관계로 발전할 수 있었다.

대부분 사람들의 고민이 잘 먹고 잘 사는 것에 집중되어 있다. 요즘 학생들도 그런 문제에만 천착하는 경향이 있는데, 그 때문에 더 힘들고 괴로운 것 같다. 먹고사는 것과 관계 없는 옳고 그름, 무엇이 중요한 것인가에 대한 고민을 하면 오히려 먹고사는 것에 대한 걱정이 덜 된다. 아니 그것이 사소한 것이고 생각만큼 큰 의미가 없다는 걸 알게 된다. 그러니 자신에게 생각할 기회를 주어보자. 그것이 어떤 방법이건 이왕이면 선한 방향으로 옳은 기준을 정해 인습적이지 않은 나만의 규범을 만들 기회를 주는 것. 인생의 중요도에서 상위권에 올라 있을 가능성이 크지 않을까.

만화가가 되고 싶다면 어떤 작가가 되고 싶은가?

오히려 이십대 때는 후배들에게 이런저런 이야기들을 많이 했다. 그때는 조언에 확신이 있었다. 그런데 나이를 먹으면서 할 말이 없어진다. 조심스러운 것도 있고 여러 경험을 통해 인생의 정답이 없다는 걸 깨달았기 때문이다. 내 조언을 따르면 잘될 수도 있고 안 될 수도 있다. 내가 하지 말라는 걸 해서 잘될 수도 있고, 안 될 수도 있다. 일례로, 게임에 빠져서 대학을 그만둔 친구가 있었다. 볼 때마다 정신 차리라고, 제대로 살라고 했는데 어느 날 그 친구가 게임만화를 그리면서 인정받기 시작했다. 이렇게 누구도 모르는 게 인생이다.

하지만 만약 이 글을 읽고 있는 만화가 지망생이 있다면 한 가지는 묻고 싶다. 어떤 작가가 되고 싶은가, 생각해본 적이 있는지. 많은 학생들이 이에 대한 고민을 구체적으로 하지 않는 것 같다. 그저 피상적으로 그림을 잘 그리는 작가, 유명한 작가, 만화로 먹고사는 작가가 되고 싶다고, 아니면 그냥 만화가가 되고 싶다고 한다. 대학교 1학년 때, 무슨 만화를 좋아하냐고 물으면 "만화라면 다 좋아"라고 대답하는 친구들이 있었다. 그때 난 조금 화가 났다. 마치 굉장히 만화를 사랑하는 태도인 것처럼 말하는 그 대답이 정말 성의 없다고 생각됐기 때문이다. 무슨 영화를 좋아하냐고 하면 좋아하는 장르와 감독을 대고, 음악을 물어보면 좋아하는 밴드가 있는 친구들이 만화에만 기준이 없었다. 만화를 전공하면서도 만화를 별 게 아니라고 생각하는 것이라고 느껴졌다. 어느 음악을 들으면서 이 음악은 쓰레기라고 말할 수 있을 정도의 주관을 왜 만화에서는 갖고 있지 않을까 의문이 들었다. 만화가를 지망한다면 만화를 다 좋아해야만 하는 게 아니라 그런 주관을 가지고 만화를 봐야 하는 것 아닌가 싶었다.

그래서 난 만화를 공부하는 많은 친구들이 자기 주관을 갖고, 무엇보다 정말 어떤 작가로 기억되고 싶은지 생각해봤으면 좋겠다. 그렇다면 나는 어떤 작가가 되고 싶었냐고? 웃을지 모르지만 천재작가가 되고 싶었다. 여기서 '천재'는 광범위한 의미의 천재가 아니라 좁게 해석했을 경우의 천재를 말한다. 그러니까 새로운 영역을 개척하는 사람들, 아니 그것을 개척하고 그로 인해 명예를 얻고 집중을 받은 사람들이다. 이런 의미의 천재는 자기가 개척한 영역이 사람들에게 받아들여져 얻은 명예이다. 새로운 걸 하되 그 새로운 것을 완성해 사람들에게 재미를 주는 사람. 실험을 이용해 완성품을 선보여 사람들에게 즐거움을 주는 사람. 이것들을 잘 버무린 훌륭한 천재작가가 되고 싶었다. 아직 그런 작가가 됐다고 장담은 못 하지만, 그렇게 되기 위해 계속 노력은 하고 있다. 어떤 주제를 잡건 깊게 파고들어 신선하고, 흔히 만나지 못하는 재미를 찾아내려고 한다. 이렇게 내 만화 독자들에게 진짜 재미를 주려고 하다보면 언젠가 천재작가가 되어 있지 않을까 기대하며 만화를 그린다.

이런 만화가가 되어라, 이런 만화를 그리는 게 좋다 같은 이야기를 하는 것은 주제넘은 일이다. 사람마다 살아가는 결이 모두 다르다. 또 선택한 것보다 선택하지 않은 요소가 많기 때문에 변수는 언제나 생긴다. 그러나 만약 만화가 좋아 만화가가 되고 싶다면 다른 무엇보다 어떤 작가가 되고 싶은지 생각해보았으면 한다. 이런 것들을 구체적으로 고민하다보면 하고자 하는 작품의 형태가 잡혀 자신만의 만화를 그릴 수 있을 것이다. 물론 내가 부러워하는 천재작가가 될 수도 있고.

꿈이란, 착한 사람이 되고 싶다,
행복한 사람이 되고 싶다와 같은 것이어도 된다.
그렇다면 착한 사람이 되기 위해서,
행복한 사람이 되기 위해서
무엇을 할 것인가를 고민하는 것이
꿈을 이루는 방법이 될 것이다.

나의 이십대

지하철 2호선을 타고 성수에서 뚝섬을 지날 즈음 저 아래편 하얀 체육복의 고등학생들이 사열종대 양팔 간격으로 줄을 맞추고 있었다. 막 대학교에 입학한 나는 오전 열 시 학교 담장을 위를 날며 감격에 벅찼다. 벗어났다! 이제 내게 세상이 열렸다! 자유다! 그러나 곧 고3 교실이, 그냥 책에 있는 것만 열심히 외우면 되던 그 시절이 그리웠다. 세상이 열리며 내가 선택해야 할 것들이 생겨났다. 인생의 막중한 선택이라는 취업과 결혼도 선택사항에 있었다. 나의 이십대는 두려움에 떨고 있었다. 이게 제발 잘한 선택이길 빌며.

이윤정

MBC 드라마 프로듀서

〈커피프린스 1호점〉 〈태릉선수촌〉
〈트리플〉 등 연출

음……
저기요……
대체 그 비법이
뭐예요?

이렇게 말하긴 싫지만 '나는 귀가 얇다.' 그리고 남에게 질문을 많이 한다. 그중 가장 심각하게 묻는 건 바로 앞에 쓴 질문이다. 이 질문은 상황과 사람에 따라 무수히 자기변주가 되어왔다. 예를 들면 최근에는 이런 버전이다. "훌륭한 연출이 되려면 대체 어떻게 해야 하나요?" 드라마 한 편을 졸작으로 끝내고 넋 나간 사람처럼 묻고 다닌 질문이다.

변주는 다양하다. 좋아하는 사람을 만나면 "요새 읽은 책이나 본 영화 중에 뭐가 좋았어요?"라고 물어 그의 내면에 닿고 싶어한다. 또는 어떤 방면의 전문가를 만나면 "지금 하고 있는 일에서 제일 맘에 안 드는 점이 뭔가요? 그걸 어떻게 극복하시나요?"라며 인생의 팁을 얻고 싶어한다. 심지어 학교 때 성적 잘 나오는 애한테는 "야, 넌 시험공부할 때 교과서를 통째로 외우니, 아님 문제집을 달달 풀어보니?"라고 물어 시험 잘 보는 비법을 얻고 싶어했다. 최대한 예리하게 질문을 해 영리한 답변을 얻기 위해 집중 또 집중한다.

그다음 과정은 자기반성이다. '아! 난 왜 배운 대로 따라 못 할까? 왜 게으를까? 왜 멍청할까? 아! 왜 늘 이런 식의 질문을 할까?'라고 반성 또 반성한다. 그러나 그도 잠시뿐 그다음 과정은 그냥 그대로 살기다. 금방 모든 걸 까먹고 살던 대로 산다. 그러다 다시 뭔가에 충격을 받거나 훌륭한 사람을 만나면 첫 단계로 돌아간다. Repeat! '질문-자기반성-그대로 살기-질문-자기반성-그대로 살기……'의 순환구조이다.

가만히 내게 물어본다. '왜 그렇게 묻고 다니니? 뭘 얻고 싶은데?' 그랬더니 이렇게 답한다. '음…… 우선은 실수하거나 실패하고 싶지 않아. 또 효율적인 방법을 택해서 시간과 에너지 낭비를 막고, 미래를 생각해서 지금 놓치지 말아야 하는 걸 했으면 좋겠어.' 이렇게 답해놓고 보니 참 부끄럽다. 이게 아닌데……. 뭔가 틀린 것 같은데……. 그러나 이런 태도는 내 일상을 가장 강력한 힘으로 흔들어왔다. 예를 들어 오늘 누구를 만나 술을 먹기로 되어 있다면 '과연 내가 오늘 이 사람을 만나는 게 내 인생에 어떤 도움이 될까?' 따지거나, 어느 곳을 향해 가면서는 '가는 시간을 최대한 단축할 방법이 뭘까?' 궁리한다. 가는 동안의 시간은 낭비고 도착한 다음부터는 비낭비라고 계산기를 두드린다.

낭비와 비낭비의 냉철한 자기검열 속에서 내 일상은 중요한 것과 아닌 것으로 나뉜다. 나도 안다. 이래서는 자신이 흡수력 나쁜 하급 스펀지 형 인간이 된다는 걸. 같은 양의 물을 부어도 흡수가 거의 안 되는 불량 스펀지는 세상이 부어주는 그 풍요로움을 담아낼 수 없다. 어린 시절로 돌아가고 싶다. 개미 한 마리만 지나가도 우주를 흡수하듯 많은 걸 담아냈던…… 그렇담 과연 이런 부실 스펀지 인생을 고칠 수 있을까? 애타게 궁금해졌다.

그런데 이 시점에 만난 귀인이 있다. 바로 『인생기출문제집』 1편. 이걸 읽어보니 '지금 내가 만나는 것, 나 자신의 느낌, 내 마음을 비워놓는 것'이 중요하다고 나온다. '아 맞다! 답 찾았다!' 기뻐하며 재빨리 자기반성에 들어간다. 그러나 며칠 후 예전으로 돌아간 자신을 발견한다. 다시 repeat! 사람은 손톱 끝만큼 바뀌기 어렵다고 하는데, 포기할까? 그러나 포기하기엔 변하고 싶은 욕망이 너무 간절하다. 그래서 요즘은 방법을 바꿨다. 이 새로운 방법은 바로, 질문은 그대로인 채 묻는 대상을 바꾸는 것이다. 바뀐 질문 대상은 바로 나다. 남에게 하던 질문을 내게 던지기로 한다. "음…… 저기요…… 대체 그 비법이 뭐예요?"의 엄청나게 다양한 변주를 내게 던져보기로.

묻는다. 매일매일 내게 묻는다. 이러다보니 질문이 살짝 바뀐다. '어떻게?'라고 묻던 것을 '왜?'라고 묻기 시작한다. '훌륭한 연출이 되려면 어떻게 해야 하는지'를 '왜 훌륭한 연출이 되고 싶은지'로, '목적지에 도착하는 시간을 어떻게 줄이는지'를 '왜 가는 동안의 시간을 낭비라고 생각하는지'로, '어떻게 해야 시험을 잘 보는지'를 '왜 시험을 잘 보고 싶어하는지'로 교체한다. 이러면서 조금 성숙해진 것 같아 기분이 좋다. 그러나 곧 스스로에게 묻다 지쳐 다시 남에게 묻고 있다. 손톱 끝만큼 변하기 어렵다는 걸 다시 한 번 깨달으며 또다시 repeat!

대학 가면 지나가는 남자가 다 너랑 사귀자고 할 줄 알았지?

……라는 말이 광고에서 흘러나올 때 진짜 뜨끔했다. 헉! 내! 얘! 기! 여중, 여고를 나와 남녀공학인 대학 입학을 앞두던 그때 마음이 바빴다. 인생의 큰 꿈을 결정하고 그다음 따라야 할 세부사항들까지 정해놓고 대학생활을 시작하고 싶었다. '만약 죽을 때 내 이름이 세상에 안 남으면 어쩌지? 꼭 남겨야 겠다'가 인생의 꿈이 되었고 그러려면 '연애는 하지 말자'가 세부사항이 되었다. 대학 가면 지나가는 남자들이 사귀자 그럴 텐데 어떻게 거절하지? 고민이 깊었다.

그렇게 입학을 했고 3월을 벅차게 보냈다. 그 달에만 쓴 일기가 한 권을 넘었다. 주로 일기의 끝은 '과연 내일은 무슨 일이 생길까?'였다. 그리고 그다음날의 일기에는 과연 그렇게 생긴 일들이 빼곡히 적혔다. 처음 만나는 교수님, 선배들, 친구들이 줄줄이 적혀갔다. 이렇게 훌륭한 사람들이 그동안 대체 어디 숨어 있다가 한꺼번에 나타난 것인지 알 수가 없었다. 그들이 너무나 신기하고 존경스러웠다. 그래서 이 기적을 영원히 보관하고 싶었고 집에 돌아오는 버스 안에서 졸음을 참고 그날의 기억을 되살리기로 했다. 오늘 누굴 만나 무슨 말을 들었는지 떠올렸다. 까먹지 말자고 기억을 반복했다. 아침 등교 때부터 차근차근.

그러나 그 과정 중에는 항상 커다란 암초가 나타나곤 했다. 아침부터 기억을 더듬던 나는 늘 딴 길로 샜다. 바로 우리 과의 그 녀석. 아침의 기억에서 출발하면 점심에 다다르기 전 그 녀석이 꼭 등장했다. 오늘 그 애가 입었던 옷, 캔커피를 잡던 긴 손가락, 날 향해 툭 뱉은 말, 걷는 모습, 특이하게 찡긋거리는 눈썹, 이런 게 두리둥실 부풀어 버스에 가득 차버렸다. 늘 그 순간에 깨어나곤 했다. '미쳤어 미쳤어, 뭔 일이래. 점심부터 다시 생각해!' 그러다보면 집까지는 몇 정거장 남지 않았다. 그리고 그날 일기장엔 절대 그 녀석을 등장시키지 않았다.

입학 전의 맹세는 그렇게 지켜져갔다. 큰 꿈을 향해 가며 연애는 접는다. 그리고 다행히 지나가는 남자 중에는 나에게 말을 걸거나 쳐다보는 사람은 없었다. 졸업 때까지도 없었다. 하지만 그동안 한두 명의 같은 동아리 남학생이 내게 좋아한다고 한 적은 있다. 사실 그 녀석도 그중 한 명이었다. 그러나 그때는 내가 그 녀석을 좋아하고 있다는 사실 자체를 몰랐다.

나중에 이런 장면이 떠올랐다. 나는 도서관에 앉아서 책을 보고 있었다. 그런데 그날따라 책 속의 글자들이 둥둥 떠다녔다. 머리는 좀 어지러웠고 소리만 들렸다. '삐이이익~' '툭툭툭 투둑' '끽~' 그리고 '턱~'. 난 고개를 파묻고 책만 보고 있는데도 그게 어떤 소리인지 알 수 있었다. 소리가 그림을 만들어냈다. 도서관 짙은 갈색 나무문이 '삐이이익~' 열리고 커다란 운동화가 문 안으로 들어와 '툭툭툭 투둑' 움직였고 나무 의자 두 뒷발이 '끽~' 바닥을 긁으며 당겨졌다. 그리고 '턱~' 엉덩이가 의자 위로 떨어졌다. 난 사람들이 도서관에 들어와 앉는 걸 계속 소리로 보고 있었다. 소리들은 모두 탁하고 무신

경하고 두터웠다.

　그러다 갑자기 온몸의 세포들이 움찔거렸다. 아주 가볍고 밝고 예쁜 소리가 났다. 똑같은 '삐이이익, 툭툭툭 투둑, 끽, 턱'인데 그 소리는 달랐다. 고개를 들었다. 그의 소리였다. 그가 앉는 걸 봤다. 책을 펴는 걸 봤다. 그를 가만히 보다 내 책을 봤다. 떠다니던 글자들이 다소곳이 박혀 있었다. 나는 책을 읽기 시작했다.

　그에 대한 내 기억은 드문드문하다. 그 후 어딘가 엠티 장소였는지 바닷소리 나는 마루 끝에서 어둔 밤 그는 나에게 좋아한다고 했고 난 싫다고 했다. 그리고 1학년인지 2학년인지 마쳤을 때 그는 군대를 가겠다고 했고. 난 잘 가라고 했다. 가기 전 전화로 그는 아이처럼 울었다. 이상했다. 맘이 아팠다. 그때까지 입학할 때 했던 약속을 잘 지키고 있었다. 연애하지 않겠다. 그렇게 지켰다.

　그런데 3학년을 마치고 그 다짐은 휴지처럼 뭉개졌다. 인생의 큰 꿈을 위해 영어를 공부하리라 어학연수를 갔고 가자마자 한 사람을 만나 사랑에 빠졌다. 그는 한국 사람이었고 덕분에 영어실력은 연수 가기 전보다 나빠졌다. 수업은 첫 시간만 출석하고는 한 번도 가지 않았다. 대신 그 남자를 따라다녔다. 알아듣지도 못하는 컴퓨터, 경제학 수업에 바보처럼 앉아서 그냥 그 남자만 바라보고 있었다. 그렇게 나는 첫사랑을 겪었고 그 충격은 엄청났다. 한 사람이 한 사람을 사랑한다는 게 무엇인지 알게 되었다. 죽기 전에 알게 되어 감사했다. 그때 문득 알았다. 버스 안에서 왜 그리 그 남자애 생각에 빠졌는지. 도서관에서 내가 왜 소리만 듣고 그림을 그릴 수 있었는지. 다른 건 거의 기억을 못 하면서 그때의 기억은 왜 그리 자세하고 선명한지. 얼마나 사랑을 하고 싶었는지. 영어 한 마디 못하며 십삼 개월의 미국 어학연수를 마치고 돌아온 나는 세상에서 가장 뿌듯한 사람이었다.

얼마 전 촬영현장에서 같이 일하던 사람에게 문득 물었다. "자기 인생에서 뭐가 제일 중요한 것 같아요?" 그랬더니 "음…… 옛날에는 가난하니까 돈 많이 벌고 유명해지고 싶었는데 나이 먹다보니 지금은 사랑이 제일 중요한 것 같은데요. 돈도 사랑하는 사람 더 기쁘게 해주려고 버는 것 같아요." 와우, 그 말에 나는 순간 얼어버렸다. 맞네, 맞네, 나도 그렇네. 그의 말을 통해 내 맘을 알았다. '사실은 나도 줄기차게 사랑받고 사랑하길 원해왔어요.'

일을 잘하고 싶은 것도 남과 나에게 사랑을 받고 싶어서고, 너그럽고 책임감 있는 사람이 되고 싶은 것도 남과 나에게 사랑을 받고 싶어서다. 다시 그 시절로 돌아간다면 도서관에 앉는 그에게 다가가 널 기다렸다고, 난 너의 모든 게 궁금하다고, 좋아한다고, 군대 같은 건 영원히 가지 말라고 말해주고 싶다. 인생의 비법을 알고 싶은 나에게 널 생각하는 것이 바로 인생의 비법이라고 고백하고 싶다. 다시 대학에 가면 지나가는 남자에게 나랑 사귀어달라고 조르고 싶다. 나의 눈에 하트를 걸어 그 사람을 꼼꼼하게 읽고 싶다. 정성을 다해 상대를 잘 읽고 싶다.

나는
① 일에서도 뛰어나고
② 그래서 돈도 명예도 얻으며
③ 그로 인해 사람들의 인정과
사랑을 죽을 때까지 받고 싶은데
가능할까?

이 질문을 하고 나는 슬그머니 예전에 읽었던 알랭 드 보통의 『불안』을 펼쳐들었다. 이 양반이 뭔가 재밌는 대답을 했는데……. 마음을 부풀리려 한두 장 보려다 한 권을 홀라당 다시 읽어버렸다. 너무 재밌었다. 아, 매력 있고 재능 있는 이 남자. 책도 많이 팔아 성공도 했으면, 뭐야, 내가 묻고 있는 질문을 삶으로 답한 거잖아? 그러나 이 책의 마지막 장을 닫으며 이 남자에 대한 질투보단 나 자신에 대한 관심이 더 커졌다. 흡사 사랑할 것만도 같았다. 나 자신과 나의 하루를. 그리고 이렇게 만든 그를.

그는 앞의 내 질문을 책에서 이런 식으로 묻는다. '왜 사람이 자신의 현상태를 불안해할까요?'를 제목으로 걸고 '그 이유는(원인)'과 '그 불안을 해결하려면 이렇게(해법)' 두 가지를 본문에서 답하고 있다.

사람이 불안을 느끼는 건 자신이 '패배자'가 되어 사랑받지 못할 두려움 때문이라 한다. 그렇담 자신이 '승리자'인지 '패배자'인지 어떻게 구분하는가? 보통 씨에 따르면 이 기준은 다 남의 눈에 달렸고 게다가 그건 시대와 장소에 따라 달라져왔다고 한다. 그런데 당시엔 이 기준이 해가 뜨고 지는 것보다 더 확실해 보였다고. 앞에서 내가 한 질문, "능력껏 일해 인정받고 돈도 벌려면?" 같은 것도 인류사에서 생긴 지 얼마 안 되는 신생아 '성공'의 개념이라 한다. 예를 들면 각 시대와 사회마다 성공한 사람은 이랬다.

① 기원전 400년 스파르타. 근육질에 싸움 잘하고 (양성애적) 성욕이 왕성하며 아테네인을 죽이는 데 재능 있는 남자로, 약한 아이가 태어나면 산에 가져다 버리고 아내와는 따로 살며 한 달에 하룻밤만 임신을 위해 함께 지낸다.

② 476~1096년 서유럽. 로마가 붕괴하고 예수의 삶을 모범으로 삼았던 이 시대. 다른 인간을 죽이지 않았으며 짐승을 죽이는 것도 피했다. 이들은 물질적인 부를 피했고, 예를 들어 성 토마스 아퀴나스는 미모와 향수로 그를 유혹하려는 여자와 함께 탑에 갇혔으나 잠시 흥분했을 뿐 곧 그녀를 밀쳐 내 신으로부터 "영원한 동정이라는 띠"를 받았다.

③ 1096~1500년 서유럽. 제1차 십자군 이후 기사가 가장 존경받는 인물이 되었는데, 그는 고기를 먹었으며, 기독교인이 아니면 (특히 이슬람이면) 아무나 죽여도 상관없었다. 사람을 죽이지 않을 때는 짐승을 많이 죽여야 능력 있는 것이었다. 궁정의 여자를 유혹해 능숙한 연인이 되는 것도 중요했다.

④ 1750~1890년 잉글랜드. 가장 존경받는 사람은 '신사'였다. 신사로 유명한 체스터필드는 『아들에게 보내는 편지』에서 신사라면 모름지기 미뉴에트를 출 줄 알아야 한다고 했다. "우아하게 팔을 움직이고, 손을 내밀고, 점잖게 모자를 쓰고 벗는 것이 신사의 춤에서 가장 중요한 부분임을 기억해라."

음…… 이런 인물들이 당시 가장 성공한 사람이었다니 재밌다. 그렇다면 지금 우리가 목표로 삼는 인간형도 설마 나중에 이렇게 읽힐까? 적극적으로 의심하고 싶어진다. 왜냐하면 지금 나는 얼마 전 드라마에 실패하고 실의에 빠져 있기 때문이다. 혹시, 지금의 '승리자' 개념이 앞의 것들처럼 우스운 것이 아닐까?

⑤ 1910~2010년 대한민국 서울. 드라마 연출로 높은 시청률과 작품성을 인정받는 사람. 체력이 좋아 하루에 세 시간 이상 안 자며, 끼니는 거의 건너뛰고 심각한 고민에 빠진 듯한 모습으로 걸어다녀야 했다. 이들은 셈에 둔하며 술을 많이 마시는 것이 매력이라 생각했다.

써놓고 보니 '승리자'의 모습이 허술해 보인다. 어쩌면 2011년부턴 새로운 성공의 인간형이 등장할 수도 있겠다. 가령 조금 게으르고 잠을 많이 자며 술 마시는 것 좋아하는 인간형. 보통 씨는 이런 착란에 빠진 나에게 현명한 대답을 준다. '그 불안을 해결하려면 이렇게(해법)' 편에서 다섯 명의 안내자를 보내준다. 그 안내자는 철학, 예술, 정치, 기독교와 보헤미안의 다섯 분이다. 이들은 각자 주장이 다양해 저마다 '승리자'와 '패배자'의 기준이 다르다. 우리는 그중 하나를 골라잡을 수 있다. 2010년 서울에서 내가 지금 좌절하고 있는 '패배자'의 모습을 바꿀 수 있다고 한다. 어디에 기준을 둘지 자신이 결정하라고. 삶의 성공을 이루는 데 엄마 아빠가 얘기하던 그 한 가지 길만 있는 게 아니라고. 비록 공부는 죽어라 못하지만 빈둥거리는 덴 최고인 사람, 이분, '패배자'가 아닐 수 있다. 그에게 남다른 묘한 따뜻함이 있다면 기독교에서 말하는 '승리자'가 될 수도 있기 때문이다. 한 가지로 결판나는 것이 아니라는 것에 말할 수 없이 큰 위로를 받는다.

"만약 천 년을 산다면 어찌 살 것인가?" 시간이 없어 나중으로 미뤄두는 게 많아져 이런 질문을 해봤다. 여러 나라에 일 년씩 살아보고도 싶고, 외국어도 서너 개쯤 배우고 직업도 몇 개 더 갖고 싶다. 그런데 천 년이나 살도록 실패 안 하려면 어떻게 해야 할까? 이 긴 세월 동안 여러 승패의 기준이 있을 텐데 무엇에 맞추어야 할까? 홀가분해진다. 어차피 다양한 기준이라면 나한테 맞춰 사는 수밖에 없어 보여서. 어쩌면 천 년을 사는 것처럼 오늘을 사는 게 답일지 모르겠다.

쟤네들은 중학교 때랑 지금이랑 똑같은 것 같은데 나도 그럴까?

얼마 전 팔 년 만에 연락이 된 중학교 때 친구를 만났다. 총 네 명인데 그중 한 명이 남편을 따라 외국을 전전하다 팔 년 만에 귀국을 한 거다. 친구를 만나러 가는 지하철 안에서 "선아는 그동안 아이를 셋이나 낳았다는데 과연 어떻게 변해 있을까?"로 문득 시작된 의문은 연순이와 주영이에게로 번졌다. 중학교 때의 친구들 모습을 떠올려봤다. 그리고 고등학교 때, 대학교 때, 사회인이 된 지금까지 한 명씩 짚어봤다. 신기하게도 세 명 모두 하나도 안 변한 것 같았다. 친구들이 꾸려온 몇 십 년이 일관성 있게 이어져왔다. 예를 들면 뭔가 말이 비고 서먹할 때 자기 귓바퀴를 만지는 주영의 버릇이나, 남의 말 중간에 갑자기 툭 끼어드는 연순의 귀여운 습관, 그리고 자기가 말하고 자기가 웃는 선아의 모습까지 그대로였다.

그렇담 나는 어떨까? 나도 설마 지독하게 안 변했을까? 자기라고 더 유리하게 생각하지 말자고 다짐하며 중학교 때부터 차근히 거슬러 내려왔다. 그런데 안 보였다. 도통 내가 어떤 사람인지 알 수 없었다. 크게 웃는다거나 밤 열두 시가 지나면 못 깨어 있는 일관된 습관은 알겠으나 어떤 취향인지 어떤 성향의 사람인지는 알 수 없었다. 내가 친구들을 알고 있는 만큼도 자신을 몰랐다. 그래서 변했는지 안 변했는지도 알 수 없었다.

그렇게 오랜만에 친구들을 만나 놀다보니 우리가 중학교 때랑 똑같이 놀고 있다는 걸 알았다. 누가 말을 많이 하고 누가 추임새를 넣고 또 누가 웃는지 중학교 때랑 똑같았다. 아이를 셋 낳은 선아는 살이 좀더 붙었고 다들 얼굴에 주름이 생겼지만 우리는 중학교 때랑 변함없었다.

돌아오는 길, 주영에게 아까 지하철에서 품었던 질문을 했다. 우리가 변했을까? "큰 맥락은 아주 비슷한데 작은 것들이 바뀌지 않았을까?"란 주영의 말을 듣고 보니 그런 것 같았다. 다만 남들보다 나 자신이 더 심하게 변한다고 생각할 뿐. 과거의 나를 떠올리면 언제나 이런 감정이다. '아휴, 그때 어쩜 그리 생각이 짧고 유치했을까'라는 자책. 그리고 지금은 그렇지 않다는 위안. 그런데 통으로 생각해보니 나는 늘 오 분 전의 나도 못마땅해한다. 나는 늘 변한다고 생각한다. 그런데 친구들은 날 중학교 때랑 똑같다고 본다. 내가 내 친구를 보듯이. 십 년 전에 만들었던 블로그의 글이 지금과 똑같은 고민을 담고 있는 걸 보고 매우 놀랐다는 주영의 말을 들으니 언젠가 나도 옛 일기장을 들춰보고 놀랐던 게 떠올랐다. 아마 지금 이 순간 다시 그 부분을 들춰봐도 똑같이 놀랄 것이다. 과연 사람은 변하는 걸까?

중학교 때 글짓기에 나가면 주로 쓰던 글은 교훈을 담은 설명문이었다. 끝맺음은 '앞으로는 이렇게 해야겠습니다'였다. 그때부터 계속인 것 같다. 자신을 반성하고 앞으로는 더 나아진 자신이 되고 싶어하는 것이. 삶의 비법에 대해 늘 목이 말랐다. 삶에는 비법이 없다는 걸 또 비법처럼 받아들였다. 자신이 옳다는 걸 버리면서 자신을 버리라는 것도 듣는 순간엔 뭔가 깨닫는 것 같다가도 그 후 이어지지 못한다. 자신을 버리라는 문장만 이해했을 뿐 자신과 남을 구분하는 게 무엇인지, 버리는 게 무엇인지 모른다. 야구선수도 몸에 힘을 뺐을 때 공이 잘 쳐지고, 음악가도 무언가를 만들겠다는 마음을 비워놓을 때 좋은 음악이 생긴다고 한다. 드라마를 잘 만드는 과정도 비슷한 것 같다. 그러나 삶의 비밀을 문장으로 읽어서 습득할 수 없다는 게 억울하다. 난 아직 드라마를 잘 만드는 과정의 비밀을 알지 못한다. 잘 만드는 사람들의 비밀을 듣는다고 그게 내 것이 되지도 않는다.

　　네 가지 질문과 답을 쓰면서 내게 운명의 신이 다녀가길 바랐다. 스스로 깨달음을 얻고 싶었다. 다녀가지 않은 것 같기도 어쩌면 다녀간 것 같기도 하다. 내가 무엇을 모르는지를 써내려가며 무엇이 생겨났다. 그건 위로였다. 그저 고백하는 것에서 위로를 받았다. 모르는 걸 아프게 털어놓으면서 오히려 밝아졌다. 아직도 비법을 찾아다니는 나, 머리로 말고 온몸으로 간절해지는 게 생기길 바란다. '변할 수 있을까?' '변한다는 건 뭘까?' 다시 내게 묻기 시작한다.

묻는다. 매일매일 내게 묻는다.
'어떻게?' 라고 묻던 것을 '왜?' 라고 묻기 시작한다.

나의 이십대

불가촉천민이라는 벗어날 수 없는 태생적 한계를 뛰어넘어 교육받은 사회의 구성원이 되었다. 그러나 차별과 억압은 끝날 줄 몰랐다. 나의 이십대는 그것에 저항하기 위해 나만의 언어로 다른 사람이 볼 수 없는 아름다움을 찾던 시절이었다.

사비 사와르카르
Savi Sawarkar
화가, 델리대학교 예술대학 교수
www.savisawarkar.arttimes.in

당신의 카스트는 무엇입니까?

이 글을 읽고 있는 한국의 젊은이들도 내 조국의 낡아빠진 계급에 대해 알고 있다고 생각합니다. 세계의 많은 아이들이 교실에서 인도의 카스트 제도에 대해 배운다고 들었기 때문입니다. 여러분이 알고 있는 카스트 계급은 어떻게 나뉩니까? 많은 사람들이 승려인 브라만과 왕과 귀족들인 크샤트리아, 상인인 바이샤와 노예계급인 수드라 네 가지라고 알고 있습니다. 그러나 사실은 카스트에 한 가지의 계급이 더 존재합니다. 카스트 안에 들어가지도 못한 계급, 인간사회에 포함되지 못한 사람들의 집단, 제가 속한 바로 불가촉천민 '달리트 Dalit(또는 아티 수드라Ati-Sudra)'입니다. 불가촉천민, 즉 닿기만 해도 부정해진다는 사람들입니다. 달리트는 천민인 수드라보다도 못한 사람들입니다. 인간의 모습이나 인간이 아닌 취급을 받습니다. 전통적으로 우리들은 구걸을 하거나 혹은 가장 비천하다고 여기는 일들을 하며 생을 이어갔습니다.

21세기인 지금은 인도에 카스트 제도란 없습니다. 그러나 그 흔적은 너무도 선명합니다. 1955년 불가촉천민법이 제정되어 공식적으로는 이들에 대한 종교적·사회적·직업적 차별을 금하고 있지만 현실은 그렇지 않습니다. 소리 내어 말하지 않지만 아직도 보이지 않는 차별이 뿌리내리고 있기 때문입니다. 누구나 카스트 제도를 인정하던 먼 옛날, 불가촉천민들은 집 밖을 나갈 때면 세 가지를 꼭 챙겨야 했습니다. 목에 걸 수 있는 작은 단지와 빗자루, 방울 달린 지팡이가 그것이었습니다. 단지를 목에 거는 이유는 신성한 대지를 더럽힐지도 모를 침을 뱉기 위한 것이었습니다. 또 그들이 스치기만 해도 불결해진다는 믿음 때문에 발자국을 옮길 때마다 빗자루를 들고 뒷걸음질로 길을 쓸어야 했습니다. 그리고 귀한 신분의 사람과, 아니 그 그림자라도 마주하지 않기 위해 방울 달린 지팡이로 경종을 울려야 했습니다. 그것은 의무였다고 합니다. 심지어 불가촉천민들은 인간이 아닌 인간이라 여겨 뜨거운 태양 아래에서도 짐승의 가죽을 뒤집어쓰고 있기도 했습니다. 불가촉천민들은 이렇게 오래전부터 어떤 사회에서도 받아들여지지 못하고 떠도는 신세였습니다.

물론 현대에는 이렇게 눈에 보이는 차별은 존재하지 않습니다. 스스로 땀 흘려 돈을 벌 수 있다면 좋은 의복을 입고 겉모습을 꾸밀 수 있습니다. 그리고 카스트를 숨기기 위해 애를 쓰며 조심스럽게 살아갑니다. 드문 경우지만 성을 바꾸는 사람들도 있습니다. 하지만 나는 단 한 번도 내가 '달리트' 출신이라는 것을 숨기려 하거나 부끄러워한 적이 없습니다. 그것은 인간 스스로 인간을 평가하겠다고 만들어낸 어리석은 잣대일 뿐이기 때문입니다.

앞서 말했듯 나의 집안은 대대로 불가촉천민이었습니다. 고조할아버지, 증조할아버지는 그중에서도 '카르반타스', 즉 노래하며 떠도는 집시였습니다. 인생을 관조하는 노래를 부르며 걸인처럼 이 마을 저 마을을 떠돌아다니며 살았습니다. 그러나 나의 할아버지는 집시의 사슬을 끊어야겠다고 결심했습니다. 그리고 나의 아버지를 교육시켰습니다. 집안 최초로 '교육'이라는 것을 받은 사람이 탄생한 것입니다. 아버지는 간단한 학교교육과 기술교육을 받고, 열아홉의 나이에 인도 철도청의 기술자가 됐습니다. 힘겨운 노동자이지만 아버지는 집안 처음으로 '직업'이라는 걸 갖게 된 것입니다. 그때 가족들과 주위 사람들은 뛸 듯 기뻐했고 또 놀라워했습니다. 그리고 또 한 세대를 지나 아버지의 아들인 나는 인도 최고 예술대학의 교수가 되었습니다.

사회적으로 인정받는 대학교수라는 자리에 오른 지금도 버리지 못하는 한 가지 습관이 있습니다. 누군가와 처음 만나 악수를 할 때 먼저 "저는 불가촉천민입니다"라고 밝힌 뒤 손을 내미는 것입니다. 대부분의 사람들은 자신의 따뜻한 손을 내밀어 마주잡고 친구가 되기를 마다하지 않습니다. 그러나 아직까지 브라만들 중에는 흠칫 놀라며 손을 거두는 이들이 적지 않습니다. 화가인 나의 작품은 미국, 독일, 멕시코, 프랑스 등 각국에서 초청을 받아 전시회를 통해 뜨거운 반응을 얻었습니다. 하지만 정작 내 조국인 인도에서 아직까지 단 한 점도 팔리지 않았습니다. 1999년과 2006년에 걸쳐 뉴델리에서 인도 예술역사상 최대 규모의 개인전이 열렸을 때에도 브라만들이 대부분인 인도 미술계의 반응은 냉담함을 넘어서 싸늘하기까지 했습니다. 아직까지도 교수사회에서는 나를 그들의 동료

로 받아들이지 않고 있습니다. 인도 현대미술계에 나를 위한
의자는 어디에도 마련되어 있지 않습니다.

이것이 아직까지 사라지지 않는 뿌리 깊은 카스트 제도의
현실입니다. 때문에 나는 아직도 찬바람 부는 벌판에서 홀로
양지를 찾는 사람처럼 인간이 되기 위한 투쟁을 벌이고 있습
니다. 그러나 도망치지 않습니다. 카스트라는 거대한 차별의
굴레는 집단적 정신병에 불과하다는 것을 알고 있기 때문입니
다. 차별받는 이뿐만 아니라 차별하는 이 또한 자유롭지 못하
다는 것을 그들은 알지 못합니다. 손가락만 한 작은 구멍이 둑
을 무너뜨리듯, 인종주의자들과 카스트주의자들의 정신은 이
미 무너졌다는 걸 알고 있습니다.

인도의 뿌리 깊은 가난과 재앙을 불러온 주범은 실재가
없는 허상, 인간이 인간을 짓밟아도 된다는 유령과 같은 신념
이었습니다. 그런데 이 몹쓸 허상과 신념이 전세계로 퍼져나
가고 있습니다. 돌아보면 인도뿐만 아닌 세계 도처에 카스트
제도가 존재하고 있는 것 같습니다. 차별과 억압이라는 정신
병이 활개를 치고 있습니다. 보이지 않는 카스트가 세계 곳곳
에 존재합니다. 돈이나 명예 따위의 부질없는 기준으로 스스
로를 혹은 타인을 저울질합니다. 돈과 명예가 있으면 브라만
이고, 그렇지 못한 사람들은 달리트가 됩니다. 그러나 과연 누
가 브라만이고 누가 달리트일까요? 고귀한 돈이란 이 세상에
없습니다. 하지만 눈보다 깨끗하고 고귀한 영혼은 있습니다.

카스트가 존재해야 한다면 그것은 마음과 영혼의 몫입니다.
이제 당신 영혼의 계급을 알아야 할 때입니다. 당신의 카스트
는 무엇입니까?

당신의 언어는 무엇입니까?

소년시절부터, 아니 태어나 지금까지 하루하루가 차별과의 싸움이었습니다. 불가촉천민이라는 신분으로 태어났으니 당연하다고 생각할 수도 있었습니다. 그런데 그 차별들을 당연하다고 여겼다면, 내 신분에 맞는 정당한 대우라고 치부하고 넘겼다면, 모든 것을 너무도 쉽게 포기했을 것입니다. 그리고 아마 지금의 나는 이 자리에 있지 않을 것입니다.

철도 노동자가 된 아버지는 나에게도 교육의 기회를 열어주었습니다. 나는 여느 아이들처럼 학교에 갔지만 그곳에서 나는 투명인간과도 같았습니다. 십 년을 훌쩍 넘는 긴 학창시절 동안 나는 단 한 번도 아이들과 섞이지 못했습니다. 함께 공을 차본 적도 없고, 함께 이야기를 나눈 적도 없고, 함께 간식을 먹은 적도 없습니다. 그들에게 나는 쳐다보아서는 안 되는 사람이었기 때문입니다. 선생님들도 마찬가지였습니다. 그들은 대부분 브라만 출신이었습니다. 올바른 정신으로 똑바른 교육을 해야 하는 위치에 있음에도 그들은 오로지 브라만만이 신과 가까워지고 올바른 판단을 내릴 수 있다고 확신하는 것 같았습니다. 그 때문인지 아무런 죄의식 없이 수업시간에 공공연히 낮은 카스트를 비하하는 발언을 하곤 했습니다. 그들에게 이제는 없어진 달리트 출신으로 그 자리에 앉아 있는 나 같은 건 중요하지 않았습니다. 그들은 그저 인간이 아닌 계급의 불가촉천민이 같은 학교에 다닌다는 것만으로도 끔찍해했습니다. 한 공간에 있다는 걸 인정하려 하지 않았습니다. 그곳에서 나는 공기와 같았습니다. 아무것도 모르는 가족들은 중학교, 고등학교에 진학하는 나에게 온 기대를 걸었지만 카스트의 유령이 떠도는 학교는 차가운 얼음굴과 같았습니다. 유난히 감수성이 풍부했던 소년 시절, 그런 냉랭함에 몸과 마음은 언제나 시리고 아팠습니다. 결국 나는 나 스스로를 보호해야겠다고 마음먹었습니다. 냉기로부터 나를 보호하는 방법은 한 가지, 귀를 닫는 것이었습니다. 들을 수 있지만 듣지 않는 것. 그것이 작고 힘없는 내가 할 수 있는 유일한 저항이었습니다.

그런데 얼마 지나지 않아 기적 같은 일이 일어났습니다. 그렇게 귀를 닫고 소음에서 멀어지자 놀랍게도 다른 세계가 열린 것입니다. 바로 '모양'의 세계, '형태'의 세계였습니다. 나를 멸시하는 선생님의 목소리는 사라지고 그의 얼굴 위를 흐르는 빛의 곡선, 분필을 쥔 손가락 관절들의 섬세한 꺾임, 등을 획 돌릴 때마다 드러나는 목의 힘줄 등이 내게 말을 걸기 시작했습니다. 홀린 듯 그 형태들에 취해 수업시간에 시시각각 변하는 선생님의 모습을 그렸습니다. 자기들끼리 어울려 놀며 나를 공기 취급하던 아이들의 모습도 외면하지 않고 지켜봤습니다. 그 아이들의 움직임을 모두 두 눈에 담았습니다. 그들의 소리를 귀에 담는 것보다 훨씬 행복했습니다. 그렇게 각인된 아이들의 모습을 종이 위에 옮겼습니다. 내 손에 의해 모양과 형태로 하얀 종이 위에 다시 살아난 그들은 친절했습니다. 그림을 그리게 되면서 그들은 나의 피사체 그 이상도 이하도 아니었습니다. 그러다보니 당연히 증오도 원망도 날아가 버렸습니다. 매 순간 내게 말을 건네고, 스스로 대답하며 듣지 않아도 나만의 언어로 말할 수 있게 된 것입니다. 나의 언어는 누구를 아프게 하지도 상처주지도 않았습니다. 나의 언어는 평등하고 아름다웠습니다. 나만의 언어를 갖게 된 뒤로 더 이상 외롭거나 슬프거나 비참하지 않았습니다. 그렇게 나만의 언어는 때론 친구가 되어주고, 때론 스승이 되어주고, 삶의 양식이 되어주었습니다. 그 거름을 토대로 나는 포기하지도 낙오하지도 않고 계속 공부할 수 있었습니다.

다행스럽게도 지금 나는 혼자가 아닙니다. 나와 같은 차별과 냉대를 참아내며 스스로의 길을 찾은 천민 출신 후배들이 생겨나고 있습니다. 그들의 아픔을 누구보다 잘 알기에 나는 지금 내가 할 수 있는 모든 것을 하려고 노력합니다. 작은 단체를 만들어 후원을 하고, 나와 같은 카스트 출신의 후배들에게 함께 일할 수 있는 기회를 주고 있습니다. 나는 그들에게 용기를 주고, 그들은 나에게 희망을 주며 서로의 버팀목이 되고 있습니다. 그 후배들에게 나는 이렇게 이야기합니다. "가장 비참한 순간을 영광의 순간으로 기록하십시오. 환경이 당신을 비참하게 만들도록 내버려두지 마십시오. 노래를 할 수 있으면 노래로 부르고, 그림을 그릴 수 있으면 그림으로 그리고, 글을 쓸 수 있으면 글로 써서 그 벽을 넘어서십시오"라고 말입니다.

　이것은 예술만의 이야기가 아닙니다. 인종, 국적을 막론하고 전세계 많은 젊은이들이 자신의 한계에 속수무책 무너지고 있습니다. 한국의 여러분 중에도 혹시 먼저 포기하고 물러서는 분이 있는 건 아닌지 걱정스럽습니다. 한계는 분명 존재합니다. 하지만 인정하고 주저앉지 마십시오. 나의 이야기를 읽었다면 차별, 한계, 제약 등이 얼마나 볼품없는 껍데기인지 알 수 있을 것입니다. 그 껍데기들에게 순순히 당신의 알맹이를 내어주지 마십시오. 과감히 그것들을 제치고 나와 자신만의 언어로 이야기하는 겁니다. 오직 나만이 듣고 말할 수 있는 언어라면 당신을 기꺼이 앞으로 나아가게 할 것입니다. 나는 따돌림을 받았지만 고등학교에 진학했고, 멸시당했지만 대학, 대학원, 박사과정을 마쳤습니다. 간혹 모함을 당하기는 해도 대학교수입니다. 모국에선 그림 한 장 팔리지 않을 정도로 냉대받지만 세계에서 주목을 받는 화가입니다.

　환경, 물론 한계가 될 수 있습니다. 그러나 그것보다 중요한 사실은 당신 안에 당신만이 알고 있는 힘이 산다는 것입니다. 생에 대한 적극적인 마음가짐과 배짱으로 당신의 언어를 찾아내십시오. 그리고 이제 당신의 언어로 그 힘을 만날 준비를 하시기 바랍니다.

당신을 매료시키는 아름다움은 무엇입니까?

인도를 좀 아는 사람이라면 굳이 말을 하지 않아도 사람들의 계급을 눈치 챌 수 있을 것입니다. 계급을 얼굴에 새겨넣는 것도 아니고, 의복에 계급이 나타나지도 않지만 다르다는 것을 쉽게 알 수 있습니다. 명목상 카스트 제도가 없어졌다고 하지만, 슬프게도 사람들의 모습에서 그것을 찾아낼 수 있습니다. 세상의 기준으로 본다면, 브라만들은 아름답습니다. 뽀얀 피부를 지닌 그들의 모습에서는 기품이 흐릅니다. 불가촉천민 출신들의 모습은 투박하기 그지없습니다. 그러나 이것은 정형화된 아름다움이 정답이라는 전제하에 인정되는 것입니다.

귀를 닫고 그림이라는 나만의 언어를 찾아낸 뒤 뛰어난 그림 실력을 인정받았습니다. 그 덕에 인도 최고의 미술대학에 진학할 수 있었습니다. 그러나 그럼에도 불구하고 바위처럼 단단한 차별은 꿈쩍하지 않고 여전히 나를 짓눌렀습니다. 교수들은 공평하지 못한 방법으로 나에게 나쁜 학점을 주었고, 그룹전에서도 일부러 내 그림을 빼버리기도 했습니다. 고민 끝에 나는 소년 사비 사와르카르가 귀를 닫고 눈을 열었듯, 다시 한 번 나만의 세상을 찾아보기로 했습니다. 학교 안에서 다 말라버린 대상을 그리는 것에서 벗어나, 살아 있는 피사체를 찾기로 한 것입니다.

그래서 아버지가 일하는 기차역에 자리를 잡고 스케치를 시작했습니다. 그 시절 내가 가장 좋아하던 작업실은 삼등칸

열차의 대합실이었습니다. 그곳에는 늙은 창녀들과 농부들, 해고당한 날품팔이 일꾼들, 구두 닦는 소년들과 당나귀들이 아무렇게나 널브러져 있었습니다. 그들은 하나같이 먼지 묻고 지쳐 있었지만 인간의 본모습을 날것 그대로 드러내 보여주었습니다. 가장 자연스럽고 뭉클한 인간의 형체들을 보며 나는 숨이 막힐 것 같았습니다. 나는 신들린 듯 그들의 모습을 스케치했습니다. 그들은 살아 있는 예술품들이었습니다. 의식하지도, 포즈를 취하지도 않은 채 가식 없이 자신의 모습을 표현하는 최고의 모델이었습니다. 미술대학 3학년이 되도록 나는 그들을 그리고 또 그렸습니다.

그러던 어느 날, 내가 스케치하고 있던 한 창부가 쉰 목소리로 물었습니다. "왜 나 같은 여자를 그리지요? 거리에 나가면 예쁘고 화려한 귀족 여자들이 많이 있는데…… 나는 더러워요. 먹기 위해 몸을 파는 여자랍니다." 그녀에게 똑똑히 말해주었습니다. "더러운 것은 당신의 몸이 아니라 높은 사람들의 영혼이에요. 그들은 영혼의 창부예요. 다른 사람을 억압하기 위해 썩어들어가는 줄도 모르고 신의 이름으로 스스로의 정신을 팔고 있으니까요. 내 눈엔 당신이 훨씬 깨끗하고 아름다우니 제발 그리게 해주세요." 그 삼등 대합실에서 창부와의 만남 이후 스스로를 더럽고 가치 없다 여기는 사람들을 위해 일해야겠다고 결심했습니다. 소수자들, 억압받는 사람들을 대변하는 예술을 하리라 마음먹었습니다. 그리고 대학원 시절부터 인도 하층민들의 실상과 영혼이 혼탁해진 브라만들을 내 그림의 주된 테마로 삼아 그려나가기 시작했습니다. 진짜 아름다움을 찾고 싶었기 때문입니다.

나의 그림은 남루하고, 일그러지고, 때로는 기괴하기까지 합니다. 간혹 어떤 이들은 내 그림 속의 적나라한 인간의 실체와 참혹한 모습에 고개를 돌리기도 합니다. 그것이 내가 찾아낸 진정한 아름다움이라는 걸 이해하지 못하기 때문입니다. 인도의 현대미술은 점점 더 가볍고 달콤해지고 있습니다. 그것이 아름답다고 믿고 있는 것 같습니다. 나는 잘 포장돼 예쁘기만 한 그 작품들을 '초콜릿 아트'라고 부릅니다. 초콜릿 같은 작품들은 초콜릿처럼 쉽게 팔려나갑니다. 나는 초콜릿이 아닌 쓴 약을 만드는 사람이 되고 싶습니다. 그래서 사람들이 즐겨 찾지는 않지만 어딘가를 치유하는 작품들을 그렸으면 합니다. 두 눈을 감고 우아하게 누리는 예술이 아닌, 두 눈을 부릅뜨고 똑바로 삶을 바라보는 예술을 원합니다. 그 속에서 아름다움을 찾고 싶습니다. 상류층이 목에 걸고 즐기는 예술이 아니라 배고픈 이들에게는 빵이 되고, 억압받는 이들에게는 힘이 되고, 슬픔에 짓눌린 이들에게는 용기가 되는 예술을 하고 싶습니다.

사실 어린 시절의 나는 아름다움에 사로잡힌 소년이었습니다. 시든 꽃을 스케치할 때에도 갓 피어난 것처럼 싱싱하게 그려야만 흡족한 마음이 들곤 했습니다. 현실의 남루함을 보상받으려는 듯 더 풍성하고 더 풍요롭게 그리려고 했습니다. 그러나 오래도록 그림을 그리면서 진짜 아름다움을 찾게 됐고, 아름다움에 대한 탐구가 깊어갈수록 그 기준은 서서히 변해갔습니다. 여러분을 매료시키는 아름다움은 무엇입니까? 지금 내게 아름다움이란 '정의'입니다. 옳고 바르고 선한 것들이 아름답습니다. 정의를 위해 싸우다가 멍들고 피 흘리는 이들, 선한 길을 걷기 위해 남루한 모습으로 오늘을 감내하는 이들, 더럽고 추한 현실을 온몸으로 끌어안고 치유하려는 이들의 모습이 가장 아름답습니다.

번역·정리 : 곽세라 이재영

나의 이십대

모든 체제로부터 벗어나는 과정이었다. 모든 체제에서 탈주하여 온전한 내가 되었을 때, 나는 꿈을 꾸고 진실을 말할 용기를 내고, 나를 향한, 타인을 향한 진정한 사랑을 시작할 수 있었다. 아름답고 상처 입은 어린 영혼들을 많이 만났다. 내게 던져진 실존적 상황과 경험은 생의 비극적 의미를 온몸에 새기게 했다. 그렇게 시간이 흐를수록 생의 가장 깊은 곳에서 흘러나오는 음악들에 귀 기울이며 시를 안고 또박또박 걸어간 곳은 적막한 사막 한가운데였다. 아름다운 모든 것들은 세상의 지도 어디에도 없었다. 하지만 사막 한가운데서 시가 삶이 되고 삶이 시가 되는 순간을 늘 꿈꾸어왔다.

허아람

당신이 정말
부르고 싶었던 노래는
무엇입니까?

2010년 어느 봄날, 벚꽃보다 더 아름다운 청년들의 눈빛과 열정을 만났습니다. '2010 인디고 유스 북페어' 준비로 전 세계 육 대륙을 다니는 여정을 소화하느라 모든 강연을 고사하던 즈음, 부산의 한 대학 리더십센터에서 강연 의뢰가 왔습니다. 체력적으로나 정신적으로 부담이 됐지만 백오십 명이 참가한다는 말을 듣고 고민이 되더군요. 천천히 나를 돌아볼 요량으로 떼어둔 시간을 선뜻 나누고 싶지 않았던 것이 사실입니다. 그런데 가만히 생각해보니 나의 근거지인 부산에서 교수나 대학원생이 아닌 대학생을 대상으로 강연을 한 적이 없다는 사실을 깨달았습니다. 그래서 학생들을, 우리 지역의 청년들을 만나야겠다고 마음을 고쳐먹었습니다.

강연 당일, 학교로 향하면서 문득 이 년 전 서울대학교 리더십센터에서 했던 강의가 떠올랐습니다. 그때 마침 내 강의가 기말고사와 겹쳤는데, 강의실에 모인 팔십 명의 학생이 수업에 집중하지 않고 딴짓을 하는 것이 눈에 들어왔습니다. 화가 나서 준비해간 강의 내용도 잊은 채 지성적이지 못한 그들의 태도에 대해 꾸짖었습니다. 지금도 가장 기분 나빴던 강의라고 공공연히 얘기하는 그날의 실망은 이루 말할 수 없었습니다. 새로운 경험을 한 인생 선배의 리더십 강의를 들으러 온 그들에게 걸었던 기대가 산산이 부서졌습니다. 한국에서 가장 좋다는 학교 학생이라는 기대감 때문에 실망이 더 컸는지도 모릅니다.

대학 수업에 대한 몇 번의 실망감 때문에 이번에도 그런 건 아닐까, 걱정하며 간 것이 사실입니다. 물론 이번에는 학생들이 혹여 실수하더라도 호랑이 선생님 본색을 감추고, 잘 보듬으며 강의를 마쳐야겠다고 다짐을 했습니다. 그렇게 마음을 잡고 강연장에 들어섰는데, 처음 백오십 명으로 예상했던 신청 인원이 이백 명 넘게 늘어나면서 다들 자리를 잡느라 강연을 제때 시작하지 못할 정도였습니다. 강연이 시작되는 순간 나는 매우 감동할 수밖에 없었습니다. 이백 명이 나를 보는 게 아니라 마치 한 명이 나를 보는 것 같은 시선을 느꼈습니다. 모두 집중해 열심히 나의 이야기를 들었습니다. 눈물이 날 정도로 아름다운 모습이었죠. 그날 강연의 주제는 'Reader Is Leader'였습니다. 리더로서 나의 책 읽기와, 만 사 년간 전세계 육 대륙을 두 번 돌며 만났던 내가 생각하는 진짜 리더들의 이야기를 들려줬습니다. 그리고 2010년 4월 5일자 부산일보의 칼럼으로 마무리를 했습니다.

얼마 전부터 가슴혁명이라는 단어가 나를 떠나지 않는다. 이 단어 속에는 피처럼 뜨거운 젊은 것이 살아 있다. 가슴혁명은 사랑하는 것이다. '사랑에서 멀어지면 삶에서도 멀어지는 것'이라는 말에 깊이 공명하는 것이다. 가지고 있는 것, 그 자체로는 힘이 되지 않는다. 그것을 먼저 축복받는 방식으로 자신을 위해 쓰고, 사랑하는 사람을 위해 쓰고, 점점 넓혀 좋은 관계에 있는 사람을 위해 쓰고, 나아가 그것을 필요로 하는 사람들에게 나누어줄 때, 그것이 힘이 된다. 그때 선한 영향력을 가지게 된다. 이것이 공헌력이다. 내가 가지고 있는 강점이 다른 사람과의 싸움을 전제로 한 전투무기가 아니라 참여하여 도울 수 있는 나만의 차별적 공헌력이 될 때, 우리는 함께 일할 수 있고 함께 즐길 수 있다. 혼자서 할 수 없는 새로운 것을 더불어 창조해낼 수 있다. 경쟁력은 친구를 만들기 어렵게 하지만, 공헌력은 누구와도 친구가 될 수 있게 한다. 누군가의 관계에서 이익을 얻으려는 사람은 결코 리더가 아니다. 아무리 지위가 높아도 그저 궁한 사람일 뿐이다. 내가 잘할 수 있는 것을 내놓음으로써 도움이 될 수 있는 사람이 바로 리더다. 그 사람이 거기 있다는 것이 곧 선물이다.

구본형변화경영연구소의 구본형 소장이 쓴 특별한 리더에 대한 글이었습니다. 그것은 최근에 들은 리더 이야기 중 가장 공감할 만한 내용이었습니다. 나는 학생들에게 지역 신문의 칼럼에서도 그런 훌륭한 글을 발견할 수 있다는 사실을 알려주고, 그래서 가슴 뛰게 하는 무언가를 볼 수 있는 안목을 가지라고 말해주고 싶었습니다.

그렇게 두 시간 강의가 마치 일 초 만에 끝난 듯 지났고, 저는 학생들에게 사십 분짜리 북페어 여정 중 만난 진짜 리더들과의 인터뷰 영상을 더 보겠냐고 물었습니다. 마침 그 강의실에 다른 강의가 없어 볼 사람은 보라고 했는데, 거의 모든 학생들이 남아 한 시간여를 집중해서 영상을 보았습니다. 누구보다 진심으로 열의를 보이는 그들의 모습에 뭉클했습니다.

강의가 끝나고 사인을 받으려고 줄을 선 학생들 앞에서 저는 결국 눈물을 흘렸습니다. 학생들은 내게 진심을 담아 말을 건넸습니다. "선생님, 새롭게 꿈을 꾸게 해주셔서 고맙습니다. 어떻게 살아야 할지 깊게 고민할 수 있는 성찰의 시간이었습니다." "저보다 높은 곳에 있는 아이들만 보고 살아서 그동안 열등감과 열패감만 있었습니다. 그런데 오늘 선생님 말씀 듣고 나보다 더 부족하고 못난 사람들, 약한 사람들을 위해서 제가 가진 것을 나눌 수 있는 사람이 될 수 있도록 다짐했습니다"라고 말이죠. 그들이 거꾸로 제 심장을 뜨겁게 데워줬습니다. 그날 밤 다시 한 번 그 학생들의 모습을 떠올리는데 '좋아서하는밴드'의 〈옥탑방에서〉라는 노래가 생각났습니다.

다음으로 이사 올 사람에게 나는 말해주고 싶었지
고장난 듯한 골드스타 세탁기가 아직 얼마나 잘 돌아가는지
무더운 여름날 저 평상을 만드느라 내가 얼마나 힘들었는지
그 평상 위에서 별을 보며 먹는 고기가 참 얼마나 맛있는지

하지만 이 집은 이제 허물어져 누구도 이사 올 수가 없네
마음속에 모아놓은 많은 이야기들을 나는 누구에게 전해야 하나

나는 노래를 부르고 사랑을 나누고

수많은 고민들로 힘들어도 하다가

결국 또 웃으며 다시 꿈을 꾸었네

여기 조그만 옥탑방에서

비가 오면은 창문 밖을 두드리는 물소리가 음악이 되고

밤이 되면은 골목 수놓은 가로등이 별빛보다 더 아름답다고

하지만 이 집은 이제 허물어져 누구도 이사 올 수가 없네

마음속에 모아놓은 많은 이야기들을 나는 누구에게 전해야 하나

나는 노래를 부르고 사랑을 나누고

수많은 고민들로 힘들어도 하다가

결국 또 웃으며 다시 꿈을 꾸었네

여기 조그만 옥탑방에서

보잘것없는 작은 일들도 나에게는 소중했다고

좋아서하는밴드, 〈옥탑방에서〉

지금 한국 사회의 청년들에게는 저마다의 옥탑방이 있습
니다. 거대한 사회구조 안에서 초라하기만 한 옥탑방. 그러나

곧 허물어질지도 모르는 옥탑방에서도 여전히 우리는 사랑을 나누고, 노래를 부르고, 힘들어도 하다가 다시 꿈을 꿀 수 있습니다. 고흐가 힘겹게 살면서 그림을 그리던 작은 집, 소로가 정직한 노동과 소박함으로 꾸려나갔던 조그마한 집, 흰 바람벽에 어쩐지 쓸쓸한 것만이 오고 가던, 세상에서 가장 아름다운 시를 썼던 백석의 좁다란 방에서도 그들은 자신이 믿는 것, 바라는 것, 하고자 하는 것들을 이뤘습니다. 거창하거나 화려하지 않은 작은 공간에서 꿈을 꾸고 그것을 키우고 열매를 맺은 것입니다.

다양한 가치들이 하나의 위계로 서 있는, 획일화된 가치를 강요하는 사회에 우리는 소리쳐야 합니다. 소박한 옥탑방이지만 그 위에서 부르고 싶은 노래를 불러야 해요. 청년들은 사회가 끊임없이 부추기는 더러운 가짜 욕망이 아니라 진짜 내 마음이 원하는, 내 가슴이 부르고 싶은 노래를 찾아야 합니다. 그래야 비로소 우리는 옥탑방에서 벗어나 사람이 그 자체로 존재할 수 있는 사회, 자신의 선한 능력을 자연스레 펼칠 수 있는 사회, 부끄러움을 심어주지 않는 사회, 얕보지 않는 사회, 눈 흘기지 않는 사회를 만들 수 있습니다. 옥탑방 평상에서 먹는 고기맛과 레스토랑에서 칼질하는 고기맛이 다를 것 없는, 똑같은 위치에서 바라볼 수 있도록 권하는 다양성의 사회, 옥탑방에서 바라보는 별과 스카이라운지에서 바라보는 별을 그 자체로 차등 없이 아름답게 느낄 수 있는 평등한 사회에서 함께 살아갈 수 있습니다.

당신이 정말 부르고 싶었던 노래는 무엇입니까? 꿈꾸지 않는 자는 청년이 아닙니다. 나만의 꿈을 꾸고 노래하세요. 각자의 옥탑방에서 자신의 노래를 부르는 순간 가치혁명이 시작되고, 행복한 세상을 경험할 것이라고 확신합니다.

잃어버린 혹은 빼앗긴 꿈의 노래를 어떻게 찾아야 할까요?

그렇다면 우리는 왜 노래하지 못하고 있는 것일까요? 자신만의 옥탑방, 언제 허물어질지 모를 그 옥탑방이지만 평상에 누워 아름답게 빛나는 별을 보며 꿈꾸지 못하는 걸까요? 아마도 그것은 우리의 현실이 무수히 많은 관계로 연결되었기 때문일 겁니다. 작게는 가족, 친구, 학교에서 지역, 국가, 전지구적 공동체까지. 세상의 모든 것과 나는 어떻게 해서든 연결되어 있습니다. 자유롭게 산다고 한들, 이 공동체 안에서 홀로 떨어져나간 자유는 진짜 자유가 아닙니다. 때문에 순수한 욕망에서 시작하는 진짜 자유를 찾아내 목숨 걸어 사랑하고, 관계 속의 거짓 자유를 골라내 온몸으로 저항해야 하죠.

이 이야기를 가장 잘 설명할 책으로 존 버거의 『A가 X에게』라는 책이 있습니다. 이 소설은 테러 혐의로 감옥에 갇힌 X(사비에르)라는 남자에게 보내는 A(아이다)라는 여자의 편지로 구성되어 있습니다. 남자의 목소리는 편지 뒷장에 자신의 사상과 감정을 건조하게 기록한 메모뿐입니다. 이 두 가지가 교묘하게 뒤섞여 글이 구성되어 있습니다.

아이다는 말합니다. "나는 당신의 눈을 들여다보고 있어요. 그리고 나는 당신의 친구는 아니죠. 나는 당신의 여인이에요. 당신에게 말해주고 싶은 것이 있어요. 덧없는 것은 영원한 것의 반대말이 아니에요. 영원한 것의 반대말은 잊히는 것이죠. 잊히는 것과 영원한 것이, 결국에 가서는 같은 것이라고 말하는 사람들도 있어요. 그들은 틀렸어요. 영원한 것이 우리를 필요로 한다고 말하는 사람들, 그들이 옳아요. 영원한 것은 독방에 갇힌 당신과 여기서 이렇게 당신에게 편지를 쓰고 당신에게 피스타치오 초콜릿을 보내는 나를 필요로 하죠. 당신 발이 어떤지 알려줘요, 나는 알아야 할 필요가 있어요. 당신의 아이다.” “우리를 두렵게 하는 건 작은 일이에요. 우리를 죽일 수도 있는 거대한 일은, 오히려 우리를 용감하게 만들어주죠.” “내가 보낸 손 그림들을 창문 바로 아래 붙여놓았다고 했죠. 그렇게 하면 바람이 불 때마다 그림들이 제멋대로 흔들린다고 요. 그 손들은 당신을 만지고 싶은 거예요.” “기대는 몸이 하는 거고 희망은 영혼이 하는 거였어요. 몸이 하는 기대도 그어떤 희망만큼 오래 지속될 수 있어요. 당신을 기다리는 나의 기대처럼요.” 이렇게 아이다의 편지에는 오늘 만난 사람, 한 이야기, 느낀 생각 등이 아주 구체적으로 실려 있습니다.

반면 사비에르는 이렇게 말합니다. “어떤 역사도 침묵하지 않는다. 그들이 역사를 아무리 많이 점유하고, 깨부수고, 그에 대해 거짓말을 하더라도, 인간의 역사는 입을 다물기를 거부한다. 무관심과 무지에도 불구하고, 과거의 시간은 현재의 시간 속에 계속해서 째깍째깍 소리를 내고 있다.” “아무리 좋은 법이라고 해도, 어쩔 수 없이 어설픈 구석이 있다. 그래서 그 적용을 놓고 논쟁과 문제 제기가 있어야만 하는 것이다. 그런 실천이 법의 어설픔을 바로잡고 정의를 실현한다.” 그의 메모는 짧고 딱딱합니다.

아이다의 글에는 우리가 옥탑방에서 꿈꾸는 행복한 삶이 드러나고, 사비에르는 순수한 욕망의 좌절에 대해 알려주는 것이죠. 이 극명하게 다른 편지 세트를 통해 우리의 꿈이 왜 좌절되는지는 어렵게 추론해낼 수 있습니다. A는 사랑이고 X는 저항이겠지요. 이 책은 우리의 삶에 사랑과 저항이 동시에 들어 있어야 하고 그것은 우리의 피할 수 없는 운명이라고 말합니다. 사랑과 저항이라는, 아주 개별적으로 존재하는 이 두 단어가 사실은 한 공간에 있는 것이죠. 때문에 우리는 모두 A이고, 우리는 모두 X일 수 있어요. 그렇지 않나요? 내가 받는 사람일 수도 있고 보내는 사람일 수도 있습니다. 우리는 사랑만 할 수 없고, 그렇다고 저항만 할 수도 없습니다. 언제나 나에게 영혼의 울림과 떨림을 주는, 가장 내가 갖고 싶은, 배고픔을 채워주는 것이 있어야 합니다. 그것을 통해서 사랑이라고 하는 구체적인 삶을 꿈꿔야 하고요, 그것에 반하는 세계에 용기 있게 저항할 수 있어야 합니다.

그래야 소박한 옥탑방에서 나만의 노래를 만들 수 있습니다. 특히 이십대의 삶이라면 더 분명하게 사랑과 저항, 두 가지가 공존해야 하죠. 청년이라면 반드시 사랑하며 사는 삶의 구체성 속에서, 이 사랑을 교묘하게 짓밟는 것, 무엇인가 보이지도 않는 그 실체를 향해서 저항할 수 있어야 합니다. 그런 명민함을 가지기 위해 끝없이 공부하고 실천하는 청년정신이 필요하지 않을까요.

그렇다면 당신은 지금 이대로 살겠습니까?

안타까운 것은 많은 청년들이 제대로 사랑하지도 못하고, 또 제대로 저항하지도 못한 채 그럭저럭 살아간다는 겁니다. 그중 일부는 꿈을 그냥 꿈으로 전락시키거나, 혹은 불행하게도 매너리즘에 빠진 삶을 살게 되죠. 그렇기 때문에 우리 사회가 여전히 이렇게 힘든 것일 수도 있고요. 그렇다면 우리는 이런 현실을 그대로 받아들이고 살아가야만 하는 걸까요?

내게는 나쁜 습관이 하나 있어요. 가끔 열심히 얘기할 때 나도 모르게 숨을 멈추곤 하는데요. 숨이 다할 때까지 길게 얘기하는 굉장히 나쁜 습관이죠. 어느 순간 호흡을 멈추고 있다는 걸 깨닫고 급하게 숨을 몰아쉬어요. 하지만 또 어느 순간은 들숨과 날숨이 규칙적으로 자연스럽게 잘되는 평온한 때가 오고, 그 짧은 순간 고요와 아름다움의 기적 같은 깊이가 느껴져요. 단지 자연스럽게 숨을 쉬는 것일 뿐인데 말입니다. 아마도 그 짧은 순간에 본질적인 생의 욕망을 볼 수 있기 때문일 겁니다. 인생은 이렇게 간단합니다. 아주 본질적인 욕망, 순수한 본성을 자연스럽게 좇으면서 느끼는 평온함이 삶의 행복이 아닐까 싶습니다.

우리는 나의 나쁜 호흡처럼 꿈이 짓밟히는 순간도 있지만, 또 고맙게도 자연스러운 숨쉬기처럼 순수한 용기와 강력하기까지 한 선한 본성이 있습니다. 덕분에 나는 진실의 욕망을 내 방식으로 발현할 수 있는 장(場)인 인디고서원을 만들어올 수 있었습니다. 그렇게, 스무 살 이후 이십 년을 용기와 본성

의 힘으로 살았습니다. 많은 분들이 나의 삶을 한국 교육의 새
로운 대안으로 생각하지만, 나는 그저 삶을 가장 열심히 재미
있고 아름답게 살고자 하는 본능을 따라온 것뿐입니다. X로
대변되는, 세상을 향한 거창한 저항으로만 이런 삶을 산 게 아
니라는 거죠. 내가 만약 아이다라면 말입니다, 연인을 못 만나
게 하는데 어떻게 가만있을 수 있을까요? 내가 할 수 있는 모
든 투쟁을 통해서 사랑하는 사람을 만나려고 했을 거예요. 그
게 나의 운명이고, 삶이니까요. 사랑이 없으면 생의 혁명은 필
요 없다는 겁니다. 이런 아이다의 마음이 내가 삶을 살아내는
마음과 다르지 않았습니다.

중고등학교 시절에도 이런 생각으로 살았으면 참 좋았겠
죠. 하지만 그때는 이런 꿈을 이야기할 수 있는 자리가 없었
고, 이야기를 들어주는 어른이, 선생님이 없었고, 이야기가 모
일 공간도 없었어요. 그런데 스무 살이 되고 청년이 되면서 본
질적인 내 욕망과 순수의 힘으로 살 수 있었던 거죠. 스무 살,
모든 걸 스스로 할 수 있는 나이였으니까요.

사람들은 말합니다. 순수한 아이, 때 묻은 어른이라고. 하
지만 나는 나이든 사람이 순수해질 수 있는 가능성이 더 크다
고 생각합니다. 나이가 들수록 스스로의 순수를 지킬 수 있는
용기와 진실함 혹은 자유와 정의를 지키고자 하는 자기실현의
능력이 더 커지기 때문입니다. 나이를 먹으면 불순한 것에 저
항할 수 있는 내면의 힘이 커지고, 그것들과 겨룰 수 있는 물

리적인 힘도 생깁니다. 그래서 진실해질 수 있고, 거짓과 불의에 대한 감수성도 깊어져서 시야의 결손 없이 더 많은 것을 볼 수 있습니다. 그러니까 어른이 될수록 더 진실해지고 더 순수해지고 더 용기가 생기고 더 지혜로운 것은 당연하다고 생각합니다. 내가 지키고 싶은 것들을 지킬 수 있는 힘이 있으니 갓 스무 살 때의 얼굴보다 지금의 얼굴이 더 순수하고 예쁠 것 같습니다. 즉 체제 밖으로 탈주하지 않는 이상 변화할 수 없는 현실 속에서 상처받고 울기만 하던 어린 시절보다 원하는 자유를 실현할 수 있는 지금 더 아름답게 성장할 수 있다는 겁니다. 그렇게 우리는 살날이 줄어들면서 자유와 순수를 얻고 삶을 더 소중히 여기고 자기 자신을 사랑할 수밖에 없는 운명 속에 있습니다. 그리고 그 사랑은 자기애만이 아닌 함께 사랑할 수 있는 관계를 만드는 사랑이 됩니다. 그 안에서 진실을 생산하는 진정한 사랑을 하게 될 것이고요.

　　자본의 획일성과 세계의 폭력 속에 놓인 우리의 구체적인 삶을 어떻게 회복할 것인가에 대한 X의 답은 내 삶의 양식을 진실의 용기, 사랑으로 실천하는 것밖에 없습니다. 미셸 푸코의 말대로 삶은 진실을 규정하는 것이 아니라 그 삶의 방식을 실천하는 데 있으니까요. 우리는 이제 '진실을 말하는 용기를 가진 자'가 되어야 합니다. 그 진실이 단순한 내 욕망의 심연에서 길어올린 것이든 대의를 품은 관계 속에서 길어올린 것이든, 실천하는 것만으로 혁명을 일으킬 수 있을 테니까요.

진정한 존재혁명은 무엇일까요?

이 글을 읽는 독자들은 나에 대해 궁금해할지도 모르겠습니다. 자기애가 세상에 발현되어 진실을 생산해내는 방식으로 산다는데, 애인은 있는 걸까? 하고 말이죠. 결론부터 말하자면 지금은 없습니다. 하지만 열정적으로 사랑했던 경험, 물론 있었습니다. 하지만 만약에 단번에 가슴이 뛰는 전생에도 만났고 후생에도 만날 것 같은 영감이 드는 운명의 사람이 오면 인디고서원을 떠날 용의도 있습니다. 이 안에서의 모든 것을 후회 없이 했기 때문에 산뜻하게 떠날 수 있습니다. 생을 걸고 만나고 싶었던, 사랑하고 싶었던 존재와 드디어 마주했는데 어떻게 선택 앞에 머뭇거릴 수 있겠습니까. 전부를 걸어야죠. 지금 인디고서원에서 내가 하는 것처럼요. 언제나 사랑할 준비가 되어 있어야 해요. 무엇이든 사랑으로 비롯되어야 한다고 생각합니다. 자신의 존재혁명 또한 사랑으로 이루어져야 합니다. 사랑 없는 투쟁, 사랑 없는 혁명은 불가능합니다.

한국 사회의 이십대 인구는 칠백만 명이라고 합니다. 그리고 그 반은 대학생입니다. 우리는 이렇게 청년의 반이 대학생인 이상한 사회에 살고 있습니다. 그런데 지성인으로서 본질적인 욕망을 들여다보고, 욕망이 깨지는 사회를 들여다보고, 저항하고 그것을 깨기 위해 나름의 진실과 용기를 갖고 자기혁명을 일으키는 대학생은 몇이나 될까요? 만약 청년의 오십 퍼센트를 차지하고 있는 대학생들이 그렇게 스스로 주체혁명을 일으킨다면 우리 사회는 지금과는 완전히 다를 것입니다.

얼마 전 고려대학교 학생 김예슬 씨가 자발적 퇴교를 했습니다. 그 사건을 주류 언론이 언급했느냐 안 했느냐는 문제 되지 않습니다. 우리가 신경 써야 하는 것은 대한민국 대학생이라는, 김예슬 씨와 같은 현실에 놓여 있는 젊은이들의 관심입니다. 적어도 그들은 그 문제에 대해 그것을 진리의 사건으로 만들어 해결점을 찾아낼 공론의 장을 만들었어야 해요. 그러지 못한 무관심하고 무감각한, 무비판적인 젊은이들이기에, 아무런 힘도 발휘하지 못하는 부끄러운 지성이 되는 겁니다. 그 사건을 통해 목소리를 내고 그것으로 어떻게 우리 사회의 변화를 이끌어낼 것인가 고민해야 합니다. 적어도 대학을 다니고 있는 오십 퍼센트는 배운 자로서 문제들을 풀어나갈 계기를 만들고 실천해야 하지 않을까요?

그런 면에서 우리는 참으로 자기 반성과 비판에 무딥니다. 이렇게 되면 결국 아무것도 변하지 않습니다. 변화시키고 싶다면 진실을 찾아내고 그것을 실천해야 합니다. 철저히 사랑을 바탕으로 두고 말입니다. 나의 사랑이 너의 사랑도 되고 내 정의가 네 정의도 되는 그런 사회를 만들어야 합니다. 그렇지 않으면 명문대학을 나와 정규직에 취직해서 옥탑방이 아닌 좋은 아파트에서 산다 해도 거짓된 삶일 뿐입니다. 진실한 삶을 찾기 위해 혁명을 일으켜야 합니다. 그리고 그것은 선동하고 강요하는 혁명이 아닌 스스로 느끼고 깨닫는 가치혁명부터 시작해야 합니다.

조셉 캠벨의 말처럼 사랑하는 사람은 심장이 말해줄 겁니다. 가슴이 뛰는 걸로 알 수 있죠. 그렇게 가슴이 뛰는 혁명 방식으로 내 존재의, 내 사랑의, 우리 사회의 혁명을 계속해나가야 하지 않을까요? 우리가 잘 알고 있는, 끝없이 자기 주체혁명을 했던 체 게바라와 장 발장, 전태일처럼 그렇게 말입니다. 그들처럼 스스로 주체혁명을 하는 청년으로 살기 위해 끝없이 노력한다면 아마 좋은 세상을 만들고 좋은 삶을 살며 좋은 사랑을 할 수 있지 않을까요?

진정한 가치를 묻기 위해 길을 나선 인디고서원 친구들이 만난 세계적 석학 지그문트 바우만, 하워드 진 선생님은 이렇게 말했습니다. "언제나 더 좋은 사회를 꿈꾸는 사람이 많은 세상, 그 세상이야말로 진짜 좋은 세상이다"라고 말입니다. 우리는 부족하고 모자란 존재입니다. 그래서 더 사랑해야 하고 끊임없이 진정한 가치를 찾기 위한 혁명을 도모해야 합니다. 그렇기 때문에 겸손한 태도로 타인을 존중하고 타인의 아픔을 느끼고 공감하고 내가 할 수 있는 선한 영향력을 발휘하며 삶을 살아야 합니다. 그렇게 좋은 사회, 좋은 삶, 좋다 못해 행복하다고 비명을 지를 수 있는, 진짜 내 노래를 나도 모르게 흥얼거리며 내 생의 노래를 즐겁게 부를 수 있는 삶의 순간을 계속 이어나가야 합니다. 계속해서 꿈을 꾸고, 전부를 걸어 사랑해야 합니다. 꿈꾸지 않는 자는 청년이 아니고, 사랑이 아니면 인생은 아무것도 아니니까요.

인생기출문제집 2

1판 1쇄	2010년 7월 1일
1판 3쇄	2014년 11월 12일

글	곽세라 · 김여진 · 김인국 · 노홍철 · 달빛요정역전만루홈런 마쓰모토 하지메 · 박웅현 · 사비 사와르카르 · 신유진 · 양익준 이윤정 · 이진숙 · 전순옥 · 최규석 · 최충언 · 허아람
그림	정원교
펴낸이	김정순
기획편집	김경태 이재영
디자인	김진영 모희정
마케팅	김보미 임정진 전선경
펴낸곳	(주)북하우스 퍼블리셔스
출판등록	1997년 9월 23일 제406-2003-055호

주소	121-840 서울시 마포구 양화로 12길 24(서교동 선진빌딩) 6층
전자우편	editor@bookhouse.co.kr
홈페이지	www.bookhouse.co.kr
전화번호	02-3144-3123
팩스	02-3144-3121

ISBN 978-89-5605-464-3 03810

이 도서의 국립중앙도서관 출판도서목록(CIP)은 e-CIP 홈페이지(http://www.nl.go.kr/cip.php)에서 이용하실 수 있습니다. (CIP제어번호 : CIP2010002253)